人民的选择

从西柏坡走进北平

黄献国 著

中国文联出版社
http://www.clapnet.cn

图书在版编目（CIP）数据

人民的选择：从西柏坡走进北平 / 黄献国著．
北京：中国文联出版社，2017.2
ISBN 978 – 7 – 5190 – 2565 – 6

Ⅰ．①人…　Ⅱ．①黄…　Ⅲ．①纪实文学–中国–当代
Ⅳ．① I25

中国版本图书馆 CIP 数据核字（2017）第 033765 号

RENMIN DE XUANZE：CONG XIBAIPO ZOUJIN BEIPING

人民的选择：从西柏坡走进北平

作　　者：黄献国	
终 审 人：奚耀华	复 审 人：胡　笋
责任编辑：蒋爱民	责任校对：孔庆玮
封面设计：谭　锴	责任印制：陈　晨

出版发行：中国文联出版社
地　　址：北京市朝阳区农展馆南里 10 号，100125
电　　话：010 – 85923066（咨询），85923000（编务），85923020（邮购）
传　　真：010 – 85923000（总编室），010 – 85923020（发行部）
网　　址：http://www.clapnet.cn　　http://www.claplus.cn
E – mail：clap@clapnet.cn　　jiangam@clapnet.cn
印　　刷：中煤（北京）印务有限公司
装　　订：中煤（北京）印务有限公司
法律顾问：北京市德鸿律师事务所王振勇律师
本书如有破损、缺页、装订错误，请与本社联系调换

开　　本：710×1000	1/16
字　　数：398 千字	印　张：24
版　　次：2017 年 2 月第 1 版	印　次：2020 年 1 月第 4 次印刷
书　　号：ISBN 978 – 7 – 5190 – 2565 – 6	
定　　价：39.00 元	

版权所有　　翻印必究

目录 Contents

序言 / 001　　人民的选择，是个很大的话题，大得有点吓人；但它又是最显而易见的道理，是一个最朴素的真理。从哪儿说起呢？就从我的老父亲说起吧。

一月 / 001　　公元一九四九年元旦。
　　前一天晚上，南京黄埔路总统官邸前，警卫林立，各色小汽车在年末岁首的节日彩灯下，闪烁迷离的光芒。蒋介石在新年到来的时候，请在京的党政军首要，前来商讨他那将发表的元旦文告。

二月 / 047　　大年初四。北平城春节气象正浓，除旧布新的鞭炮还撒着欢儿地闹腾着，人们仍沉浸在头一天解放军开进城门的欢乐中。

三月 / 083　　来自各地的学生代表会聚北平，中华全国学生第十四届代表大会开幕。代表来自华北、西北、东北、中原、华东解放区和国民党统治区的上海、武汉、南京、杭州、苏州、广州等地区。

四月 / 127　　上午，南京总统府为张治中、邵力子、章士钊、黄绍竑、李蒸、刘斐等和谈代表团举行欢送仪式后，车队向明故宫机场开进。
　　同时，南京各院校师生和各界群众上万人，在总统府门前和大街上举行声势浩大的游行示威，要求国民党政府真正有诚意地接受中共八项和平条件。

| 五月 / 173 | 山西大同和平解放。
大同于上年十二月二十四日被晋绥、晋察冀人民解放军包围以后，华北军区即派敌工干部和原阎锡山部起义将领，对大同城内的守军，开展争取工作。随着人民解放军渡江战役和太原战役的胜利，大同守军逐步认清追随蒋介石、阎锡山已毫无前途，遂决定起义投诚。是日，由国民党第十五兵团副司令兼大同守备指挥部总指挥于镇河、行署主任孟祥祉、第三十八师师长田尚志率所部一万余人开出城外，听候人民解放军改编。至此，山西全省宣告解放。 |
|---|---|
| 六月 / 217 | 陕北重镇榆林和平解放。榆林位于陕西北部，城濒无定河支流清河东岸，北倚长城，形势险要，是陕西、绥远两省门户。
为了争取驻守榆林的国民党第二十二军放下武器，和平解放榆林，中共中央西北局和西北军区采取政治上争取、军事上围困的方针。 |
| 七月 / 255 | 当日，是中国共产党诞生二十八周年的纪念日。
《人民日报》《东北日报》等解放区各大报纸，都在头版全文发表了毛泽东《论人民民主专政》一文，毛泽东戴八角帽的大幅照片也出现在各大报纸上。 |
| 八月 / 293 | 这一天的《人民日报》发表了纪念中国人民解放军建军二十二周年的社论，发表了各民主党派为纪念"八一"给中共中央的贺电，报道了驻北平的人民解放军某警卫部队举行授旗仪式的消息。除此而外，没有举行庆祝集会的报道。 |
| 九月 / 333 | 身居重庆林园的蒋介石，连日来继续与川、黔、陕、湘、鄂军政首脑密谈，唯独云南省政府主席卢汉没来重庆，只派来了他的一个代表朱丽东面谒蒋介石。 |

十月 / 369

这是一个永远被后人铭记的日子。

下午二时,中央人民政府委员会举行第一次全体会议,一致决议:宣布中华人民共和国中央人民政府成立,接受《共同纲领》为中央人民政府的施政方针。

参考文献 / 372

序 言

人民的选择，是个很大的话题，大得有点吓人；但它又是最显而易见的道理，是一个最朴素的真理。从哪儿说起呢？就从我的老父亲说起吧。

多年以前，八十八岁高龄的老父亲来京看病。父亲年事已高，头脑迟钝得连许多亲朋故友都不认识了，一生中的记忆几乎丧失殆尽，却念念不忘毛泽东。这让我想起，他在东北家中卧室里，有一架老式书柜，里面摆满了《干部必读》《毛泽东选集》等政治书籍。那书柜永远为他封闭着，除父亲以外，谁也不会去动一动那柜门的把手。因为那个时代只属于他和他们那一代人，似乎离现在太久远了，恍如隔世。书柜里，永远被他摆放着一尊白瓷毛泽东半身塑像，塑像前，也被他永远放着一颗红枣一只山核桃。记忆丧失后的父亲无论见到谁，都会说："你说怪不怪？毛主席怎么自己跑到我家来了？"于是，他常常拿儿女们给他买回的水果、糕点之类，去喂"毛泽东"，还专门买了四条毛巾，给"毛泽东"擦嘴。

我们这些做儿女的，背地里说起这些，常常把父亲的这份痴迷作笑谈。许是因为，北京的医生，给父亲下了诊断："老年痴呆。"后来，一想到父亲这段往事，眼睛依然会隐隐发酸。父亲那一代人的精神世界里，有一种东西，一种由中国最古老土地上生长出来的、改天换地的神力，被忽然到来的、引导我们飞速进步的另一种现代文明，给遗忘了，抑或说，我们这一代还从来没有真正读懂的东西，险些也被老一代人像珍宝似的揣在他们的胸口，永远带走了。

我很幸运，在八十八岁的父亲尚健在的时刻，终于能够走进他们的毕生引为骄傲的记忆，就像我们这一代人，会永远珍藏着我们的记忆一样，每一代人都有留给历史的最宝贵的东西。父亲在医院里，每天念叨毛泽东。他尽管用两条毛巾铺在"毛主席"身下，还用另外两条毛巾盖在"毛主席"身上，他还是怕"毛主席"着凉感冒。他说，天冷了，东北下雪了。死活闹着要出院、要回家，跟小孩一样。没办法，谁也留不住他，他出院了，回家了。父亲那一代老共产党人，对毛主席的感情、对党的忠诚，是刻在骨子里、融化在血液中的。他的主治医生送他出院时说，这老爷子是真正的共产党。

父亲出身于黄河故道一个普通的贫雇农家庭。家境贫寒，他从小被过继给别人，十八岁就参加了国民党第二十六路军。一年后，他随部暴动起义，又参加了红军。他随毛主席领导的第一方面军长征到达懋功，与四方面军会合，他所在的第五军团，又被改编编入第四方面军，张国焘路线的错误，使他和四方面军的将士们，经历了天大的挫折，因而对毛主席、对党有着深厚的情感。亲身经历过两党、两军、两条路线，孰是孰非，他最有深切体会。新中国成立以后，他在军中竟然也被错划为"右派"，他依然不改初衷，坚定理想信念，在忍受冤案折磨的两年多时间里，他多次教育我们子女，要一生忠于党、忠于毛主席。

就在父亲弥留人世最后一年的时日里，使我又有幸接触了大量史料，进入了父辈人在新民主主义革命最后一年，也是最辉煌一年所走过的、命运之神来敲新中国大门的那些激情燃烧的日子。

那时，我们都还在娘肚子里。所谓"新中国出生，红旗下长大"的一代人，是在毛泽东时代唱着《东方红》、喊着"毛主席万岁"成长的。但是，我们从来也没有真正读懂过毛泽东。这里有历史原因，也有我们这一代人所经历的时代，总是激变得太快的原因："文化大革命"前十七年，"文化大革命"十年，改革开放又是三十多年。历史和思想还来不及沉淀，我们又上新路了。进入那段历史，我才发现，也只有到了今天这个时代，让激变的三十多年沉淀下来，才真正能够读懂一点毛泽东、读懂一点党的历史。

我们将要沉入的这段历史里，有许多值得沉淀下来，好好思想的东西：为什么新中国成立以后，毛泽东坚持要在天安门广场竖立孙中山的画像？而孙中山以"三民主义"创立的中华民国，为什么会败落在蒋介石的手里？而仅仅把蒋介石看作"人民公敌"似的漫画人物，我们就永远难以读懂毛泽东。这两个属于那个时代的巨子留下的史无前例的大决战，不仅是东方兵法的经典，也是从"五四"到新中国三十年人民民主革命，为什么在中国行进得如此繁复、如此艰辛的历史注脚。譬如：蒋介石、国民党为什么失败？毛泽东领导的共产党为什么赢得一个新中国？讨论了几十年，我们真正讨论清楚了吗？譬如，惩治腐败，为什么说，关系到党的生死存亡，我们可以在这段历史中找到注脚。譬如，治国根本大法，为什么将"无产阶级专政"，又改回到人民民主专政，我们也可以在这段历史中找到注脚。中国共产党人在那个年代所创造的改天换地的奇迹，为什么那么由衷地得到人民大众发自心底的支持与拥护；陈毅元帅为什么说，淮海战役的胜利，是人民用小车推出来的，都可以在这段历史中找到注脚。当然，蒋介石的众叛亲离，和毛泽东进北平前一再说，我们是进京赶考，共产党人不能做李自成，是同一个道理。

那段历史告诉我们，自辛亥革命始，中国新民主主义革命的历史进程，都是人民的选择。人民，曾经选择过国民党，才有1911年的国民革命成功；但是，人民后来摒弃了国民党，选择了共产党，才有了1949年新中国的建立。不管时代怎么变化，历史怎么拐弯，这些经典故事都永远值得我们回味与铭记。

我在解放军总政治部的一个培训班学习期间，有幸到西柏坡参观。坐落在太行山南麓滹沱河流域一个马蹄形山窝里的西柏坡村，是考察中国共产党人改天换地伟大壮举的一个革命圣地，是我们党进入北平前解放全中国的最后一个农村指挥所。太行山脉的苍松翠柏、水光潋滟的西柏坡湖，簇拥着当年中共中央毛泽东、朱德、刘少奇、周恩来、任弼时五位领导人的巨大塑像，在和暖的阳光下熠熠生辉。

这不由得叫人联想起，一九四八年春夏之交，这里破天荒地迎来了一群东渡黄河、一路风尘、筚路蓝缕、长途跋涉的共产党人。西柏坡村党支部书记至今，仍然喜欢对所有来参观学习的人们一遍遍地说：西柏坡的老百姓啊，做梦也想不到，像毛主席、朱德、刘少奇、周恩来、任弼时这样的大人物，跟咱们老百姓没啥两样儿啊！穿粗布衣裳，抽旱烟，蹲在门槛子上，跟咱侃大山。他们就在我们村，愣是指挥四大野战军，打败了蒋介石，解放了全中国！

听书记这番话，再遥望塑像，俨然就是五座挺立的大山！书记会加重语气接着说：早先，来过不少领导和画家呢，都喜欢听听我们老百姓的意见，问我们，造个塑像该是做成怎样的好？老百姓就一句话：共产党是靠山，像靠山就好，靠不住的，那是国民党，不是垮了嘛？！

中国共产党人制胜法宝，就是接地气的人民战争。人民为啥会支持共产党？就是因为，她没有高不可攀的衙门口，她就在人民中间；他们跟老百姓，吃一锅饭，睡一个屋檐下。所以，他们一呼百应，四方百姓就会揭竿而起。

一九四八年五月，毛泽东、周恩来、任弼时率中共中央、解放军总部进驻西柏坡。此时，人民解放军经过两年作战，总兵力由原来的一百二十七万人，增加到二百八十万人，其中正规军即野战军一百四十九万人，同国民党军队总兵力的对比缩小到一比一点三。解放军由过去的游击战逐次过渡到大规模的城市攻坚战，已经攻克了石家庄、四平、洛阳、开封等重要城市。毛泽东"农村包围城市"的战略构想，就要在这个太行山下的小村庄里，瓜熟蒂落、开花结果了！九月中共中央召开政治局扩大会议，提出在五年内从根本上推翻国民党的统治，建设五百万人民军队的任务，与国民党展开战略决战。这次会后，自九月起，解放战争的每一个进程与走向，都源自西柏坡山脚土屋的油灯下，中共领袖和将军们的通宵达旦、运筹帷幄。

毛泽东和他的战友们，于九月间发出《关于辽沈战役的作战方针》、十月发出《关于淮海战役的作战方针》、十二月发出《关于平津战役的作战方针》，三大战役逐次展开。从九月十二日起，到一九四九年一月三十一日结束，三大战役历时四个月零十九天，歼灭和改编国民党部队一百五十四万人，长江以北的国民党军队大部归于消灭，大大加速了全国解放战争胜利的到来。

这一年年底，解放军总部在西柏坡召集各野战军和几个军区的后勤部长开会，传达毛泽东的指示：总结各次战役后勤供给的基本经验和教训。

元旦的前一天，中央举行"新年聚餐"。毛泽东、朱德、刘少奇、周恩来、任弼时五位书记为大家祝酒。

毛泽东说，辽沈、平津、淮海三大战役，我们所以要打得赢，没有人民的支持就不可能。各地支前民工达到五百多万人，担架十万多副，小车四十二万辆。到任何时候都不能忘记，人民才是我们胜利之本。从现在起大约五年左右时间，要消灭国民党五百个师旅，我们只有继续依靠人民的支持，才能向长江以南进军，将革命进行到底！

一位将军举起酒碗，大声高呼：记住毛主席的话，人民是靠山！

这一天过去，就是一九四九年的元旦了。中华民族命运之神，正悄然敲响西柏坡土屋的窗棂，也同时敲响了南京国民党"总统府"的大门。

一月
In January

公元一九四九年元旦。

前一天晚上，南京黄埔路总统官邸前，警卫林立，各色小汽车在年末岁首的节日彩灯下，闪烁迷离的光芒。蒋介石在新年到来的时候，请在京的党政军首要，前来商讨他那将发表的元旦文告。

一月一日

公元一九四九年元旦。

前一天晚上，南京黄埔路总统官邸前，警卫林立，各色小汽车在年末岁首的节日彩灯下，闪烁迷离的光芒。蒋介石在新年到来的时候，请在京的党政军首要，前来商讨他那将发表的元旦文告。

晚六时许，副总统李宗仁、行政院长孙科、立法院长童冠贤、监察院长于右任以及国民党中常委四十余人相继来到。

蒋介石是打着"吃团年饭"的旗号，把大家招呼来的，自然少不了把盏祝酒之类的客套与寒暄。接着，他才郑重地道出了新年来临之际，他的一块心病："现在，我不得不说，局势已到了严重的地境，这是党国的关键时刻……"

他抛出一纸《元旦文告》说："……只要和谈无害于国家的独立完整，而有助于人民的休养生息；只要神圣的宪法不由我而违反，民主宪政不因此而破坏。"蒋介石一改他两次与国共合作，翻手为云覆手为雨的故态，居然主动伸出橄榄枝，要与共产党和谈了。

政要们毫不觉得意外。共产党的军队如狂飙突进，辽沈、淮海、平津三大战役迅猛展开，国军节节败退，人民解放军已经推进到了长江北岸，大军压境了。军事上的失利，进一步点燃了国民党内部的派系倾轧，劝蒋退位的呼声，一浪高过一浪。

大家面面相觑，不由得想起，许多时日以来，美国方面传来的信息。

两个月前，美国大使司徒雷登向美国国务院发出一份报告：国民党政府特别是蒋介石已较过去更加有负众望，并且越来越众叛亲离。他向国务卿马歇尔提出："劝告蒋委员长退休，让位给李宗仁或者国民党内的其他较有前途的政治领袖以便组成一个没有共产党参加的共和政府。"李宗仁也私下约谈司徒雷登，希望美国政府规劝蒋介石在目前军事上尚未完全失败的情势下，该退出政坛，以便把共产党部队阻遏在长江以北地区。与此同时，美国舆论也大肆放出国共和谈与蒋介石下野的消息。

十二月中旬，蒋介石不得不找李宗仁商谈，打算以主动下野，来促进国共和谈。同时，"桂系"首领白崇禧连续致电蒋介石："迅作对内对外的和谈部署，争取时间。"

众叛亲离的蒋介石，已经无路可走，只有下野了。

蒋介石在文告中表明：自己"意欲下野"，不再担任总统，只要和平果能实现，则个人的进退出处，绝不萦怀，而一惟国民的公意是从……

念完文告，全场鸦雀无声。

于是，这纸文告，便于次日公开发表了。但是，文告只是表示"意欲下野"，还不是确定下野。李宗仁高兴得有些太早，这是后话。

当天，远在河北省西柏坡那个平静的小山村里，毛泽东和他的战友们，则坐在火炉边，收听了新华社广播电台播出的毛泽东的新年献辞《将革命进行到底》。

毛泽东在新年献辞中说：中国人民将要在伟大的解放战争中获得最后胜利，这一点，现在甚至我们的敌人也不怀疑了。毛泽东接着说，战争走过了曲折的道路。国民党反动政府在发动反革命战争的时候，他们军队的数量约等于人民解放军的三倍半……战争的第一年，表现为国民党的进攻和人民解放军的防御。……战争的第二年发生了一个根本的变化。已经消灭了大量国民党正规军的人民解放军，在南线和北线都由防御转入了进攻，国民党方面则不得不由进攻转入防御。人民解放军不但在东北、山东和陕北都恢复了绝大部分的失地，而且把战线伸到了长江和渭水以北的国民党统治区。……战争第三个年头发生了另一个根本的变化。人民解放军在数量上由长期的劣势转入了优势。人民解放军不但已经能够攻克国民党坚固设防的城市，而且能够一次包围和歼灭成十万人甚至几十万人的国民党的强大精锐兵团。……东北的敌人已经完全消灭，华北的敌人即将完全消灭，华东和中原的敌人只剩下少数。国民党的主力在长江以北被消灭的结果，大大地便利了人民解放军今后渡江南进解放全中国的作战。

人民解放战争所取得的伟大胜利，鼓舞着中国共产党人提出了一九四九年迈向新中国的时间表。毛泽东在新年献辞中说，一九四九年中国人民解放军将向长江以南进军；一九四九年将要召集以完成人民革命任务为目标的政治协商会议，宣告中华人民共和国的成立，并组成共和国的中央政府。

毛泽东在新年献辞中宣告：几千年以来的封建压迫，一百年以来的帝国主义压迫，将在我们的奋斗中彻底地推翻掉。一九四九年是极其重要的一年，我们应当加紧努力。毛泽东的这些预言，都被这一天以后的二百七十四天内言中，并且得以完全实现。

在新年伊始的这一天里，毛泽东和蒋介石——中国近现代历史上的两大巨子，各执一块敲门砖，敲响了中国命运的大门。不同的是，一块敲门砖，日后砸向了一座孤岛，漂泊流离，老鸦孤影；另一块敲门砖，则敲开了人民民主的新中国大门，让帝国主义压迫、封建主义专制和官僚资本主义永远成为了不堪回首的过去。

一月二日

与前一天蒋介石发表《元旦文告》相呼应的是，国民党各大报纸，这一天竟都发表了"张学良即将获取自由"的大字号消息。仿佛，蒋介石的意欲下野，毕竟会使张学良获得自由。而国民党各路头面人物，也轮番坐镇国民党中央广播电台，大肆进行和平演讲。

南京的"和平"攻势，闹得沸沸扬扬。

那么，蒋介石为什么抱定了意欲"下野"的"决心"呢？《元旦文告》中有一段自供状："自济南失守以后，锦州、长春、沈阳相继沦陷，东北九省重演'九一八'的悲剧。华东华北工商事业集中的区域，学术文化荟萃的都市，今日皆受匪患的威胁。政府卫国救民的志职未能达成，而国家民族的危机更加严重。这是中正个人领导无方，措施失当，有负国民付托之重，实不胜惭惶悚栗，首先应当引咎自责的……"

真的是引咎下野吗？在呼吁"和平"的幌子下，蒋介石的军事眼光，似乎预感到了失败的命运，已经降临头顶。激流勇退，在大厦将倾之前卸任溜掉，把千古罪名留给别人，这才是蒋介石在一九四九年新年伊始最为无奈的选择了。放出下野的舆论，蒋介石并没退出政坛。他的下野，是为了换来解放大军不要打过长江的政治目的。

这一天国民党中央广播电台报道了蒋总统亲赴机场为阎锡山送行的消息，同时透露了前一天蒋介石主持国民党上层召开"竟日会议"，商讨部署各战场的军事对策。于是，那些在政治上从没有政客们"成熟"的新闻记者，不小心又为国民党政府帮了倒忙，露出了蒋介石秣马厉兵的马脚,"和平"的橄榄枝刚刚伸出墙头,后院里又开始磨刀霍霍了。

然而,国民党的《北方日报》却发表了《首都飞出和平鸽》,极尽浮华雕琢的美丽辞藻。蒋介石所期待的"和平"真的会来吗?政治家欺骗老百姓和那些昏庸无能的应声虫们,大概永远是忽悠百姓的"高手"。一时间,"和平"的呼声遍于江南的各种官方报刊。

一月三日

一九四九年开局的中国,是一盘没有下完的棋。所谓"残局"态势,已然是对共产党人有利——在平津前线,人民解放军东北、华北一百万大军对龟缩于北平、天津等地的残敌已完成战略包围。

淮海战场,人民解放军也完成了对杜聿明属下邱清泉、李弥所部两个兵团的包围,先发起政治攻势,希望他们弃暗投明,免受灭顶之灾。

当日,东北各地人民群众继续热烈欢送大军入关,而冀东、冀中两区人民则正在赶修公路、架桥梁,大力支持人民解放军进军华北。

优劣分明,胜败注定,已清清楚楚地摆在了大江南北国民党军队的面前,选择所谓"和平"的蒋介石,私下里,却严令不准杜聿明、傅作义向共产党"求和",而叫他们"血战到底,杀身成仁"。

然而,这盘棋该怎么下,就由不得蒋介石了。稳操胜券的毛泽东,还是继续指挥平津、淮海两大战场,暂不动兵,等待傅作义、杜聿明在投诚和抵抗两条道路上做出选择。

淮海战场的华东野战军和中原野战军，已完成对敌的战术包围，休战近半个月了，杜聿明仍然迟疑不决。此时，毛泽东于统帅部，迅速调动部队，完成对傅作义集团的分割包围。于是，命华东、中原野战军向杜聿明发出最后通牒，再不投降，淮海战场的人民解放军，就要端杜聿明的老巢了。

与此同时，中共中央在对傅作义完成兵临城下的威慑之后，秘密派出代表，与傅作义接触，耐心说服他脱离国民党政府，归向人民阵营。于是，毛泽东于一南一北，以战争与和平两种不同的方式，文武之道一张一弛，决定了杜聿明和傅作义两个军事集团完全不同的两种命运、两种结局。

一月四日

被人民解放军围困在徐州西南一百三十华里陈官庄一带的杜聿明集团，已度过了十余天弹尽粮绝的日子。饥寒交迫之下，新年之后接到蒋介石的命令，依然是一要打，二要突围，三不准投降。蒋介石明里下野，暗里继续发号施令，在他内心里，军权是决不会放弃的。

死路一条的困境之下，饿着肚皮怎么打仗？杜聿明企盼着为期三天的空投粮食弹药计划实现以后，实行突围。让弟兄们吃饱了肚子，即使一死，也不至于做个饿死的鬼。

但是，人民解放大军不会无休止地等待下去。正如毛泽东在新年献辞中引用古希腊寓言中农夫与毒蛇的故事，告诫人们说，"中国人民决不怜惜蛇一样的恶人"。在你死我活的战场上，饿鬼总比吃饱了肚子的鬼更好收拾一些。决战淮海，陈粟大军箭在弦上，一触即发！

"打过长江去，解放全中国"，是这一年共产党人矢志不渝的政治信念。此时，西柏坡小山村里，毛泽东住处的油灯，彻夜不熄地燃亮着。这一天，中央军委与淮海前线的往返电报嘀嘀嗒嗒地响个不停。在蒋介石的《元旦文告》之后，毛泽东下决心要向那寓言中被冻僵的蛇出手一击。而且，他要在新年伊始，就打一场漂亮仗，而这一仗，就拜托给他的战友刘伯承、邓小平这两位大将！

中央军委又不失时机地，向华东野战军和中原野战军发出命令：进攻杜聿明集团的时机已经成熟，望尽早发动攻势，不给敌军以补充粮弹的机会。

当日，国民党空军已调集飞机，接受空投物资，准备于翌日实施空投计划。

在敌军看到漫天的伞花，萌生一线希望的时候，给他们以毁灭性的打击，实在是军事艺术上的一个杰作。

这有点像金钩钓鱼，而鱼饵又是敌人自己挂上去的。

一月五日

淮海战场，国民党空军飞机集群空投，果然开始了。

但毕竟僧多粥少，几十架次飞机扔下的东西，顷刻之间，就被抢得精光，何况数十万人马，要空投多少时日，才能叫密如蚁群的饥饿部队饱餐一顿呢？

就在国民党空军向被围困的杜聿明集团开始空投物资的这一天，毛泽东和中央军委批准了淮海总前委于六日发起总攻，打一场包起馅来吃饺子的漂亮仗。

元旦过后的几天里，蒋介石整日关在总统官邸，深居简出，焦急地等待中共方面有何反应。

这座官邸的东面，就是紫金山，又名钟山。山势雄伟，在冬日的风声里，松涛阵阵，呼啸出一种凛冽凄清的孤寂来。投石问路的蒋介石，发出《元旦文告》，犹如泥牛入海，这不禁唤起他心底一种不祥的感觉。

蒋介石了解毛泽东，就如同毛泽东了解他一样，大革命时代，国共第一次合作期间，毛泽东曾担任国民党中央代理宣传部长，而蒋介石是黄埔军校的校长。毛泽东，一个文人出身的笔杆子，如何会有用兵如神的雄才伟略？蒋介石有点想不通。

辽沈、淮海、平津三大战役，叫一向看不起毛泽东的蒋介石大吃一惊。急转直下的战争局势，也让蒋介石着实领略了什么叫"野火烧不尽，春风吹又生"。凭着政治家的嗅觉，蒋介石已意识到，毛泽东不会相信他的"和平"计谋；而此时的蒋介石也不会轻易认输的。他把自己的亲信汤恩伯集团部署在长江东线，扼守南京、上海最后一道防线，就打算拂袖而去，叫一向反对他的桂系去承担未来一旦大失败的罪责吧。

蒋介石毕竟是第二次世界大战同盟国中国战区最高统帅、中华民国总统。输给毛泽东，他绝不甘心！即使大势已去，他深思熟虑，打算给李宗仁一个"代总统"，既是总统又是代理，就为蒋介石随时"出山"埋下伏笔。当然，党务和军事大权，不会给李宗仁。蒋介石即使"隐退"，也要把枪杆子牢牢抓在手心里。他还是期待着，山重水复，柳暗花明。

当日，来自平津战场的消息说，共军前线司令部发表了《告华北国民党将领书》，显然是要劝国军华北"剿总"司令傅作义投诚。蒋介石得知这一消息，立即命令发电报给傅作义，只准坚守，不准投降。

南京的广播电台还在开展着蒋介石《元旦文告》引发的"和平"攻势，二十九省市国代联谊会和川、粤参议会都表示拥护"和平"道路。但是蒋介石"和平"文告的墨迹未干，他就坚决堵死了傅作义和杜聿明两员大将已陷入绝境的"和平"道路。杀身成仁，是他作为军人，不可动摇的信念。

然而，收音机的广播里，还在播送着他的《元旦文告》：

"……自国父倡导国民革命，创造中华民国，开国至今，整整经过了三十七年。……今日在宪政政府成立之后第一次举行开国纪念，深觉岁月蹉跎，建国事业如此迟滞，三民主义未能实现……"

那通篇洋溢的悲天悯人的情调，如今听来，他自己都觉得有几分滑稽了。

当天，他反复对侍从们说的一句话，只有四个字："决不投降！"

一月六日

这一天，国民党国防部政工局局长邓文仪在记者招待会上，发布了一条很滑稽的消息：共匪军事首脑刘伯承已于去年十二月十三日在安徽宿县西南桃关集，被国军的飞机炸死。

数小时后的当日下午三时三十分，陈粟大军数十万兵力，分三个突击方向，猛攻杜聿明集团，开始了淮海战役最后阶段声势浩大的总攻击。人民解放军的部队，在老百姓的支持下，部队走到哪里，送粮队就跟到哪里。部队粮食充足、精力充沛。战斗打响，有的部队竟吹响了吃饭号，叫国民党饥肠辘辘的兵们，无论如何也想不到，自己已经被"包饺子"了！吃掉杜聿明兵团，这顿大餐，来得迅速而又凶猛……

从上年十二月二十六日开始，华东野战军和中原野战军进入淮海战役的第三阶段，主要目标是歼灭杜聿明残部。在这个阶段最初一段时间，为了配合平津战役，麻痹并稳住傅作义集团，淮海前线解放军曾奉命在两星期内暂停对杜聿明部的进攻。待到华北战场已完成对傅作义集团的分割包围以后，于当日发起了对拒绝投降的杜聿明的总攻。

平津前线，却依然平静。平津前线司令部以林彪、罗荣桓的名义给天津守敌头领陈长捷发出劝降信，希望他以东北郑洞国为榜样，起义投诚。

蒋介石接到徐州方面的战报，得知共军已对杜聿明发起进攻了。他并不显得惊慌，蒋介石深知在国民党里，像杜聿明这样的战将不多，就叫杜聿明死打硬拼去吧，那里有国民党精锐主力，在你死我活的战场上即使失败，也该失败得漂亮一点。即使杜聿明的结局不会太好，蒋介石也希望他的精锐兵团能给他争回一点面子。

蒋介石毕竟是军事统帅。发号施令，稳住军心，是危难时刻当务之急。他最担心的还是远离南京，而近临中共的傅作义不要哗变。当日，他派出国防部次长郑介民飞赴北平，继续劝慰傅作义争取南撤，决不能与中共和谈。

一月七日

在人民解放军强大的攻势下，杜聿明的第一道防线已于前日被攻破。当天上午，杜聿明麾下的李弥兵团已弃守八个主要阵地。至晚八时，李弥兵团已收缩到了邱清泉兵团的防区内。晚十时，青龙集阵地又被攻破，杜聿明惊异于共军的攻势如此凌厉，不得不发电报给南京：他要准备突围后撤了。

解放军的攻势，打在杜聿明的身上，却痛在蒋介石的心上。国民党节节败退，除军事上的原因，还有政治上的痼疾。上年十二月二十四日，桂系首领白崇禧幸灾乐祸于东北失陷，致电蒋介石，再次打出要求"和谈"旗帜。在白的授意和影响下，国民党湖北参议会、河南和湖南的省政府主席张轸和程潜也不满南京政府的继续抵抗，提出恢复与中共"和谈"，要求蒋介石"毅然下野"，以利和谈进行。

蒋介石丢掉了东北，刚刚实行宪政仅一年的总统，自然是显得有些无能了。党内在危难之时，突然蹦出这么多反对派，蒋介石更是觉得没了面子。让蒋介石再拉下脸面，主动去向毛泽东求和，这是一道多大的难题呀！但反对派的声音，在行将丢掉半壁河山的时刻，竟然一呼百应。

"和平"显然不是蒋介石的初衷。他是从骨子里要与共产党血战到底的。即使宣布了"下野"制造舆论，还是要指挥华北、苏北战场与共产党一拼到底，无奈，美式装备武装到牙齿的精锐，竟也是不堪一击。大厦将倾，真是兵败如山倒！

蒋介石丢下杜聿明发来的电报,便将外交部的官员们召到了总统府。他告诉他的外交官们,他要打国际牌了。

一月八日

在中共中央政治局会议上,毛泽东把全国解放的时间更具体化了。他预计经过一九四九年夏、秋、冬三季,华东、华中、陕甘几省将大部或全部解放,而两广和云、贵、川的解放,也逐步列入日程。实际上,此后到一九四九年底,战争形势的发展比毛泽东预计的还要好,上述所有地区全部获得了解放。

中国共产党人已经完全沉浸在迎接胜利的喜悦中。毛泽东接到报告:茅盾、李济深、梅龚彬、邓初民等三十位著名民主人士租用苏联阿尔丹号轮船,从香港启程,于前日在大连登岸。中共中央已经派李富春、张闻天专程前往迎接。

人心的归向与战争的胜利,是中国共产党领导的新民主主义革命在一九四九年突飞猛进的两只翅膀。它实现了毛泽东青少年时代"自信人生二百年,会当水击三千里"的神话般的政治抱负。

当日,平津前线,人民解放军奉命继续向天津发起猛烈攻势,继续扫除外围据点,天津市郊已被我军占领。

淮海前线,攻击杜聿明部两个兵团的战斗,也进入白热化。邱清泉和李弥两个兵团在人民解放军猛烈的炮火和步步紧逼的攻势下,已成瓮中之鳖——几十万大军的铁壁合围,使杜聿明部已插翅难逃了。

蒋介石顾不得杜聿明了，他的不准后退，一条死命令，断了杜聿明部的活路。他要想想整个党国的后路了。当日，他不得不召集孙科、张群、张治中，会商运用外交促成"调解"中国内战、拯救国民党危局的问题。他决定，由外交部长吴铁城出面照会美、英、法、苏四国，希望国际调停，促成"和谈"。

这是他不得不走的最后一着棋了，他没想到，大失败会来得如此之迅猛。

蒋介石这就彻底没面子了。日后，四国政府纷纷从各自利益出发，对国民党政府的要求予以婉言相拒。捉襟见肘的蒋介石输得更惨，他再也无计可施，"下野"的委曲和怨愤，也只能悄悄往自己肚子里边咽了……

一月九日

当日，国民党《中央日报》报道，傅作义将军对守土卫民，戡平匪乱，具有坚定信心，在军事上也有周密部署。

而这一天的事实却是：傅作义派出他的和谈代表——傅作义总部少将民事处长周北峰，燕京大学教授、民盟中央常委张东荪在蓟县城附近解放军驻地，与人民解放军华北前线总部林彪、罗荣桓、聂荣臻、刘亚楼亲切会见，就傅作义部和平起义进行商谈，双方基本达成一致意见。

此举，为和平解放历史文化古都北平，铺平了道路。

当日淮海前线取得重大胜利：对杜聿明集团发动总攻仅三天，就基本歼灭了邱清泉、李弥两个兵团，解放大军已将杜聿明的总部驻地陈官庄团团围住。

激烈的战斗一直打到午夜零点，国民党军五大王牌的最后一个王牌第五军动摇了，要求解放军派人过去，接洽投诚请求。

杜聿明集团告急的电报，于当日送到总统官邸。蒋介石作为军人，身经百战，早已是遇事不惊了。他对杜聿明抵抗到底，倍感欣慰，说了些杜聿明的好话，算是对血战沙场的战将，画了句号。

然而，这个句号还是画早了。十年后，杜聿明作为抚顺监狱的战犯，被人民政府于一九五九年十二月特赦，仍旧归向了人民，后出任全国政协的常委。陈官庄一仗，成了他人生中不堪回首的一段记忆，被历史长河淹没在久远而又恍如隔世的什么地方了。杜聿明的人生履历罗列起来，颇有意味：黄埔一期毕业生、国民党军中将司令官、战争罪犯、特赦人员、全国政协常委……

这一天，是星期六。蒋介石为杜聿明画完了句号，便驱车循例去了教堂做礼拜。这个以"仁义礼智信"为信条的"中正"先生，他是为爱将杜聿明做礼拜呢？还是为他自己做祈祷呢？

只有上帝知道。

一月十日

凌晨到来的时刻，也是淮海战役走近尾声之时。随着国民党的"王牌"第五军放下武器，向人民解放军投降，我穿插部队也攻入了杜聿明的指挥中枢陈官庄。

杜聿明被生俘。

至此，淮海战役历时六十六天，共歼灭国民党军五十五万五千人。经过这一战役，南线国民党军队的精锐主力已被消灭，长江中下游以北的广大地区获得解放，同华北解放区连成一片。解放大军压到长江北岸，南京已隔岸相望，直接暴露在我前线部队当面，国民党南京政府危在旦夕。

整个淮海战役，人民解放军也付出了十三万四千余人的伤亡代价。

蒋介石大有危难临头之感，于当日亲令他的儿子蒋经国持他的手谕去上海，责令中央银行总裁俞鸿钧将国库中的黄金、白银、外汇严加监控，随时准备运往台湾。

这些天来，随着《元旦文告》发表已过十天，蒋介石尚没有下野的动作，白崇禧借淮海战场军情恶化，又发出一封"亥全电"给蒋介石，重申：敦促蒋毅然下野，拯救危局。

此间，蒋介石也派了他的代表张群飞赴武汉，捎给白崇禧两条意见："一，如果我引退，对于和平究竟有多少把握？二，我如引退，必须由我主动，而不受任何方面的压力。"蒋的意思很明白，他是决不在白崇禧的压力下后退。

白崇禧自然是答应把这面子留给蒋介石了。只要蒋"下野"，桂系"逼宫"取得胜利，至于能否实现"和平"，那是应该由李宗仁继任后考虑的事情了。

张群从武汉飞回南京，把白崇禧的意图告诉蒋介石，蒋自觉"下野"的日子已不远了，便冠冕堂皇地重申：个人的进退出处绝不萦怀，而一惟国民的公意是从。

蒋介石心里太清楚不过了：白崇禧骨子里根本就不是一只和平鸽，而蒋介石自己也是要与共产党血战到底。作为反共的军人，他们完全一致，只是党内派系斗争的结果，他白崇禧才打出"下野"这张牌。

其实，此刻的蒋介石，比他的政敌们更清晰地感觉到，大厦将倾，无可挽回了。杜聿明集团的惨败，使得长江防线，也危在旦夕了。和谈，不是毛泽东的性格，也不是他蒋介石的脾气。只能拿着和谈，去骗鬼！

桂系在危急时刻，玩了蒋介石；蒋介石也要玩玩桂系了。他决定离开南京，经营党国最后的栖息地台湾去。

也叫共产党的炮弹，留待教训一下他的桂系政敌吧。

一月十一日

当日，傅作义派出的和谈代表周北峰从解放军驻地回到了国民党华北"剿总"司令部，将他同林彪、罗荣桓等几位中共将军的会谈纪要，放在了傅作义的面前。

当时的傅作义集团有兵力五十余万人，分布于东起山海关，西迄平绥路张家口约五百公里的狭长地带上，以天津塘沽为其海上重要通道口岸。在这部分军队中，属傅作义系统的为十七个师旅，属蒋介石系统的为二十五个师旅。

东北失陷后，蒋介石数次提出，要傅作义率部南撤，加强长江防线。傅作义对蒋介石的排斥异己，早已深怀戒心，南撤就等于被蒋"收编"。同时，人民解放军迅速南下，也叫傅作义大吃一惊，措手不及。

傅作义根据暂守平津、保持入海口岸通道、扩充实力、以观时变的方针，不断收缩兵力，先后放弃了承德、保定、山海关、秦皇岛等地，准备随时从海上南逃或西窜绥远。

人民解放军看破了傅作义的战略意图，随之采取"围而不打"或"隔而不围"的办法，完成了对北平、天津、张家口的战略分割与包围，断了他们南逃西窜的通路，于上年十二月下旬，连克西边的新保安、张家口，回过头来进攻天津外围。东西两边的退路被堵死后，解放军向傅作义发动和平攻势，敦促他起义，同时保全历史文化古都北平免受战争破坏。

这一天的天津外围，被解放军完全占领后，东北野战军参谋长刘亚楼将军于下午六时，接见了天津参议会代表丁作韶等四人，向他们再次交代政策，希望守敌放下武器，让出阵地。林彪、罗荣桓也捎信给天津国民党守敌警备司令陈长捷，劝其投降。但陈长捷派出的代表回城后，再未出城，也无任何消息。

毛泽东于当日起草了致林彪、聂荣臻的电报："同意命令傅方代表限天津敌先头部队至迟须于十三日十二时以前开出，否则我军将于十四日开始进攻。"

对天津的守敌来说，这是最后通牒了。

一月十二日

杜聿明全军覆没，傅作义南撤似乎也没了希望。来自天津被包围的消息，也叫蒋介石坐立不安。

既然要下野，就不管那许多了——他常常这样告慰自己。但又不甘心叫共产党把国民党的军队，就这样东一口西一口地吃掉。这些日子，来自傅作义部的电报一天比一天少，蒋介石预感到，华北将有不测。长江以北，将彻底失去。

沮丧之余，蒋介石于当日责令蒋经国带上总统府有关幕僚，回老家溪口安排警卫和通信网络，为自己退居还乡做些安排。

蒋介石已下决心，一走了之。

总统府的大厅，曾是昔日洪秀全天王府内的金龙殿遗址，一九一一年辛亥革命，一九一二年，这里成为孙中山的临时大总统府。孙中山辞去大总统，这里改为江苏都督府。一九一三年，又成为讨伐袁世凯的总司令部。一九二七年，军事委员会和国民政府在这里办公；一九四八年实行宪政，蒋介石就任第一任大总统，仅一年又要下野还乡了。好一个中华民国的总统府，自洪秀全时代起，一座金龙殿，走马灯似的变幻出多少兴衰荣辱，忽然来了，又忽然去了……

这"江南佳丽地，金陵帝王州"，在历史上更有数也数不尽这样的故事。公元前333年楚国置金陵邑于石头城；公元229年三国东吴迁都建业，为南京建都之始。此后，东晋、宋、齐、梁、陈、南唐、明、太平天国、中华民国都先后定都于此，史称"六朝胜地""十代古都"，到了蒋介石，这帝王之州，难道就要了结了吗？

几分依恋，几分惆怅，几分失落，都将成为过去。

蒋介石已然想好了，余下日子，两个去处。共产党不过长江，就住在老家溪口，那是个风水宝地，可颐养天年；共产党一旦打过长江，他就远走台湾，那座宝岛，就算是蒋介石的"诺亚方舟"了。

共产党怎么可能不过长江呢？这个判断，蒋介石恐怕跟儿子都不会说，他是个极其要面子的人。他派儿子去溪口，就是准备后路了。落到这一步田地，也唯有儿子，才是真正的嫡系、可信赖之人了。

一月十三日

　　天津警备司令陈长捷接到人民解放军发出的最后通牒,时过两日,并无任何战事发生。天津外围,围城的共军显得相当平静。凭着一个老军人的经验,陈长捷预感到,共军的进攻,不会太远了。

　　三天前,中共中央决定成立由林彪、罗荣桓、聂荣臻三人组成平津前线总前委,统一指挥东北、华北两个野战军。陈长捷面对人民解放军强大的力量,自知守住天津很难。但南京方面要他死保天津,是为了给傅作义集团南撤,留一条海上通道。面对中共方面一再劝降,他决定拒绝投降,而冒死一拼了。

　　前日,南京国民党《中央日报》继续为国军打气,宣称天津城防,固若金汤;今日又说,九天以来,歼匪六个师,林匪最精锐部队被歼灭。

　　就在南京方面起劲吹着牛皮的这一天,奉中央军委指示,林彪向所属各部队下达了攻击天津的命令,攻击的时间,定为翌日上午十时。林彪最精锐的部队均在将要发起攻击的部队之列。

　　天津,这个清末发起洋务运动的北方滨海大城市,被人民解放军攻克,指日可待了。远在西柏坡的毛泽东,是否会想起十九年前,他在江西苏区,写给林彪的那一封著名的信件呢?毛泽东写道:"但我所说的中国革命高潮快要到来,绝不是如有些人所谓'有到来之可能'那样完全没有行动意义的、可望而不可即的一种空的东西。"这充满革命英雄主义和浪漫主义的著名预见,出自毛泽东著作的名篇《星星之火,可以燎原》。从1946年开始的人民解放战争,正如燎原之势,席卷全中国。解放战争以摧枯拉朽之势，正在实现新民主主义革命的最终目标。作为人民解放军的最高统帅，毛泽东在新年献辞中，发出"将革命进行到底！"的宣言，以疾风暴雨似的气势，燎原烈火般的人民战争形式，实现十九年前他对于中国革命前途的预见。对于蒋介石这个老对手，打出和平谈判这张牌，毛泽东深知他的"和谈"伎俩，不过是战场失利后，摇动橄榄枝的雕虫小技。用节节胜利，赢得即将到来的谈判桌，共产党人说话的方式和内容，已经不再是重庆谈判之时！毛泽东对于如何对付蒋介石的两手，也早已是胸有成竹。

北方海港城市——天津战役发起前，共产党人一定又一次看到了希望。

当日南京的《中央日报》还在毫无根据地吹牛皮，宣称国军已不复存在的杜聿明集团仍在"顽强抵抗"并"突破匪军重围"，"已脱离重围，继续追击溃匪"。

而这一天的淮海前线战场上，战事已结束三天了。人民解放军开始休整和清理战利品，将许多精良的武器装备，分发给各部队。大批的战俘除了恭听解放军上的政治课以外，愿回家的将可返乡，不愿回家的，等待整编，加入人民解放大军行列。

一月十四日

淮海战场决定性的伟大胜利，宣告淮海战役已经结束，为人民解放军打过长江去，解放全中国，开辟了胜利的前景。它极大地鼓舞了共产党人。当日，毛泽东择机在西柏坡发表了《关于时局的声明》。

在历数蒋介石发动全面内战，人民解放军由战略防御转入伟大的战略决战并取得伟大胜利以后，毛泽东指出——

蒋介石于今年一月一日，提出了愿意和中国共产党进行和平谈判的建议。中国共产党认为这个建议是虚伪的。这是因为蒋介石在他的建议中，提出了保存伪宪法、伪法统和反动军队等项的全国人民所不能同意的条件。……旬日以来，全国人民业已显示了自己的意志。人民渴望和平，但是不赞成战争罪犯们的所谓和平，不赞成他们的反动条件。在此种民意基础之上，中国共产党声明：虽然中国人民解放军具有充足的力量和充足的理由，确有把握，在不要很久的时间之内，全部地消灭国民党反动政府的残余军事力量；但是，为了迅速结束战争，实现真正的和平，减少人民的痛苦，中国共产党愿意和南京国民党反动政府及其他任何国民党地方政府和军事集团，在下列条件基础之上进行和平谈判。这些条件是：

（一）惩办战争罪犯；（二）废除伪宪法；（三）废除伪法统；（四）依据民主原则改编一切反动军队；（五）没收官僚资本；（六）改革土地制度；（七）废除卖国条约；（八）召开没有反动分子参加的政治协商会议，成立民主联合政府，接收国民党反动政府及其所属各级政府的一切权力。

毛泽东指出：中国共产党认为，上述各项条件反映了全国人民的公意，只有在上述各项条件之下所建立的和平，才是真正的民主的和平。

毛泽东在这里提出的和谈八项条件，当然是对蒋介石《元旦文告》的正式答复。要和平吗？那么你就接受这八项条件，与共产党携起手来。但那毕竟是要铲除国民党政权的根基，蒋介石绝不会接受。

那么好吧，毛泽东在新年献辞中早就说过，打过长江去，解放全中国。

毛泽东的声明，真是"天意"。当日上午十时许，南京发生有感轻微地震，震撼持续十余秒。国民党中央通讯社向全国播发了这一地震的消息。当天的《中央日报》和《申报》都没有说明，地震的震级是多少。只是轻描淡写地说是"轻微地震",许是因为新华社发出的电波,毛泽东关于当前局势的声明,太过强烈震撼吧,国民党的喉舌自然不愿意叫信奉"天意"的中国人民,把这一自然现象,变成一则政治寓言。

一月十五日

凌晨五时,向天津城发起总攻的人民解放军,一举会师金汤桥,意味着天津守军已被拦腰截断。两路大军掉头分割陈长捷部,如同一刀劈开的两瓣西瓜,经十小时激战,至十五时,完全攻克设防坚固、重兵守备的天津城,全歼守敌十三万人,活捉国民党天津警备司令陈长捷。

天津解放,塘沽守敌乘船南逃。

天津的解放,也加快了傅作义部和平起义的步伐。当天下午,人民解放军华北前线总部又一次与傅作义将军的代表谈判,《北平和平解放协议》顺利草签。

这一天之内,拿下天津,北平的和平解放也见曙光,共产党人等于打了两个大胜仗。新华社播发消息:人民的意志,将从这一天起,顺利地在华北大地上得到实现。

当日,南京国民党《中央日报》在一版头条以大字标题报道"毛泽东对时局声明,提出八项和平要求",把惩治战犯、废除伪宪法、废除伪法统等八条全文照发。如实发表共产党的政治主张,这还是破天荒的头一遭。

同日下午,处在南京城"地震"恐慌余波中的蒋介石匆忙召见张群、张治中、吴铁城等幕僚亲信，紧急讨论毛泽东提出的八项政治条件。毛泽东的和平政治主张，无疑使蒋介石及其南京政府一筹莫展，既要和平，又要掘国民党的老根，使蒋介石很恼火。"搬起石头砸自己的脚"的逻辑，又一次在南京重演了，总统府的会议对外保密，没向新闻界透露任何消息。

当晚，蒋介石又召见美国驻华大使司徒雷登。这个被称作"中国通"的美国人奉美国务院的训令，不对毛泽东八项和平条件发表任何意见，缄默而又矜持的司徒雷登，使蒋介石在美国人那里也是一无所得。

于是，蒋介石更加快他"下野"的步伐，他大骂桂系"娘希皮"——叫李宗仁和白崇禧去跟毛泽东和谈去吧，看他们会谈出个什么鬼名堂。

一月十六日

在天津市人民政府、天津市军管会同时成立的爆竹声中，北平城外二十公里的通州小村庄里，中共代表林彪、罗荣桓、聂荣臻、苏静、唐永健与国民党傅作义的代表邓宝珊、周北峰达成了和平解决北平问题的初步协议。

与此同时，中共中央军委发出命令：西北野战军改称第一野战军；中原野战军改称第二野战军；华东野战军改称第三野战军；东北野战军改称第四野战军。四个野战军名称变更的原因是：东北、中原、华东、华北四大战场，均已取得了决定性的胜利，今后各路大军将为解放全中国，进行更大范围的机动性作战。这等于宣告，打过长江去，解放全中国的战略性大决战，还将向纵深发展。

同一天的南京总统府里，显得格外忙碌。侍从们正忙着为总统将离开这里，打点行装，整理文书档案。

蒋介石依然是戎装革履，胸佩勋章、肩挎绶带去中山陵检阅首都数万名军警。"总统"可以辞去，军权决不可丢的蒋介石，在下野前安排此举，是为了向世人证实：枪杆子依然抓在他的手中，"和平"不能成功，他还将与共产党血战到底。"戡乱"的旗帜，他还要一直扛下去。

在天津失陷的时刻，炫耀武力，以壮军威，对蒋介石来说，也算是对自己心灵的少许安慰。但他万万想不到，穿军礼服检阅军队，在大陆这竟是最后一回了。

中午，蒋介石回到总统官邸，召见央行总裁和中行总经理，命令两家大银行将存在美国的外汇化整为零，存入私人户头，以免国共和谈一旦成功，移交给联合政府。

好了，他一把抓住军权，一把抓住金钱，他可以放心地走人了。

一月十七日

当天，天津人民沉浸在欢庆解放的喜悦中。这座中国北方的工业重镇、海运通商口岸、商业贸易中心，在人民政府的接管中，一切井然有序、安定祥和。

商业区经几天战争结束后的寂寞，重行开张，小商小贩也悄然出现于大街小巷。包子铺里恢复了往日的热闹，小酒馆里"莫谈国事"警世之言也换成了欢迎解放大军入城的各色标语。

市民组成的秧歌队、锣鼓队，南开等一些大中学校学生和工人们欢乐的游行队伍，更是把欢庆解放的喜悦留在街头，也留在天津老百姓的心里。

北平傅作义将军一旦抱定了回归人民阵线的决心，就开始与国民党政府分道扬镳了。他与南京国民党的联络日益稀疏，使蒋介石觉出了些许异常与蛛丝马迹，他立即给傅作义发去了一封电报，竭尽诚挚、亲近之口气："相处多年，彼此深知，你现厄于形势，自有主张，无可奈何。我只求一件事：我将于十八日派飞机到北平接运十三军少校以上军官和必要武器，望予以协助。"

当晚，傅作义让自己的副官王克俊立即转告了解放军平津前线司令部。次日，当南京派出的飞机飞临北平南苑上空时，因解放军严密炮火封锁无法着陆，蒋介石空运计划也随之落空。蒋介石这才意识到，北平也完蛋了。

踌躇满志的中国共产党人此时已将战略目标指向长江以南的广阔地域。解放全中国只是一个时间问题。中国革命形势翻天覆地的变化，也引起了苏联共产党人的关注。斯大林当日收到毛泽东发去的一封电报，同意斯大林的建议暂不访苏，并欢迎苏共中央政治局派人访问中共解放区。

西柏坡小山村开天辟地将欢迎一个来自欧洲的蓝眼睛外国人。

一月十八日

钟山上的松涛，在冬日的风中终日呼啸。南京城里，蒋介石官邸已进入了他的主人最后居住的倒计时。

这些日子，来往于这里彻夜长谈的，都是些蒋介石在军界政界的亲信人物。老蒋要在他最后离去的时候，把长江防务、台湾后路以及福建、广东、重庆等要地的政权、军权，全部把持在自己手中。

为实现上述目的，人事安排就是首要问题。他要把一个未来的代总统李宗仁架空起来，不摆好人事棋子，就难达此目的。

蒋介石这几天，完成了一系列重要的委任——上海京沪警备总司令部改成京沪杭警备总司令部，汤恩伯任总司令，扼守长江最后一道防线；

委任张群为重庆绥靖公署主任；

委任朱绍良为福州绥靖公署主任；

委任余汉谋为广州绥靖公署主任；

陈诚坐镇台湾；

薛岳镇守广东。

蒋介石打仗，历来依靠两条：一是亲信，二是美国装备。

而毛泽东赢天下，依靠的却是人民的支持。

在辽沈、淮海、平津三大战役中，各地人民以无比巨大的热情，以源源不断的人力、物力给予各地前线，以空前规模的支援。据统计，仅为支援淮海战役，动员起来的民工即达五百多万人，向前线运送一千四百六十多万斤弹药等军需物资。陈毅曾深情地说，淮海战役的胜利，是人民群众用小车推出来的。

眼下，华北解放区的人民又为平津线组织了一百一十一个大车连、一百零四个担架连、三十个民兵连；修建公路四百余公里，架设桥梁三十一座，准备军粮六百九十五万斤、木柴一千七百六十四万斤、草九百四十九万斤。

这样规模的人民战争，在中国历史上是空前的，在世界战争史上也是罕见的。

一月十九日

真正的和平,这一天在北平得以局部实现。

一年一度的春节快要到来了。一向挂红灯笼欢度新春佳节的北平市民,翘首企盼着解放大军的早日到来。

街头巷尾、小胡同的四合院儿里,老百姓津津乐道于天津的解放。天津都解放了,北平解放的日子还会远吗?解放,自然是大家盼望的,但枪炮一旦打起来,炸弹不长眼,谁知会落到哪儿去呢?所以,还是不打仗,和平解放为好。谁知道,那和平解放的日子就在眼前了呢?

北平人和北平城是幸运的,傅作义将军为此是立下大功的人。但这一天,和平解放的消息尚未发出,北平的大街小巷就开始流传一首十字民谣了:"家家挂红灯,欢迎毛泽东。"

毛泽东这一天在西柏坡主持通过了中共中央关于外交工作的指示。中国共产党在新中国成立前夕,第一次向世界宣布:帝国主义在华的一切特权必须废除,一切不平等条约必须废除,中华民族的独立解放必须实现,中华民族的主权和统一神圣不可侵犯,人民政府的这些基本立场是坚定不移的。

在这次会议上,还讨论了对苏方针,争取苏联对新中国的经济援助。

南京的蒋介石,当日在他的总统官邸主持最后一次御前会议。会上做了两个重要决定:一是让孙科以行政院名义发表声明,表示愿意与中共无条件停战,争取和平谈判。二是蒋介石正式地向政府要员们表示了"引退"的决心。外交部长吴铁城着意挽留,建议召开国民党中常会进行讨论。蒋介石借机发泄大骂出口:"什么中常会,我不是被共产党打倒的,而是被国民党某派系打倒的!"

蒋介石既骂了桂系,又为自己下台找了块垫脚石,也发泄了一肚子的冤屈,用此种方式,争取党内某些同情与恋恋不舍,这也不能不算是一种高明。

一月二十日

赢得了淮海战役全面胜利的人民解放军一部,奉命挥师进军江淮地区。

当日晨,津浦路南段军事重镇、皖北商业中心安徽蚌埠获得解放。人民解放军这一战略动作,目的很明显。下一个目标,就是国民党的长江防线了。

驻守汉口的白崇禧,已完全暴露于人民解放军即将开始的攻势当中了。这一天,他召集时局会议,继续发动和谈运动,以期进一步排蒋而"求和"。与此同时,他接到南京方面发来的消息:蒋介石次日将正式下野。

接下来的问题,就是如何支持李宗仁当政,谋求"和平"了。其实,桂系李宗仁和白崇禧,自有他们早已谋划好的政治目的:划江而治,两分天下,分而治之。

现在,他们可以摆脱蒋介石统治的阴影了吗?白崇禧并未高兴得过早。他知道蒋介石不会放弃党权和军权。但毕竟"逼宫"已见成功,白崇禧心头放下了一块石头。

白崇禧还知道，蒋介石是一个翻脸不认人、杀人不眨眼的家伙。促蒋下台的"亥全电"发出后，白崇禧也曾暗自捏着一把汗。如果不是共产党节节胜利，他白崇禧是绝不敢逼蒋下台的，如果淮海战役不是共产党胜利了，而是蒋介石胜利，蒋介石不回过头来收拾他那才怪了。

政治斗争，常常有点像打赌。而这一赌，是赌在了共产党的胜利和蒋介石的败退上。白崇禧赢了，赢得有点心酸。所以，对蒋的下台，他并不显得有丝毫的欣喜若狂。

现在，他和李宗仁倒是该面对自己了。蒋介石把"和平"的纸牌，完全留给了他们，共产党就那么好对付吗？

一月二十一日

人民解放军平津前线司令部代表苏静同傅作义的代表王克俊、崔载之分别代表国共双方在《关于和平解决北平问题的协议》上正式签了字。

当日正午，太阳高悬，洒着冬日里灰蒙蒙的光。蒋介石这一天，要做出那个令党内期盼已久的决定了。他心里非常清楚，他蒋介石绝不是被共产党逼迫下台的，而是国民党内部分崩离析、激烈倾轧的结果。

国民党内部嫡系和非嫡系矛盾由来已久，随着国民党军队的溃败，这种矛盾逐渐激化并公开爆发。一九四八年春，蒋介石决定召开国民会议，选举总统。新桂系首领李宗仁决定参加副总统竞选。为了抵制李宗仁参加竞选，蒋介石提议正副总统候选人由党提名，遭到李宗仁的严词反对。为此，蒋介石单独召见李宗仁，以避免党内分裂为由，劝他放弃竞选。李宗仁与于右任、程潜订立"攻守同盟"，声称如副总统候选人由党提名，则一致脱党。新桂系也表示，若副总统候选人由党提名，广西、安徽两省国大代表将退出选举。蒋介石被逼无奈，只好宣布"自由竞选"副总统，并扶植孙中山之子孙科参加副总统竞选。

一九四八年三月二十九日，第一届国民大会在南京召开，在四月十九日、二十四日的前两轮副总统竞选投票中，李宗仁票数均位居第一。蒋介石见李宗仁胜利在即，连忙应对，令陈立夫散播消息，称李宗仁"当选副总统就要逼宫，或三个月后就要逼迫领袖出国"，同时攻击李宗仁夫人在北平贪污。在形势对李宗仁不利时，李宗仁在众人劝说下以退为进，宣布退出竞选。

然而，李宗仁退出竞选的同时，参加竞选的另一候选人程潜也宣布退出。如此一来，孙科无竞争对手，竞选无法进行，国民大会陷入停顿之中。不只是国民大会陷入停顿，桂系在南京郊区的军队虎视眈眈，让蒋介石不得不对李宗仁让步。二十七日，蒋介石召见为李宗仁助选的白崇禧，对白诚恳地说："副总统竞选绝对是自由竞选，叫德邻（李宗仁）重新参加竞选吧，我会全力支持他。"

如此一来，一些原本支持孙科的蒋系国大代表，因对陈立夫阻碍自由竞选产生反感，反而站到了李宗仁一边。四月二十九日，蒋介石当选总统之后，李宗仁如愿以偿当选副总统。

李宗仁竞选成功，也是国民党党内分裂的开始。这对蒋介石来说，如一把尖刀插入胸中。而李宗仁能够竞选成功，白崇禧功不可没。白就任"华中剿总司令"之后，在李宗仁的授意下，不仅对蒋介石的军令拒不执行，还在情报和运输上设置障碍，阻挠蒋介石调兵，加速了蒋介石在军事上的惨败。

十一月、十二月间，美驻华大使司徒雷登明确提议蒋介石交出军政大权，成立陆海军总司令部，以国防部长何应钦为总司令，负责军事；李宗仁代理总统，负责政治。

蒋介石此时心情复杂，与共产党作战的连连失利，美国的抛弃，内部的分裂，让他头痛欲裂，但他仍旧拖延，不肯下野。白崇禧见状，更进一步以武力胁迫蒋介石，在武汉散播言论："蒋氏如再坚持不下野，白崇禧的部队将退出武汉，让开长江一线给中共。""如以政治方法不能成功，即以军事行动达其目的。"

如今，蒋介石终于被迫要宣布下野了。下野前，他曾在日记中写道："寒天饮冰水，点滴在心里。"

蒋介石选择正午宴请五院院长及党政军巨头，正式宣布下野。这样的安排，恐怕也有些意思在里面。

下午二时，李宗仁等党政军首要随蒋介石来到总统官邸，召集中央常委临时会议，出示蒋介石、李宗仁的联名宣言："战事仍然未止，和平之目的不能达到。人民之涂炭，曷其有极。为冀感格共党，解救人民倒悬于万一……由李副总统代行总统职权。"

这样的交接，只是在中常委的会议上，不再有任何仪式，也就毫无庄严可言。蒋介石发表"隐退"即席讲话，"我自黄埔建军二十余年来，历尽艰难险阻，但在袍泽们大无畏精神和百折不挠的决心下，遵总理遗嘱，坚持奋斗，渡过种种难关。近两年来，军事上遭受挫折，这是不容讳言的事实。然今之最要者，乃应同心同德，共济时艰，共挽危局，断不能相互埋怨，相互倾轧，更不可有悲观失败之情绪和论调，以致影响士气，影响全局……"

众人皆沉闷，空气仿佛令人窒息。

下午四时，众官员陪同蒋介石拜谒中山陵。迈步走上那三百六十四级台阶，他不禁黯然神伤。说不清是愧疚还是委屈，或是别的什么感觉，面对孙中山，他久久站立，深深鞠躬，然后驱车至大校场机场，乘"美龄"

号座机，飞往杭州，折返溪口故乡。

飞机刚入云端，他又命机长衣复恩，绕南京上空一周，向首都作最后告别——他是再想看看这六朝胜地、十代古都。几千年历史沧桑，它送走过一代代的天朝帝王，雍华风光，也留下过多少骂名罪过、浮沉仇怨、人生苍凉。

没多久，自古人间甲天下的杭州西子湖，就在他的脚下了。蒋介石无心流连，竟然像个孩子般的，只想早些回家……

一月二十二日

临危受命的李宗仁代理总统的第一件事，就是迫不及待发表文告，宣称就任，表明和谈决心。表示愿意以中共提出之八项条件为基础，与中共进行和平谈判。

为达成与中共接触，李代总统试图通过各民主人士从中斡旋。有消息说，李济深、沈钧儒等已从香港抵达华北解放区，大批民主人士北上，无疑对国民党政府是一个巨大打击。

李宗仁上任伊始，就决定抓住南京、上海方面的民主人士，运用第三方力量和影响，与中共接触，出面尽快促成国共和谈。于是，邵力子、章士钊、黄绍竑便都被李宗仁列入名单，李立即派出得力人士登门拜访，请他们出山。

此时，已在华北解放区的李济深，早已派黄启汉自香港抵汉口，与白崇禧接触，并让黄启汉给白崇禧捎去了李济深的亲笔信。

李济深在信中指出：蒋介石败局已定，中华民族已到了一个历史转折关头。虽自己并不懂得什么是共产主义、社会主义，但相信共产党、毛泽东是真正为国家、民族，为人民谋利益的。

李济深进一步说，何况蒋介石统治中国二十多年，已经把国家搞得一团糟，凡有志之士，无不痛心疾首，如今蒋介石将彻底垮台，哪个再跟他走，那是再蠢不过了。

白崇禧正恐和谈没有牵线人，曾派黄绍竑专程去香港找李济深，不曾想，李济深已先期北上解放区了。更没想到的是，蒋下台，李济深即派黄启汉找来了。蒋介石下野，李宗仁一当政，当日白崇禧就把黄启汉、李任仁、刘斐等召集一起，商讨和谈事宜。

真正要谈和平了，问题就出来了。白崇禧强调首先不能容许共军过长江；战犯条款不能接受，只能接受停战停火，划江而治。

说到底，白崇禧是不接受毛泽东提出的八项和平条件的。和平障碍一目了然。因此在当晚商讨和谈的紧要处，白崇禧大骂蒋介石下野是推出李宗仁做"挡箭牌"。

一月二十三日

北平的报纸，当日发表了一条重要消息。华北剿总司令部于前日下午，在中山公园水榭里举行记者招待会，由傅作义部政工处副处长阎又文正式发布北平和平协议和傅作义总司令的文告。

华北剿总驻归绥指挥所主任兼绥远省政府主席董其武听到傅作义与中共达成和平解决北平问题协议的消息，立即飞到北平，与傅作义会晤，亦表示愿顺民意，着手"绥远起义"。

历史在这一天，把真正的和平，留在了北平。而南京方面的"新官上任"，李宗仁也为和平，正煞费苦心。

黄启汉到汉口的消息，传到了南京总统府，李宗仁心头暗喜。终归有人可与中共牵起红线了，又恰逢他刚刚就任代总统之际。心情一好，李宗仁在这一天便签发了两道手令，试着笼络军心、民心：一是命行政院长孙科自国库提款，犒赏三军；二是命参谋总长顾祝同立即释放张学良和杨虎城。

哪里想得到，国库金钱早被蒋介石手令封存，准备偷运台湾；原本打算释放张、杨二将军也因军方告密，遭到蒋介石阻挠而落空。后来，只是桂系统治的广西和武汉，释放了一批政治犯。

头二道手令一钱不值，叫代总统好不沮丧。

当日上午，白崇禧派飞机把李济深的特使黄启汉送到南京，李宗仁十分高兴。代总统当即叫自己的参议刘仲华与黄启汉见面，并指派他们二人立即乘飞机赴北平，去见傅作义，拜托傅出面，与中共高级领导人见面。

黄启汉、刘仲华随即乘一架美制军用飞机抵达北平，向傅作义转交了李宗仁的亲笔信。信中首肯傅作义接受和平改编之所为，令傅作义十分意外，同时傅作义表示，愿意为黄、刘二人与中共高层接触牵线搭桥。

闪电式的和平斡旋，就这样开始了。

蒋介石当日在杭州，杭州的地方国民党最高长官陈仪尽地主之谊，在西子湖畔"楼外楼"为下野的蒋总统接风。这一天的西子湖，格外清冷，尽管饭菜依然丰盛，蒋介石也全然没了兴致，看着满席佳肴，难以下咽。

餐后，陈仪安排蒋介石下榻总统在杭州西湖的行辕别墅"澄庐"。一九三六年西安事变后，蒋介石曾在此疗养，一九三七年，他与中共代表周恩来、潘汉年谈判，也是在"澄庐"秘密会晤。陈仪的安排，令蒋介石内心非常不快，他坚决不去"澄庐"下榻，只在蒋军的笕桥航校住了一夜，次日便启程回溪口去了。

一月二十四日

这一天，陈毅、粟裕十万大军攻克长江北岸滁县，拿下泰兴等七城，南京外围告急。刘伯承、邓小平的二野解放皖西庐江、岳西两座县城，步步紧逼长江了！

李宗仁则在这一天，举行代总统就职仪式。与此同时，李宗仁表明和平态度，提出他的"和平措施"。

人民解放军大兵压境，南京政府摇摇欲坠。在蒋介石的授意下，代总统刚上任，国民党的党政机关就开始陆续南迁广州，只把总统府留在南京以撑门面，意在架空李宗仁。

这时，唯一能够支撑李宗仁的政治梦想，就是"划江而治"。党政军班底，都是蒋介石的人马，代总统的头衔形同虚设。但李宗仁还是梦想争取"第三方面"的力量，与他合作，实现"和谈"。

一月二十五日

蒋介石一到溪口老家，这些坏消息就跟随传来。他立即召集何应钦、顾祝同、汤恩伯来溪口，召开高级军事会议，将长江防御，划为两大战区。

湖口以西为西线，归白崇禧部驻守，兵力四十个师二十五万人；湖口以东划归汤恩伯部驻守，兵力七十五个师四十五万人。七十万部队镇守长江武汉至上海一线，誓与共产党决一死战。

中共中央发言人当日申明举行国共两党和平谈判的严正立场：允许南京政府派出代表和我们谈判，不是承认这个政府还有代表中国人民的资格，而是因为这个政府手里还有一部分反动的残余军事力量，用谈判的方式解决问题，使人民少受痛苦，当然是比较好的。

但是，就在八天前，国民党保密局的特务，受毛人凤派遣，在国民党北平市市长何思源的家中安放定时炸弹，一家六口，爱女毙命，五人受伤，何思源幸免于难。当日，何思源受傅作义的委托，宴请南京方面来使黄启汉和刘仲华，热情协助他们与中共方面的代表叶剑英取得联系。

与此同时，刚刚接待过蒋介石的国民党浙江省政府主席陈仪，眼见国民党已是日落西山，希望看到真正的和平，早日结束内战，便密劝京沪杭警备总司令汤恩伯投诚起义，不幸被汤恩伯出卖，密告蒋介石。陈仪当即被罢免浙江省政府主席，遭到软禁。后被押解到台湾，于一九五〇年五月，被蒋介石以"匪谍案"枪决。

一月二十六日

这一天，蒋介石在溪口致函南京、上海国民党军政要员及特务头领，命令他们，如果与共产党谈不成，就作战到底，决不允许通匪投降。

一向平静幽邃的溪口，自从蒋介石归来后，忽然变得阴森恐怖了。哨兵林立，五步一岗，十步一哨。来来往往的官员，终日轰响的大小汽车，搅得四邻不得安生。更有军警宪兵之类挨家盘查，老百姓们似乎也无甚怨言，毕竟大总统下野了，布衣长衫地回得乡里来，给这溪口小地方带回几分神秘，几分新奇。

这一天的黄昏，无论乡绅还是百姓，大家簇拥在缤纷的雪花和小雨里，顶着凛冽的北风，向拄着文明棍、徜徉在乡间湿滑小路上的昔日大总统，报以稀落的掌声。一九九二年，笔者曾经到溪口游览，遇到当地一个年过花甲的小学教员。笔者问他，当年蒋介石最后一次回溪口，老百姓是如何对待他的呢？老人对笔者说，毕竟是乡亲，溪口人，在那段时日，没有对蒋介石"落井下石"。

这一天，是农历腊月二十八，距春节只有三天了。北平城里，大街小巷的店铺里，都摆满了年货，人们喜气洋洋地准备过旧历年。

根据中共中央的指示，准备进城接管北平政府工作的干部，已从部队中选拔抽调出来，集中于北平西郊颐和园内，听取即将就任北平军管会主任、北平市首任市长的叶剑英作部署接管工作的动员报告。

与此同时，远在东北解放区的人民政府，为先后到达解放区参加新政协会议的社会各界精英和民主党派领袖们，举行欢迎宴会。在新春佳节行将到来之际，中国共产党人与各民主党派，过一个团圆年，那气氛和心情自然是可想而知的。

回到老家溪口的蒋介石，也准备过年了。一向怕被暗杀的蒋介石，发了慈悲之心，不让警卫扰民，不带过多随从，以一介平民的姿态，走出他的老宅丰镐房，与店铺老板聊聊行事，跟赶集的山民搭讪寒暄。夫人宋美龄去美国，已两个多月了，他带着蒋经国和小孙子出去走走，倒也显得闲散，轻松了许多。

乡亲们不为他"下野"而另眼相看，男女老幼似乎还用景仰的目光，与他热情地问长问短，叫他在故里感受到人间温情。蒋介石对乡里亲朋士绅们说，此番回故里，一是修家谱，二是与父老团聚度岁过个年。但溪口的老百姓们还是感到奇怪：既然回来修家谱，为何开进来这许多警卫部队，还架起了那么许多的天线？大家也心知肚明，解放军就要打过长江了，总统的谎言，不必揭穿，心照不宣是溪口人与这落魄乡亲最好的搭讪了。

待蒋介石一回到自己的老宅里，又烦了。七座电台收来的一堆电文，没有一条是好消息。无奈他还执意要指挥半壁江山，也只好硬起头皮，去读那些讨厌的坏消息。

倒是有一条消息，令他欣慰：他的国防部军事法庭在上海正式宣判日本侵华战争罪犯冈村宁次等无罪释放，并于本月三十一日"遣返日本"。这是蒋介石拉拢日本，对抗共产党的政治需要。

那些大法官们，还是听招呼的，蒋介石很满意。

一月二十七日

新华社将从南京方面发出的一条电讯，急送毛泽东。毛泽东看过那电讯，批转政治局诸同志一阅后，愤慨之情，汹涌澎湃。他愤然提笔，为新华通讯社亲自起草了《中共发言人关于命令国民党反动政府重新逮捕前日本侵华军总司令冈村宁次和逮捕国民党内战罪犯的谈话》于次日正式发表。

毛泽东严正指出：中国人民在八年抗日战争中牺牲无数生命财产，幸而战胜，获此战犯，断不能容许南京国民党反动政府擅自宣判无罪。全国人民、一切民主党派、人民团体以及南京国民党反动政府系统中的爱国人士，必须立即起来，反对南京反动政府方面此种出卖民族利益、勾结日本法西斯军阀的犯罪行为。

南京政府这一违逆中国人民民族情感的行为，激起毛泽东的强烈义愤。他进一步指出：我们正在同各民主党派、人民团体和无党派人士，包括在我们区域的和在你们区域的都在内，商量战争罪犯的名单问题，准备第一个条件的具体内容。……除了逮捕日本战犯冈村宁次以外，你们必须立即动手逮捕一批内战罪犯，首先逮捕去年十二月二十五日中共权威人士声明中所提四十三个战犯之在南京、上海、奉化、台湾等处者。其中最主要的，是蒋介石、宋子文、陈诚、何应钦、顾祝同、陈立夫、陈果夫、朱家骅、王世杰、吴国桢、戴传贤、汤恩伯、周至柔、王叔铭、桂永清等人。

毛泽东在这里，没有点出李宗仁和白崇禧的名字，却特别提到了蒋介石："特别重要的是蒋介石，该犯现已逃至奉化，很有可能逃往外国，托庇于美国和英国帝国主义，因此，你们务必迅即逮捕该犯，毋令逃逸。"

一月二十八日

前日，黄启汉、刘仲华二人由中共方面徐冰迎接，从北平饭店乘车，穿过天安门向西驶去。在西城的关卡口，傅作义安排了一个国民党军官守候，给汽车放行出城，向颐和园方向驶去。

出城不久，就看到了大片解放军的部队，士兵们挎着美式冲锋枪，驾驶美国坦克，车体上一律新漆着解放军的红五星标志。

汽车停在颐和园大门口，这里是围城解放军的总部。走进颐和园，又走进一间房子，黄启汉、刘仲华就见到了叶剑英将军。

据黄启汉在四十年后回忆，叶剑英的态度客气而又热诚，一点没有胜利者的盛气凌人。叶剑英伸出手来，操一口浓浓的广东口音同他俩握手，连连说：

"欢迎。欢迎你们到来。"

抗战期间，黄启汉跟随白崇禧当秘书，曾在武汉、重庆、桂林多次见过叶剑英。这次见面，叶剑英又是那么客气、和蔼，使黄启汉倍感亲切。

黄启汉和刘仲华向叶剑英表述了自己决心归向人民的政治态度后，转达了李宗仁、白崇禧关于希望尽快达成国共正式接触、和谈的意向。

叶剑英郑重地说："我们有足够的力量，全歼蒋介石国民党的残余势力，全国解放指日可待。但为了迅速结束战争，减少人民痛苦，毛主席已发表声明，在八项条件基础上，愿意和国民党南京政府及其他任何国民党地方政府和军事集团进行和平谈判。你回去转告李宗仁先生，如果他真有反蒋反美、接受八项条件的诚意，就应该迅速同蒋介石分裂，中间道路是万万走不通的。和平，必须是在八项原则基础之上的真正的和平。"

这一天，是年三十，叶剑英又设宴招待黄启汉和刘仲华，席间，中共方面有徐冰、莫文骅作陪。国共两方人士在年关之际一起迎新春、送除夕，叫黄、刘二人感受到共产党人的一份诚意。

除夕之夜，西柏坡的毛泽东走家串户，跟乡亲们一起拉家常、吃饺子；蒋介石却在溪口请来几个京剧名流唱堂会。

一月二十九日

大年初一，北平城里老百姓欢度春节的爆竹声格外热闹。傅作义将军向所部下达了准备将所有武装部队移出城外，听候人民解放军实行改编的命令。新春伊始，北平城将宣告和平解放，这不啻一声春雷，也将使这座古城获得新生。

上午，在傅作义的亲自安排下，黄启汉搭上国民党空军最后一架撤离北平的飞机，回南京复命；而刘仲华暂留北平，在国共联合办事处做南京与北平间促进"和谈"的联络工作。

下午，黄启汉飞抵南京，一下飞机，便赶到傅厚岗去见李宗仁。

李宗仁立即停下手头的工作，到书房听黄启汉的汇报。李宗仁急切地问："你在北平，见到了哪个？"

黄启汉说："见到了叶剑英。据说，他出任北平市军管会主任和北平市市长，即将进城。"

李宗仁听了露出笑容说："总算很快搭上关系了，中共方面何时停止进攻？"

黄启汉说："两军对垒，尚未达成任何决议，就单方面要对方停止军事进攻，这本就是不合情理的。叶参谋长不当面驳斥我们，已经是很客气了。"

黄启汉接着汇报了叶剑英谈话的内容及北平傅作义部队的情况，想到蒋介石还掌握实权在幕后操纵，他建议说："要是全面和谈不成，我们桂系自己也该有个打算呀。叶参谋长讲了，中共方面愿意和任何国民党地方政府及军事集团进行和平谈判。"

李宗仁摇了摇头："现在先力争全面和谈,且不考虑别的。我已经让甘介侯筹备组织一个民间名义的'上海和平代表团',让社会名流出面去北平谈判呼吁和平。"

一念之差,就导致了桂系的全面失败,与国民党一起被赶出了大陆。如果这一天,李宗仁听进黄启汉的劝告,以桂系局部谋求和平,那么桂系就可能是另一种结局。历史常常具有戏剧性:如果李宗仁不当这个代总统呢?有没有可能使桂系像傅作义那样走上和平之路呢?当然,这都是历史留下的揣测了。

从这个意义上说,蒋介石"下野"实在显得高明,它起了一石三鸟的作用。

原国民党六十军,在军长曾泽生率领下,全军起义投诚,被人民解放军改编为解放军第五十军。军长曾泽生带领全军将士宣誓,表示"要改造旧思想,肃清坏作风,拥护中国共产党的政策,拥护土地改革,严格遵守三大纪律八项注意,决心把部队改造成真正的人民军队"。

一月三十日

宋美龄去美国,已经两个多月了。过年的时候,蒋介石孤身还乡,不免对夫人有几分思念。

送夫人去美国,这主意是蒋介石匆匆决定了的。国内战局日益吃紧,国军步步败退,美国这座靠山,自然就显得尤为重要了。

蒋介石是很会做"夫人外交"的。宋美龄不仅是"第一夫人",更是国人眼中的美人。她中年以后，风韵不减当年，深得美国前总统罗斯福的喜欢。因此，这次送夫人去美国，他希望夫人仍能像罗斯福执政时那样，受到欢迎，并得到美国更多的支持和援助。

现在看来，远不是那么一回事了。

去年年底，美国政府特使魏德迈来华调查，调查后在离别前的欢送会上，那个不讲情面的美国人竟当众含蓄地指责南京政府"麻木不仁""贪污无能""中国的复兴有待于富有感召力的领袖"。这家伙含沙射影，骂的是谁，大家都清楚不过。

美国国务卿马歇尔就魏德迈的访华报告，征询驻华大使司徒雷登的意见，司徒雷登用密电回称："一切迹象表明，蒋介石的资望已日趋低微，李宗仁的资望日高。"

这个大鼻子的美国大使也曾当面婉言批评蒋介石，说他一个人指挥军队，一个人决定国事是不明智的，要他把权力交给一些开明人士，这样的中国才有希望。

蒋介石暗地骂美国人多管闲事，也同时感到有被美国人抛弃的危险。去年十一月杜鲁门蝉联美国总统，他立即写信给杜鲁门："如能公诸一篇坚决的宣言支持国民政府，将可维持军队的士气与人民的信心。"但是就这么一点可怜的要求，也被杜鲁门拒绝了。

这一天，他叫儿子蒋经国设法与宋美龄联系，催促夫人加紧外交努力；同时，蒋介石也想联合菲律宾、韩国搞一个太平洋反共大联盟，争取英国的支持。

一月三十一日

傅作义根据和平解决北平问题的协定，其所部全都撤出北平城外指定地点，听候人民解放军的改编，使北平古城文物古迹免受战争破坏，二百万市民生命财产免遭损失。当日，北平围城人民解放军先头部队开始入城，北平宣告和平解放。这一天是大年初三。

当日，《东北日报》援引新华社消息，报道蒋介石企图在美国的庇护下，将台湾建成为最后挣扎的战争基地。消息说，蒋介石特别任命陈诚为台湾省政府主席、蒋经国为国民党台湾省党部主任委员。美国顾问团一部和美空军驻成都的航空队已飞抵台湾。美国援助国民党政府的价值二千六百万美元的三船军事物资，本该运往大陆，也改运至台湾。

由于大量物资潮涌而至，台湾最大港口基隆港已显空前混乱现象。该港每日卸运能力仅为二千吨，铁路运输能力仅为三千吨，停泊该港的轮船无法卸运的物资、码头仓库存储的物资却已达十二万吨。有些进港船只无法卸货，只好又将装载的物资运回上海。

台湾的物价也因国民党政府人员大量涌入而飞速上涨，加重了台湾经济混乱的情势。原值三百美元的日本式小房屋，现在索价一万美元，美金黑市也上涨了一倍。

据美联社消息：每周自内地抵达台湾的人约达五万人，其中绝大部分是国民党政府官员和他们的家属。

二月
In February

大年初四。北平城春节气象正浓，除旧布新的鞭炮还撒着欢儿地闹腾着，人们仍沉浸在头一天解放军开进城门的欢乐中。

二月一日

　　大年初四。北平城春节气象正浓，除旧布新的鞭炮还撒着欢儿地闹腾着，人们仍沉浸在头一天解放军开进城门的欢乐中。

　　静卧在东交民巷的前日本大使馆，从这天起，由国共两党的士兵共同把守。国共北平移交的"联合办事处"在这儿正式成立，主任委员叶剑英率中共其他三位代表，走入国共两党卫兵视线的时候，两个士兵同时向他们行军礼。

　　对于这种场面，共产党人并不觉得新鲜，四年前的重庆谈判就是最好的例证。身经百战的叶剑英也向两党的士兵同时还了个军礼。

　　与此同时，李宗仁带领国民政府数十名政要飞抵上海，举行重要会商，表示"政府愿意早开和会，希望中共相忍为国"。

　　大厦将倾的国民党，蒋总统下野跑掉了，把个摇摇欲坠的国民政府交给了李宗仁。大势已去，但他们不得不硬着头皮撑几天门面，把和平的希望寄托在北平。

　　这一天的上海和南京城，鞭炮声已无影无踪，市民们并不是怜惜腰包里的金圆券，而是想象和猜测着更猛烈的轰鸣和爆响，会如何在长江上出现……

　　李宗仁的私人代表甘介侯教授，在当天会见记者时说："十五年前，孙传芳率领数倍人马，过长江侵袭南京。当时李宗仁仅以一个军的兵力，致孙军于死命。以今例昔，如果长江守军立志坚守，历史就不难重演。"

　　记录在这一天《大公报》上的花边消息，似乎更有意味：蒋介石带儿子蒋经国，于大年初一，去自家祖坟祭祖。旧历新年拜祖坟，本来并不是好兆头。但是，他似乎预感到，这一去，怕就是与祖宗的永别了。他宁愿带领儿子，与祖宗一起过个年。

刚刚到达华北解放区的各民主党派、人民团体的民主人士李济深、沈钧儒、马叙伦、郭沫若等五十六人向中共中央毛主席、朱总司令发出庆贺解放军伟大胜利的贺电。

二月二日

大年破五，秧歌队在沈阳街头积满白雪的阳光下，火爆出东北解放区欢庆新春到来、人民当家做主的好心情。

这一天的《东北日报》以特大字号，在头版头条报道了"古都北平宣告解放"的消息，而远在上海的、中国最大的商业报纸《申报》也谨慎地以小标题，在头版报道了"共军一万五千人至两万人，以胜利者姿态开入北平"。

惶恐不安的代总统李宗仁，匆匆从上海飞回南京，邀请颜惠庆、章士钊等五位无党派人士社会名流，推举他们去北平"以私人资格"与共产党接触，"谋求和平"。

平静的长江还是白帆点点，商船客舟轻轻漂游。然而，南京卫戍总司令部召集记者招待会，宣布国军将加强"京"、沪、杭沿线防务实行军事戒严；宣称："长江一线国军实力雄厚，江防巩固，京沪沿线防务无虞。"

其实，落花流水春去的局面，美国人也看得很清楚了。美军西太平洋舰队白吉尔中将在这一天，率旗舰，悄然驶离青岛美军基地去上海，稍有一点军事眼光的人都知道，美国海军南迁，是迫于东北、华北两地解放的军事压力。

同日，在河北西柏坡这个小村庄里，毛泽东却以中国人过年的方式，款待来自苏共中央政治局的客人——米高扬。毛泽东告诉这个蓝眼睛的苏联人：胜利后的新生政权，是无产阶级领导的工农联盟为基础的人民民主专政，成立有各民主党派、各人民团体、无党派民主人士参加的联合政府。

那天，太阳落山的时候，破五的爆竹声，一直响到星光灿烂的午夜。人们等待新中国一轮朝阳的升起。于是，一位穿军装的军队诗人在这一天写下了"黑夜即将过去，曙光就在前头"的诗句，第二天出现在村头的标语墙上……

这天深夜，中共中央委员会向华北野战军、东北野战军发出了祝贺解放平津大捷的电报。

二月三日

大年初六，北平城把过年的气氛推向极致——解放军在人民群众响彻城垣的欢呼声中，隆重举行进驻北平的入城式。

入城式以三辆装甲车和系有毛主席、朱总司令肖像的彩车及军乐队为先导，由永定门入城。人们惊奇地发现，数百辆汽车组成的机械化部队、摩托化步兵、炮兵部队和坦克装甲部队，都是由解放军驾驭的昔日国军的美式装备。

这些装备，成了一种历史嬗变的标志。在不久前的淮海大决战和两年后的抗美援朝中，以山呼海啸般的气势，叫国民党人和美国人望风披靡、闻声丧胆。

雄壮队伍所到之处，沿路的锣鼓声、欢呼声、掌声和歌声经久不息。五百八十年的古都，第一次出现人民群众发自内心的欢腾场面，人们尽情地唱啊、叫啊、跳啊，把个寒风凛冽的日子沉浸在前所未有的暖意中。

古老的正阳门箭楼登上了多位共产党军政要员。他们选择这里检阅解放军入城式，登高望远，人海如涌歌如潮，从山坳和窑洞中走出的中国革命，把胜利之师的自豪与微笑，铭刻在古城楼崭新的记忆中。

中华人民共和国国歌的作者田汉，那天也随众多民主人士登上了箭楼，面对数十万欢欣鼓舞的人潮，即兴写下了"毕竟工农新做主，天安门下扭秧歌"的诗句。

中国新思想、新文化、新科学的摇篮——燕京大学、清华大学的教授和学生们，北平各民主党派的人士们，这天一早也汇入了欢乐的人流。他们中间有：张奚若、钱伟长、费孝通、雷洁琼、焦菊隐、周建人、胡愈之、吴晗、楚图南等。

庆典持续六小时，直到下午四时，北平城才渐渐安静下来。

这一天的国民政府显得尤为紧张。他们紧锣密鼓筹措的"南京、上海和平代表团"，在邵力子、甘介侯的匆忙筹划下，也试图在政治谈判的同时，打出民主人士和平斡旋的纸牌。

这一年的春天是从北方开始的，南方却瑟缩在最后一个阴凉的冬日里……

二月四日

新华社陕北的电台，这天向全国播发中共中央就国民党政府释放日本侵华战犯冈村宁次一事，发表的严正声明。要求国民党政府必须把冈村宁次及其他日本战犯立即追回，交由人民解放军重新审判。

因为，冈村宁次是侵华日军总司令。

九天前，国民党政府国防军事法庭宣判其无罪释放。据南京中央通讯社一月二十六日的新闻电讯称："一月二十六日，冈村宁次由国防部审判战犯军事法庭举行复审后，于十六时由石美瑜庭长宣判无罪。当时庭上空气紧张。冈村肃立聆判后，微露笑容。"

中共中央的声明是由毛泽东主席亲自起草的。他在声明中说，解放军保留其追回予以重行审判之权利，同时包括追回被移交日本的其他二百六十名战犯的权利。这一声明，得到全国人民的衷心拥护，对于日本战争罪犯，人民早已是深恶痛绝，对国民政府释放冈村宁次，更是怨声载道。

中共声明，传到南京，又使国民政府内一片恐慌。南京和平代表团的吴裕后匆匆以私人身份与北平的中共代表叶剑英通话，希望当天飞赴北平，早日得到叶剑英将军的接见。叶剑英回复说，因机场电信设备尚未修复，飞机无法降落，二日内恐怕难以成行。

显然，中共中央的声明已呈巨大政治压力。代总统李宗仁已"深感时局艰危"，眼看行政、立法、监察三院已南迁广州，只剩下国防部和总统府坚守长江防线。战犯问题一旦激发民愤，后院起火那将是四面楚歌了……

这一天，南方的报纸尚未发表中共中央的声明，南京城里一片沉寂：各国使馆纷纷南迁广州，许多楼厦宅寓空空如也。当日的《申报》援引联合社的消息，是这样描述南京的："南京已成有名无实之首都。……南京要人大抵走空，马路上私人汽车已不多见，除军用车和卡车外，行人在马路当中阔步……"

二月五日

前一天中共中央的声明，引起的社会冲击波尚未散尽，仅隔一天，毛泽东又亲自起草了《中共发言人关于和平条件必须包括惩办日本战犯和国民党战犯的声明》，经新华社于当日向全国播发。

这不啻又一颗重磅政治炸弹，在南京当局的头顶炸响。南京上海的"和平"使团仍未成行，南方的各大报纸都在头条位置报道使者团即将北行的消息。

《大公报》披露："李代总统深切了解促成和谈的困难，但对于和平实现仍有坚强信心。"但该报同时发表了一则花边消息说："京中自行政院各部会首长纷纷赴广州后，政治气氛已消失殆尽。街头上再也看不见华丽的小汽车，城北颐和路一带的新式洋房，都已朱门深掩，只剩下看守房子的仆人，在绿草如茵的院子里晒太阳。"

更有些从豪门深院里跑出的流浪狗，四处寻找自己的主人，在街头发出一声声悲催凄惨的吠叫声。

那一天，顺着南京中山门往南走，十之八九的商店都没有开门营业，城里人感觉到少有的寂寞空落之感。幸而新街口广场附近终日挤满一大堆的金圆贩子，总算是替南京添些熙熙攘攘的气象。

同一天的沈阳，尽管还是冰雪世界，中共东北局、东北政委会却发出了《关于动员群众，准备春耕的通知》，要求各地"更好地把千百万农民群众动员与组织起来，为完成增产一百六十万吨粮食而奋斗"。

东北政委会教育部编审的春季小学课本，也经由东北书店总店向东北全区征订发行。人民政权新组建起来,首先要做的事情,一是抓教育,二是抓生产。

同时,沈阳电话局还开通了东北境内二十八个县市的长途电话业务。东北铁路局开始实行新的责任运输和包装卸货物制度,在东北全境解放、工农业生产全面恢复发展的经济建设中,多拉快跑,"迎接历史新纪元的曙光"。

二月六日

北平市军管会主任兼北平市长叶剑英、副市长徐冰一走进中南海原国民党市政府,便立即召开了原国民党市政府全体工作人员大会,宣布所有人员应各守岗位,按照原有系统准备办理移交手续。

叶市长对他们说:"这次北平的解放,是人民的胜利,是一个革命,和以往统治阶级间政权的互相交替,绝不相同。……解放区的政府是人民的政府。在人民政府里工作的人员,应该为人民服务,绝不能骑在人民头上……过去反动政府的一切欺诈、压迫、剥削人民的作风,必须彻底扫除。"

从那一天起,不论是北京市人民政府驻进这里,还是党中央、中央人民政府驻进这里,"为人民服务"就成了新生政权矢志不渝的执政信念与行政宗旨。

远在广州的国民党政府行政院,也正式开始办公,大楼里没有了昔日在南京的那一份庄重,却多了些仓皇逃亡、茫然若失的气氛。

而留在南京的立法、监察两院委员紧急集合,在永康路务本女中聚集了五十多名委员，交换对时局的意见。与会者对于行政院临危南迁去广州办公，颇有异辞。会上决定下次院会十五日在南京举行，商定是否彻底迁都问题。

这一天，在上海出版的《政治新闻》周刊，以"站在老百姓立场讲话，听不听由你；揭开政坛上幕后秘密，硬碰硬到底"为广告词，揭穿国民政府和谈的目的，是企图保住南方的半壁江山。

当日下午二时，南京所谓"和平代表团"一行十六人乘飞机抵达北平西苑机场，由此拉开了北平和谈的帷幕。

二月七日

返居故里的蒋介石连日出游宁波各县名胜，拜了天童寺育王寺，乘专车回到溪口。下野隐居的日子，并非清淡，长江军防、和平谈判两件大事，其实还操纵在他的手里。

孙科在广州主持召开第四十二次行政院会，报告当前局势，表示决不接受投降的和平，要国民党人重振北伐精神，鼓吹以武力打出和平，振兴三民主义。此前，孙科曾亲赴溪口拜见引退的蒋总统，因此许多国民党人把孙科看作"蒋总统的影子"不无道理。

消息传到南京，守着一座空城的李宗仁，不无悲凉之感。政府南迁广州乃是蒋介石的旨意，把个光杆总统留在南京，和平的苗头尚未看到，战争的叫嚣又从背后南方响起，他感受到代总统的一个"代"字，如此沉重，不过就是替罪羊。

国民党内的每一个"动静"，都会即时传到溪口。蒋介石故里每天往返电报电文不下百余件，孙科的言论叫他喜上眉梢；但一条来自芜湖的消息，叫他禁不住大声骂娘。

驻芜湖至繁昌、荻港沿江地区国民党第一〇六军二八二师师长张奇率所部官兵五千余人起义，顺利到达长江北岸无为县，向江北解放军投诚，已被改编为解放军第二野战军独立师。

来自海军总部的消息，倒是叫蒋介石略感宽慰。芜湖安庆间长江水面，已有六艘军舰快艇在水面巡逻，亡羊补牢为时已晚，但海军扣留了有通共嫌疑的渔船三十一艘，船夫一百四十七人，稻米一千八百余石。

李宗仁这一天最想知道的，还是今天南京和平代表团会见叶剑英的消息，消息说，叶剑英对来自南京的民主人士十分热情，安排他们连日在北平解放区观光。至于会见的政治内容，电报说，共产党对会谈前提八项条件，不会做出丝毫让步。

二月八日

北平东交民巷那座小院里，叶剑英继续与南京和平代表团的民主人士们长谈。代表团的成员们第一次真实地听到共产党《和平谈判纲领》内容大略为：（一）双方各派全权代表，以中共所提八条为基础，并请公正人士参与；（二）双方参战军队即刻停战；（三）双方即刻停止一切宣传战；（四）和谈后即刻召开新政协会议，其构成为共产党、国民党、中间党派、民意机关、人民团体、社会领袖六方面各六人成"六六比例制"；（五）和谈及新政协地点在北平。

南京方面的代表面对这五项纲领，内心感到了一种新思想、新民主的气象，开始承认"中共确有和平诚意，蒋介石无和平诚意，李宗仁、白崇禧亦不足望"。他们从叶剑英这位共产党高级将领身上，看到了共产党人崭新的政治风度。

国民党国防部，这一天召开长江防务紧急会议。国防部第三厅厅长蔡文治首先提出江防计划，其要旨是江防主力自南京向下游延伸，重点于芜湖地段，以确保南京安全。京沪杭警备总司令汤恩伯声言此方案违背蒋介石旨意，决意将主力集中于镇江以东，以淞沪为核心，采坚久防御方针，坚守上海出海口，与台湾相呼应。

汤恩伯以"总裁吩咐"，压制和反对国防部的方案，国防部第三厅厅长则以"总裁已经下野"，应服从参谋总长顾祝同的防御计划相驳斥。双方争执不下，在激烈的争吵中，不欢而散。李宗仁深知汤恩伯背后有蒋介石操纵，也只能听其争吵，手无良策。

这一天远在西柏坡的毛泽东则思考着，如何继续叫军事、政治两部轮子同时转起来。他亲自起草了中央军委给第二、第三野战军的电报，提出了把军队变为工作队的思想。指出："军队不但是一个战斗队，而且主要的是一个工作队。军队干部应当全体学会接收城市和管理城市。"

二月九日

共产党人希望和平，但对和平不抱幻想。"敌人磨刀，我们也要磨刀"，刘伯承、陈毅、邓小平、粟裕、谭震林五人组成的总前委召开会议，讨论渡江问题，提出渡江"以三月半出动，三月底为最好"，在战略部署上，"以华野四个兵团，中野一个兵团为第一梯队"，"突破的重点位置，拟在安庆、芜湖地段"。

长江依然像往日那样沉静。除了国民党海军舰艇不时推起一扇大浪，两岸城镇的街市上也依然响着小贩们的叫卖声。街头虽偶尔见到"莫谈国事"的招贴，但老百姓的街谈巷议，也仍旧是发国民党的牢骚，说共产党的好话。

南京的李宗仁，正度过他一生中最艰难的日子。党内宗派的四分五裂，共产党得民心而得天下的大趋势，蒋介石的临危下野，把他推上了最后的战车。他明知和平努力，不过是"划江而治"的天方夜谭，也深知希望渺茫，但还是等待颜惠庆、章士剑、江庸为代表的上海和平代表团再次直飞北平。这一去结果如何，也只有天知道了。

十几年后，李宗仁从美国飞回北京，才真正圆了他个人一个和平梦。这个年逾古稀的老人，在经历了一生风雨沧桑，投进共产党和人民怀抱的时候，他不会不想起北平和谈与长江防线蓦然瓦解。当年，他未能改变一个衰落政党的历史轨迹，却终于纠正了自己的人生道路，叶落归根，为祖国的统一，做一个国民党的先行者。

是日，李宗仁又派专机飞兰州，接张治中赴北平和谈之际，不料后院又纷纷起火——

上海铁路工人千余，因物价飞涨，工资低廉，食不饱腹举行罢工，致使京沪、沪杭铁路运输中断。

南迁广州的立法院副院长刘健群，对记者感叹广州物价太高，即使到最低等餐馆去吃饭，五十金圆吃一口，吃了三百多圆还吃不饱肚皮。

行政院迁广州办公，因占了一所大学校舍，引起学生公愤，数千学生游行示威，要求伪政府退还被占房舍。

四面楚歌的日子，叫代总统李宗仁，度日如年……

二月十日

随着东北、平津的解放，生产力也得到了极大的解放。国民经济大动脉——铁路运输行业的职工劳动积极性空前高涨。

为了迅速恢复战争留下的创伤，平绥铁路东段员工迅速完成了抢修康庄、南口、青龙桥、沙城间铁路和桥梁的任务，二十九天内抢运各类货物二万七千八百吨，使遭战争破坏的一些企业很快恢复了生产。

平绥铁路一回到人民手中，工人代表立即集合，热烈拥护共产党毛主席关于和平谈判的八项条件，组织职工积极生产，支持前线。

沈阳皇姑屯铁路工厂在恢复生产的日子里，夜以继日，修复了一辆旧机车，命名"北平号"，在火车头上立牌匾、披红挂彩开进山海关，庆祝北平解放。

这一天的南方报纸，均在显著位置刊登了澳洲外长伊瓦特建议由联合国调解中国内战的消息。国民党政府要员当即作出呼应说："现值中共方面尚未完全宣示其作战到底之决心以前，国防调停为时未晚，深盼联合国把握时机，采取有效之步骤。"

与此同时，国民党行政院长孙科在广州市府迎宾楼与美国经济合作总署中国分署官员举行联席会议，由美国向缅甸购进米粮二万二千吨，供应华南各缺粮城市，美方表示：今后美国的经济援助将侧重于华南。

三千名公务人员爆发了请愿骚动，大批军警出动，才平息了动乱。

更严重的流血事件发生在五天前的昆明。因当局无理废止五十元的金圆券，致使市场发生混乱。当市民商人要求政府予以兑换遭拒绝后，愤怒群众捣毁了中央银行。军警出动镇压，逮捕五六十人，其中二十一人被当场杀害。

民可载舟，也可覆舟。当民意的海洋涛声四起，一个腐败政府的翻船，便将是必然的了。

二月十一日

广州石井，国民党联勤部第八十军械厂发生爆炸。

隆隆巨响，使广州大为震惊。连绵不绝的爆炸和熊熊大火持续了六小时，四十七人在爆炸中丧命。

当晚，国民党中央执行委员会常务委员戴季陶，在广东省府东园官舍寓所服药自杀。作为国民党元老的他，追随蒋介石二十余年，在时事激变，看到国民党大势已去的时候，"对国事殊为感伤"，自尽身亡。国民党部政要立即召开特别会议，严令不得报道戴氏自杀之消息，只说，戴氏是因误服过量安眠药而亡。

弹药库爆炸，元老自尽，使广州、南京的国民党人大为感伤，人们听说戴氏留有遗嘱，但官方不予发表。

这一天的李宗仁，又被两件事所困扰。一是近日广州方面以孙科为代表，发表了一些剑拔弩张的政治言论，主张"以战求和"，与李宗仁唱对台戏；二是国防部任命蒋介石次子蒋纬国晋升装甲兵副司令。党内"反对投降"的呼声一日高过一日，备战黩武的纸牌又打到了蒋家父子门下。此时，这个犹如傀儡般的代总统，满肚子的幽怨无处倾诉。

而这一天出版的《中国新闻》杂志，发表了一篇题为"李代总统上任后的苦闷"的文章。看来，国人的眼睛是雪亮的。

在同一期刊物上，还发表了《局部和平与投降》一文，分析了国民党政府内，两种声音两个司令部的党派之争，根据是下野的蒋介石还在"垂帘听政"。

当天的《大公报》援引联合社的消息说："李代总统及其左右，对广州政府要人所发表的言论，正在逐字研究，以确定其有无破坏和平努力的预定计划。李氏正在努力请行政院至少部分官员来京举行会议，研究当前局势，决定应采取何种步骤。如粤派行动威胁和谈成功希望，李氏已完全准备在京另组内阁。"

二月十二日

正月十五，元宵佳节。

一早，北平的大街小巷里，家家户户都把大红灯笼，高高地挂了起来。

在这传统的元宵佳节，北平市二十万人举行盛大集会和游行，热烈庆祝北平解放。自上午九时起，参加北平各界庆祝解放的人流，就开始分路进入天安门广场。到中午十二时，仅中华门一个路口的人流，就多达十一万人。

天安门外，数不尽的彩旗迎风招展，御河桥畔人山人海。近百个秧歌队、军乐队、高跷队、旱船队、武术队和化装宣传队载歌载舞，鼓乐欢腾。紧靠皇城根下，工人和学生的队伍不断沸腾着欢呼解放的口号，这一盛大的场面，是古城历史上未曾有过的。

下午一时半，庆祝大会在雄壮的音乐和礼炮声中开始。北平市军管委员会主任、市长叶剑英将军和清华大学教授张奚若先生以及工人、妇女、解放军和学生代表，先后发表热情洋溢的讲话。

张奚若先生在讲话中感慨万千地说："解放军是人民的军队，共产党是替人民服务的政党，有了这样的政党和军队，这是我们的幸运，这是中华民族的幸运。"

工人代表李连山是参加过一九二三年二七大罢工的老战士。他说："一切劳动生产者，要跟着毛主席走，多生产，支持解放军，打垮敌人！"

解放军代表姜世法表示说："人民解放军随时准备着，解放江南，解放全中国！"

中午十二时，天空中突然下起了片片雪花。

广场上的人群，却不散去，还要举行全市区大游行。当游行队伍刚出发时，雪停了，太阳忽然从乌云中放射出暖人的光芒。乐队高奏《东方红》，数十万人一齐高唱起那支来自西北的民歌，当然，今天唱起它，是表达人民对共产党毛主席由衷的感激之情。

歌声从东路，经王府井、东华门、景山、北海、西单牌楼、西交民巷，一直唱到前门；那歌声也同时从西路，经西四牌楼、新街口，一直唱到西直门。

歌声像一杯醇酒，让北平城在欢乐中，沉醉了……

二月十三日

天津市各界十四万人，继北平之后，也举行了盛大集会和游行，热烈庆祝平津解放。作为中国北方工业、商贸、海运重镇，工商界民主人士和职工群众对天津解放表示由衷的喜悦心情。

铁路职工来了五千余人。他们用卡车装饰成"解放"号火车头，上面用大字书写着"永远跟着共产党走！"。津浦路检车段工人用一尊大炮在前面开路，工人们扛着钢轨、枕木和铁锤紧随其后，生动地表达了大炮打到哪里，铁路就修到哪里的豪迈气概。

在旧社会受尽欺压的贫苦市民、手工业者、小商贩、三轮车夫也纷纷自动加入游行队伍，欢庆人民解放的日子。

郑州市人民也在这一天举行了庆祝平津解放的群众集会，会上数万群众在夜幕降临时，手提灯笼举行游行庆祝活动。在此前后，内蒙古、晋绥解放区、太岳地区、太行地区、冀中、冀东、冀南和东北三省也先后举行了群众性的庆祝集会，欢庆平津解放。

这一年的初一到十五，北方人民闹新春的热浪，一浪高过一浪。于是，这一年的春天，也仿佛来得特别早。共产党把解放劳苦大众的种子，一旦播入这片古老的土地，收获希望的日子，也就不会遥远了。

然而，战事并未结束，和平也遥遥无期。把握着中国命运、关切着国民经济的毛泽东和周恩来又接到全国轮船业联合会理事长、上海轮船业工会理事长的来电，希望恢复因战争中断的上海至华北的海上运输。毛泽东、周恩来考虑到国民经济不能停滞，当即复电表示支持，并致电北平市长叶剑英、天津市长黄敬确保安排和恢复上海至华北的海上运输畅通无阻。

海上悠远的汽笛声，与人民喜庆锣鼓的欢乐，遥相呼应。平津解放区迎来了第一个充满希望的春天。

二月十四日

由颜惠庆、邵力子、章士钊、江庸四位七旬老翁领衔组成的"上海和平代表团",受代总统李宗仁的委托,与中共共商国是。经过一段磋商,南京和平代表团于这一天,离平返回南京,当日向李宗仁报告了去平经过,而后召开记者招待会。代表吴裕后发表了在北平的观感。他说,中共进城后没有捕人,也没有清算斗争,即使是国民党人,放下武器就无碍了。物价也在回落,米由每石八千金圆券跌到三千圆,银圆黄金美钞都可以自由兑换。

新闻记者招待会后,这四位民主人士,再度飞回北京。

当天《大公报》加花边发表了《张治中再度恳请辞去和谈代表》的消息,张治中一再向李宗仁申请辞去代表任务,理由是"西北责任重大,恐有错误"。李宗仁"电复慰留",并请张治中来南京面商。

与南京"和平"空气极不协调的是,国防部连日派出数十架次军用战斗机,轮番沿长江飞行,炫耀武力。

国民党前国防部部长何应钦自沪抵京,于前日晚晋见李代总统,对和平前途表示关心。他对报界公开说,"我个人认为中国需要和平","一个军人为什么提倡和平?殊不知,正因为身是军人,更知道战争的残酷"。然而,这时的他已经退休了。

身在广州的孙科,似乎对南京方面鼓吹之"和平"漠不关心。于右任奉李宗仁之命,专程来广州,邀孙科赴南京共商和谈大事。孙科则以"血压太高,不能坐飞机"为由加以推辞。这个国民政府首脑的行政院长还居然摆出一副公子哥儿的姿态说:"我妈妈还叫我到澳门去呢!"

二月十五日

北平六国饭店，这一天成为新闻焦点。

北平市长叶剑英、副市长徐冰，以及林彪、罗荣桓、董必武、聂荣臻、陶铸、戎子和等共产党军政要员来到这里，会见上海和平代表团颜惠庆、邵力子、章士钊、江庸一行。特别引人注目的是，中共方面特别邀请了傅作义、邓宝珊等国民党起义将领出席，参加会见。

叶剑英重申中共和平诚意，强调坚持八项条件的必要性，指出第一条战争责任问题可以区分清楚：战犯名单并非不可改变，并以傅作义为例。

李宗仁于晚九时发表广播讲话，宣称南京政府迫切需要完成的任务"第一是谋求和平，第二是革新政治"。他说："许多人批评政府贪污无能，我以为这不是无的放矢。"他似乎意识到政府腐败是失去民心的大患，鼓吹"承认以往错误"，彻头彻尾，重新做起。

然而，一切都为时晚矣。这一天，京沪铁路员工再次举行大罢工，沪宁、沪杭两铁路自下午三时起，运输陷于瘫痪。同日，常州、无锡、苏州车站工人六千人闻讯乘专车赴沪声援。车至杨家桥，被国民党军警以拆毁铁路的手段加以阻止。

次日，沪杭、沪宁两线竟日停运。

这一天黑龙江省召开劳动模范代表大会。普通劳动者披红戴花，受到政府的表彰，对从旧社会走来的劳动人民来说，无疑是件新鲜事。

到会四百三十四名劳模盛赞翻身解放、当家做主的新时代的到来，表示要为完成当年增产一百二十万吨粮食的目标而奋斗。

人民解放军淮海前线司令部公布，歼灭杜聿明部三个兵团的辉煌战果。缴获各种炮一千六百九十九门、各种枪十二万三千二百三十支、坦克一百零七辆、汽车一千二百一十六辆；歼敌二十五万余人。

二月十六日

"文武之道，一张一弛。"

新华社陕北广播电台在这天向全国播发了毛泽东的一篇战斗檄文，名为《国民党反动派由"呼吁和平"变为呼吁战争》。毛泽东说："自从一月一日蒋匪介石发动和平攻势以后，曾经连篇累牍地表示自己是愿意'缩短战争时间'，'减轻人民痛苦'，'以拯救人民为前提'的国民党反动派的英雄好汉们，一到二月上旬，和平的调子就突然低落下去，'和共党周旋到底'的老调忽又高弹起来。"

何以如此呢？是因为共产党一定要惩办战争罪犯，而且战犯的名单又是以蒋介石为首的。蒋介石万万没想到，他搬起一块和平的石头要打共产党，而毛泽东接过那石头，首先就要砸老蒋的脑壳。

国民党当然就不干了，开始鼓吹"以战求和，反对投降"。毛泽东一针见血地指出："你们是'以拯救人民为前提'的大慈大悲的人们，为什么一下子又改成以拯救战犯为前提了呢？"

毛泽东进而以辛辣的笔调嘲讽道：国民党死硬派就是这样倒霉的，他们坚决地反对人民，站在人民的头上横行霸道，因而把自己孤立在宝塔的尖顶上，而且至死也不悔悟。……一小撮死硬派不要几天就会从宝塔尖上跌下去，一个人民的中国就要出现了。

共产党仗打得漂亮，文章也写得漂亮。他们不仅用兵如神，要力争军事上的胜利；同时也韬略在胸，力争道义上的优势。这好比是一盘棋，和谈尚未开局，一步就要将死老将儿！

而这一天的国民党后院，再度起火。

在上海的国民政府中央机关交通部、社会部、地方法院等单位的代表几十人，上访财政部部长，要求调整生活待遇和发放安家费等。请愿的人群被门卫阻止，发生斗殴，社会部代表丁高林手臂被打伤，更激起代表们的愤慨。

政府上层则敢怒而不敢言，只能好言相劝，暂时平息内乱。这一天的权贵们听着机关内部的怒骂之声，果真有了一种被孤立在宝塔尖上的感觉……

二月十七日

继前日叶剑英、徐冰主持举行欢迎上海和平代表团晚会之后，董必武再与颜惠庆、邵力子、章士钊等就和平问题作深入交谈。

叶剑英的儒将风度、董必武的沉稳亲切，给来自上海的资深民主人士留下了深刻印象。他们发现，共产党人绝不像国民党宣传的那样"青面獠牙"，也没有"战争狂人之好战黩武"。就连做过国民党宣传部部长的邵力子在这些共产党人面前，也自然显出些谦卑儒雅之态。

北平城里物价回落，一片祥和安宁景象，市场上的买卖交易也显得热闹了许多。扒手小偷之类，在人民欢庆胜利解放的日子里，也似乎少了许多，银行和各种商行店铺整日开门，顾客络绎不绝。

上海滩的一片枪声，惊动了十里洋场。

京沪杭战区警备司令部的军警在汤恩伯的指挥下，开枪镇压上海交通汽车公司举行罢工的群众。三名反饥饿的工人当场死亡。

同时，南京卫戍司令部发言人发布公告，威胁要对罢工工人和罢课学生予以严惩。

上海的枪声绝非偶然。

不久前，南京对岸浦口镇发生了国民党军队抢掠居民粮食、金钱事件，引起当地居民的极大愤慨。大部分居民被迫逃走，致使该镇一时间变为一座"死城"。

二月十八日

中国新民主主义青年团筹委会，在这一天宣告成立，任弼时出任主任委员。筹委会常务委员会举行会议，决定一九四九年四月十日至十七日在北平举行新民主主义青年团全国第一次代表大会。

随着解放区的不断扩大，中共中央认为，开展新中国成立工作是共产党领导下的青年运动的中心环节。新民主主义青年团的任务是争取人民解放战争彻底胜利，进一步巩固和建设各解放区，团结和教育广大青年，为革命培养后备力量。

共产党人清醒地意识到：青年是未来是希望，从第一次国内革命战争时期开始，党就把广大青年团结在革命的旗帜下。从那时起，青年就是革命的主体和中坚。在中国新民主主义革命的曙光已经到来的时刻，解放区的工厂、农村、机关、学校里，大批青年再度走向革命阵营，是得民心者得天下的又一个明证。

隐居溪口的蒋介石，谋划和谈的限度是"划江而治"，即"确保长江以南若干省份的完整"；同时强调"备战要旨"，应"以整饬军事为重"。他计划争取三至六个月时间，在江南重新编练二十万新兵，以便卷土重来；同时还作了最后退保台湾的安排。

这一天的《大公报》报道了蒋介石儿子蒋纬国从台湾乘专机飞回广州下榻新亚酒店，分别与孙科、吴铁城、余汉谋、薛岳等国民党头面人物密谈以后，又匆匆飞往上海，转赴溪口。

蒋纬国台湾之行，与后来蒋介石溃逃台湾有关。当日《大公报》发表了台湾警备总司令部、台湾省政府公告。公告对赴台军公人员及旅客作出严格限定。时局突变时，弹丸小岛不可能承纳太多人口，国民党最后的栖身之地，严限入境批准手续，则提前挂出了"闲人免进"的招牌。

二月十九日

东北五省村民民主选举工作，在完成试点和训练干部工作后，在各地普遍展开。这是继各地土地改革后，东北农村民主建政工作的重要环节。农民自由地行使自己的民主权利，选举农村行政管理干部，对普通农民而言，也是开天辟地第一回。

国民党政府已处于极度涣散的状态。代总统在南京，政府却迁到了广州，立法院一分为二，南京、广州各有一半，立法委员们则分散于南京、上海、杭州、广州、汉口、台湾等地。被人们遗忘了的司法院和考试院此时已无人知晓它在何处。

政府选出的四位正式和谈代表，今日，也全然没有信心和底气。邵力子去了北平，在共产党人面前，全然没了官员气派，却少不了毕恭毕敬；张治中在西北，两次提出辞去和谈代表的请求，不被获准；黄绍竑在上海深居简出；而钟天心跑到广州，时而又在南京、上海间飞来飞去。

代总统李宗仁完全没有了一个元首发号施令的气派，每日里只能靠电报电话与四分五裂的党僚们赌气。

更有甚者，蒋介石隐退以后，辞职之风日盛一日，自左舜生、林可玑递出辞呈后，政务委员陈立夫、总统府秘书长吴忠信、交通部部长俞大维相继辞职。近日，新闻界传出消息说，行政院长孙科也要辞职。

好在孙科终于露面，却是向美国提出三年援华计划，贷款数额高达六亿美元。

二月二十日

人民解放战争的节节胜利，加速着国民党的总崩溃。中共中央军委发布命令，批准以刘伯承、邓小平、张际春、陈赓、李达五人组成第二野战军前委，邓小平任书记。

林彪、罗荣桓、董必武、聂荣臻、薄一波、叶剑英在北京饭店举行盛大宴会，招待在北平的各界民主人士。到会各党派、学术文化团体方面民主人士三百八十六人。上海和平代表团颜惠庆、邵力子、章士钊、江庸也应邀出席。

林彪在致辞中说："全国人民殷望和平，共产党对和平一片真诚，但对方依靠美帝，想作挣扎的企图是明显的，希望邵公等南返，向人民转达中共之意，一齐为永久的真和平努力。"

身在南京的宋庆龄复函毛泽东、周恩来，对邀请她北上表示"深厚的感谢"，说明"由于有炎症及血压高，正在诊治中，不克即时成行"。同时表示，"我的精神是永远跟随着你们的事业"，深信"将于最近将来光荣的完成"。

前东北剿总司令卫立煌致函朱德总司令，说他"弟自沈阳南旋，行动不克自由，谅早洞悉。唯念老母现年八十有五，弱弟奋涛率同子侄数十人，在肥侍养。兹值解放大军到达，望电知军政领袖，加意维护，免受惊恐"。毛泽东后来以中央军委名义电告邓小平、饶漱石、陈毅："望转合肥县政府对卫立煌家属予以保护为盼。"卫立煌上年被蒋介石软禁南京，本年一月由李宗仁恢复其自由后，乘英轮逃往香港。

李宗仁曾数次召孙科来南京，孙科不来。代总统于这一天上午九时乘"中美号"专机离南京飞赴广州。

下午一时抵广州，孙科、吴铁城、薛岳等到机场迎接。当日晚，孙科设宴欢迎。李宗仁即席发表书面谈话称：对和平之必然实现，抱有无限信心。

当晚，李宗仁又与孙科长谈，力劝孙科返回南京。同时，接到来自西北的电报说，共军第一野战军发起春季战役，于是日向陕中渭河以北胡宗南部发起攻势，铜川、耀县失陷，蒲城、淳化、富平、大荔、朝邑等县危在旦夕。

二月二十一日

此时，毛泽东的一着棋，叫国民党猝不及防。在战与和的抉择中，毛泽东厉害的地方，是国民党难以匹敌的。

这一天，人民解放军平津前线司令部政治部召开北平受编之原国民党师以上军官会议，正式宣布改编方案。人民解放军平津前线司令员林彪、政委罗荣桓、参谋长刘亚楼、政治部主任谭政、副主任陶铸及傅作义的代表郭宗汾等出席。

改编方案规定：原国民党华北"剿总"、第四、第九两兵团和其八个军部的三级指挥机构全部解体。其所有工作人员与直属队，分别编入解放军平津前线司令部各兵团部及军部；其所属二十五个师则改编为解放军之独立师；各特种部队则与解放军的特种部队合编。

这一天的《东北日报》报道东北解放区广泛开展建立新民主主义青年团的工作。团员遍及新老解放区城镇乡村、铁路、矿山，广大青年生产积极性空前高涨，在解放区的各项建设中，发挥了生产突击队的巨大作用。

按照党中央的指示，东北地区工厂、矿山、邮政、铁路系统广泛开展劳动保护工作。伪满时期，工业基地东北机器普遍陈旧，各类生产事故频频发生，工人的人身安全得不到保障。人民政府成立后，把劳动保护作为保护工人利益的重要工作。随着各级工会的普遍建立，劳动保护基金审核组织也在各类企业中普遍成立。

二月二十二日

上海和平代表团颜惠庆、邵力子、章士钊、江庸一行乘飞机抵石家庄，又转车到达西柏坡。国民党起义将领傅作义、邓宝珊提出见毛泽东的请求，经中共中央同意，是日与上海和平代表团一同到达这里。

小村庄给客人们的第一印象是整洁清静，空气也格外新鲜。对于这些住惯了大都市的民主人士、起义将领来说，这里似乎像一个"世外桃源"。与整日浸泡在灯红酒绿的国民党统帅部相比，这里却散发着田园的泥土气息。然而，许多惊天地泣鬼神的号令，都是从这不起眼儿的小村庄发出去的。

毛泽东、周恩来在西柏坡亲切接见国民党起义将领傅作义、邓宝珊以及四位民主人士。毛泽东向傅作义表示，将原傅部被俘人员放回，傅可以接见他·们，并将他们送往绥远。毛泽东说："绥远还是国民党统治区，放他们回去有好处。国民党不是一贯宣传共产党人杀人放火，共产共妻吗？他们到了绥远，可以现身说法共产党一不搜腰包，二不侮辱人格。"毛泽东还说，释放的这批人经过学习提高觉悟，我们"以后还要使用哩"。

就在毛泽东谈这番话的当天，国民党海军"黄安号"军舰在舰务官鞠庆珍、枪炮官刘增厚等率领下起义，由青岛开往连云港，加入人民解放军。

同日，国民党空军第十大队飞行员杨宝庆驾驭C-46型运输机，由西安飞唐山，向解放军投诚。

毛泽东与傅作义等人的谈话，还谈到了战后保护文物古迹的问题。他说："八国联军抢掠了我们许多文物珍宝，火烧圆明园。如果我们自己毁了紫禁城，破坏了文物古迹，要被子孙后代唾骂的！"

也是在毛泽东谈这番话的当天，北平文化接管委员会正接管故宫博物院、历史博物馆、北平图书馆、北平文物整理委员会。解放军进城时，本着"不损坏北平一砖一瓦"的方针，所有文物古迹都保存完好无损，顺利由北平文化接管委员会接管并予以保护。

上述四个单位原来的领导人及专家学者一律继续留任，职工也保证原职原薪。从此，北平这座古老都城的文博事业在"民族的、科学的、大众的"方针指引下，走向了新生。

人民的女作家丁玲创作的反映土地改革斗争生活的小说《太阳照在桑干河上》，这一天由光华书店正式出版发行。作品不仅展开了一幅反剥削反压迫的农民斗争的鲜明图画，而且力透纸背地刻画了土地改革中形形色色的人。当天的《东北日报》在这部小说的发行广告中说："它将帮助我们更深切而具体地了解这一伟大的历史变化。"

二月二十三日

在广州的国民党政府行政院通过了"财政金融改革案"。规定以银圆和所谓"关金券"为军费开支和征收关税的计算单位，一部分货物税和盐税改为征实物，并允许各地方政府自由征税。

这一改革案，实际上宣告了"改革币制"以金圆券为本位货币的规定完全破产。"金圆券"是1948年8月19日开始发行的一种新纸币，仅半年间，发行额已达六百多万亿元的天文数字，相当于抗日战争前货币发行额的四十多万倍，物价同时涨了数百万倍。

金圆券发行不到三个月，贬值五分之四，又同时取消了对最高发行额的限制。一些地方政府甚至公开拒用金圆券，出现了地方性纸币或者以银圆为通货。

张治中自兰州抵达南京后，在私邸接见往访各报记者，就和谈问题，张治中说："一个人挑不起两副担子，在西北时，大家都不愿意我离开西北，都不赞成我做和谈代表，因为我做了和谈代表，西北的事就不能顾及了。"这显然是他此前想辞去和谈代表一职的借口。张治中又接着说："中央一定要我做，我也没有办法，我仍希望中央不要我做。"

李宗仁这一天继续南巡。自广州飞桂林后，着意回老家两江乡故居祭祖。政局前途渺茫，这个年事已高的老人忽然生出思乡之情。原来按计划安排接见记者的活动，也改由总统府第二局局长黄雪邨出面，回答记者提问。当然都是些老掉牙的政治话题。

当李宗仁踏上故乡小路时，细雨潇潇，他冒雨进村时，父老乡亲们竟沐雨出来欢迎他。乡里人们不谈政治，只把他作为久违的乡佬，见面只是问寒问暖。这个深感世态炎凉的代总统只有在故乡体味到了一种温心暖人的乡情。

二月二十四日

毛泽东在西柏坡接见颜惠庆、邵力子、章士钊、江庸一行。毛泽东明确表示，可与南京李宗仁政府进行和平谈判，但必须"速议速决"，一切以八项条件为基础。

经讨论，双方达成八点秘密协定：①谈判以中共与南京政府各派同数代表为之，地点在石家庄或北平。②谈判方式取绝对秘密及速议速决。③谈判以中共八条为基础。④协议发表后，南京政府团结力量与中共共同克服可能发生之困难。⑤迅速召集新政协成立民主联合政府。⑥南京政府参加新政协及参加联合政府之人选，由中共（包括民主人士）与南京政府商定之。⑦南方工商业按照原来环境，依据中共城市政策，充分保障实施。⑧有步骤地解决土地问题，一般先进行减租减息，后行分配土地。

同日，沈阳市人民政府发布通告，市内一些旧的道路名称，多有不当，兹决定部分加以改正：

原"中正路"改为"民主路"；"林森路"改为"新华路"；"中正广场"改为"民主广场"；"林森广场"改为"新华广场"。

人民的城市，果然多了些民主的气氛。陈林、姜君臣等八位同志致信东北行政委员会铁道部部长，对铁路工作中的一些缺点直率提出批评。

当天的《东北日报》发表了铁道部副部长余光生给八位同志的复信，诚恳地检讨工作中的问题，并向他们作了自我检讨。复信对冬运中发生的事故以及对货主的旅客的服务质量，都作了认真的检讨。复信说："我们正在有系统地研究问题,不久以后定把结果公布于众,并会有更具体的自我批评和解决问题的方案。"

这件事引起很大的社会反响。《东北日报》对于新闻工作中"报喜不报忧"的倾向,也作了认真的检讨。

二月二十五日

用"众叛亲离"描述国民党在祖国大陆最后的日子,再恰当不过了。

当日,国民党最大的巡洋舰"重庆号"五百七十四名官兵,在舰长邓兆祥的率领下,于长江吴淞口举行起义,并且驶往烟台,加入中国人民解放军。邓兆祥率全舰官兵致电毛泽东主席、朱德总司令,表示"重庆号全体官兵,不甘再助纣为虐,咸愿秉诚赎罪,报效人民","今后誓当在中国共产党领导之下,东北解放区军政首长直接领导之下,贯彻毛主席八项和平主张,为彻底摧毁美蒋勾结的对中国人民的统治,完成全国人民解放大业而奋斗。"

若干年以后,毛泽东、邓小平、江泽民等领导人,都曾登上"重庆号"视察。这艘老牌战舰不仅成为两种制度两个政权更替的历史见证,也成为"得民心者得天下"这条古训的现代教科书。

同一天,远在大洋彼岸的美国国会两院,正对濒临崩溃的国民党政府谋划军事和经济援助。两院联合援外监督委员会主席麦加兰,将向参议院提出的十五亿美元贷给国民党政府,以为经济、财政、政治与军事各方面之援助案。该案规定以五亿美元稳定中国货币,以七亿美元为军事援助,以三亿美元拨交经济合作总署。

美国人的算盘又打错了——美元已经不能拯救行将垮台的国民党政府了。

当日，上海的《申报》发表了国民党政府财金改革方案，公布"行使银圆非施行新币制，金圆券结束发行"的消息，政府决定除行使旧有的银圆为币制外，并以同等重量成色大量制造新银圆，从而宣告金圆券的彻底崩溃，于是货币流通市场陷入一片混乱。

二月二十六日

实际上，新中国的脚步，正按照共产党人的时间表、按照人民的意志，沿着新民主主义革命的轨道，一刻没有停息地赶着它自己的路。

人民解放军平津前线司令部、北平市军管会、北平市人民政府、中共北平市委联合在中南海举行欢迎各方民主人士大会。到会有各民主党派领导人及无党派人士李济深、沈钧儒、马叙伦、郭沫若、谭平山、彭泽民、陈其尤等四百一十余人。大会由北平市军管会主任叶剑英主持，平津前线司令员林彪、中共北平市委书记彭真先后致欢迎词，随后李济深、沈钧儒、马叙伦、郭沫若、谭平山、章伯钧等人发表演说。会议在热烈气氛中进行，历时四个半小时。

这些民主人士是应中共中央邀请，为参加新的政治协商会议而来的。一九四八年十一月，周恩来就指出："依据目前形势的发展，临时中央人民政府有很大可能不需经全国临时人民代表会议，即经由新政协会议产生。"从那时起，中共中央就通过南北各地解放区和国统区党的组织，开展行将建立的人民民主制度的统一战线工作。

不久，李济深、茅盾等三十多人自香港经大连到达东北解放区。接着，各民主党派和无党派人士从四面八方纷纷会聚解放区。

这一天，欢聚一堂的各民主党派代表有：国民党革命委员会李济深、朱蕴山，中国民主同盟沈钧儒、章伯钧，中国民主促进会马叙伦、许广平，无党派民主人士郭沫若，中国农工民主党彭泽民，人民救国会沙千里，三民主义同志联合会谭平山，民主促进会蔡廷锴，民主建国会章乃器，致公党陈其尤，上海人民团体联合会罗淑章；以及文化界民主人士茅盾、侯外庐、产业界胡子婴等。大家建言献策，共商国是，对未来充满希望。

当晚，上海和平代表团颜惠庆、邵力子、章士钊、江庸等在六国饭店邀请北平党政军各界领导人作临别答谢。次日，邵力子又前往北京饭店看望了李济深、李德全、沈钧儒、章伯钧等。

二月二十七日

上海和平代表团飞返南京后，《申报》迅速报道了李宗仁接见政府要员，交换时局意见的消息。消息说，由于上海和平代表团带回了毛泽东致李宗仁的一封信，李宗仁便匆忙召集政要商讨即将到来的和谈对策。

为了表明国民党上层所谓"内部团结"，这一天"中央社"向新闻界发出了两张引人注目的照片：一张是李宗仁与孙科在广州机场的合影，一张是李宗仁与吴铁城等上层官员的合影。

然而，不管他们如何掩饰南京政府内部的分崩离析，长江是最后一道防线，此时他们最怕看到的是炮弹终于有一天，会在他们头顶炸响。"划江而治"是天方夜谭，但他们还是想做这个白日梦。

美国西太平洋舰队司令白吉尔，继续率旗舰南行至厦门，日内又起锚穿越台湾海峡赴高雄。这表明，美国人对国民党"划江而治"也不抱幻想，正在一天天南移，寻找它新的军事基地。

而此时北平的苏联领事馆，也悄然摘去牌子，停止办公了。联合社在前一天发表这个消息时分析说，苏联此举理由不明，一般认为，苏方欲表示其与中共并无关系。另一说为苏联预料中共会在北平设立中国临时政府，苏联还不承认，因为苏联与国民政府有外交关系，大使馆也从南京迁往广州。

苏美两国军事、外交的微妙动向，似乎比这一天李宗仁接见政府要员的消息更为引人注目。美国人对"和平"前景不抱信心，而苏联人似乎采取的是谨慎观望态度。

长江以北的共产党人，对中国的前途，早已成竹在胸。

毛泽东提出的和谈八项条件，直戳国民党的心窝，惩治战争罪犯蒋介石做先决条件，仗就迟早还要打。当天的《申报》报道了《苏北共军赶造大批木船》的消息说，共军已征集木材二万余根，赶造木船两千艘。

二月二十八日

从北平归来的上海和平代表团颜惠庆等四位老人,在记者招待会上或者朋友间往访的攀谈中,透露了许多北行观感。

邵力子说:"北平之行,中共方面接待尤为热情,我们对北平印象,都觉得良好。"

江庸、章士钊家眷都在北平,抵达北平后,二人都曾回家探望,见家具杂物一无欠缺,甚感高兴。

每日伙食安排很好,西餐中餐应有尽有,四位老人体重均略有增加。离开北平时,叶剑英等中共领导人还向他们赠送水果、点心、香烟、酱菜罐头、石家庄老酒、烟台苹果,如送亲人一般。

邵力子对毛泽东的印象尤为深刻。他说,西柏坡见毛泽东,毛泽东第一句话就拿打牌作比喻说:"我们打牌打了这么久,也该不再打了。"

远在沈阳的中共中央东北局负责人陈云、李立三,这一天主持召开了沈阳工人代表大会。

沈阳是东北产业工人最为集中的工业重镇。中共中央东北局就工业生产中存在的问题,广泛听取工人群众的意见。

铁路、纺织、冶炼等十几家企业的工人代表对增加和改善设备、解决原材料和电力供应方面的困难,以及工人工资和生活福利方面的问题踊跃发表了意见。

陈云作了总结性的讲话。他说:"共产党及其领导的人民政府,是真正代表大众、为大家当差的，是遵循工人、农民、人民大众的意见办事的。工人不仅是工厂的主人，又是国家的主人。今天这个会上，大家都充分表现出这种主人翁的精神。请大家回去转告工友们，凡是政府目前能办得到的事，一定办！"

李立三也以"大家的事情大家办"为主旨，号召全体工友发挥智慧，以发展新的生产事业。

陈云对工人们提出的工资发放问题、家属两地分居问题、越冬取暖问题、粮店太少问题一一作了答复，表示政府全力给予解决。五年前，毛泽东"为人民服务"的思想，正在更广泛的领域，成为共产党人划时代的革命实践。

东北地区恢复生产、土地改革的情况，也不断以电报的形式，向西柏坡的中共中央做出汇报。毛泽东这些日子，也在为党夺取政权以后，如何进城，进城以后如何实行人民民主专政、促进工业生产以及学会做经济工作，进行周密的思考。这一天，他在听取西柏坡当地党组织汇报春耕生产计划时，对大家说，我们共产党人，革命成功以后，如果不能叫人民过上好日子，那么，我们革命的目的，又是什么呢？

北平叶剑英发来电报，电报说，明日中华全国学生代表大会，将在北洋军阀段祺瑞大帅府，举行第十四届代表大会。毛泽东心潮起伏，思绪万千。当年，五四运动反帝反封建、反对官僚资本主义的学生运动，为马克思主义在中国的传播，为共产党领导的新民主主义革命，奠定了中国近代新思想根基。青年运动，是中国革命的推动者，也是新中国的未来。

三月
In March

来自各地的学生代表会聚北平,中华全国学生第十四届代表大会开幕。代表来自华北、西北、东北、中原、华东解放区和国民党统治区的上海、武汉、南京、杭州、苏州、广州等地区。

三月一日

来自各地的学生代表会聚北平，中华全国学生第十四届代表大会开幕。代表来自华北、西北、东北、中原、华东解放区和国民党统治区的上海、武汉、南京、杭州、苏州、广州等地区。

会址选在"帅府园"颇有意味。三十年前，反帝反封建的北师大三名女学生，被枪杀于北洋军阀段祺瑞大帅府门前。北平作为五四运动发源地，在新中国诞生的前夕，又一次成为学生运动的中心，也就有了特别重要的时代意义。

中共中央发来贺电说："中国学生在中国近代革命史上有过光辉的贡献。在中国学生和中国人民长期奋斗的第一步目标，即推翻帝国主义、封建主义、官僚资本主义的反革命统治，正在接近于完全实现，中国学生已经有可能自由地与劳动人民相结合，自由地为人民共和国的伟大革命事业和建设事业服务了。"

第一届学生代表大会于一九一九年六月十六日在上海召开。本次是第十四届代表大会，建立了统一的中华全国学生联合会，并通过了目前学生运动的任务决议案。

同日，台湾召开一九四九年度全省行政会议。陈诚在会上宣布：政治方面推行政治自治，健全组织；经济方面增加生产，稳定物价；文化方面建设三民主义的新文化。同时，台湾省政府对军政人员和旅客入境，也提出若干新限制。

与台湾这一动向遥相呼应，这一天设在日本的美国盟军总部将领麦克阿瑟发表声明说，在美国对日和约签署之前，台湾仍属于盟军总部。并称："台湾目前仅仅是由中国占领而已。"同时，麦克阿瑟指使美籍间谍廖文毅利用"留日台湾学生联盟"和"争取台湾再解放"的组织名义，在东京、香港发出"要求台湾自中国独立出去"的叫嚣。

"台湾独立"这个概念，就是在这一天，由世界警察、美国太平洋盟军司令麦克阿瑟提出来。时间，新中国成立前夕；地点，日本东京；人物，美国盟军司令麦克阿瑟。"台湾独立"这个政治概念从它脱胎那一刻起，就是美国和日本这两个帝国"二战"厮杀过后，建立新的同盟蜜月期的畸形怪胎。

特别值得注意的是，南京政府对美国煽动"台湾独立"的动向，毫无反应。这一天的李宗仁正秘密召集国民党上层头目十余人，研讨和谈方式、起草和谈方案……

三月二日

这一天的《大公报》，以醒目大字标题报道：《首都昨天有重要会商，研讨促成和谈方式》，并援引大量外国通讯社消息，揣测中共态度。无形之中，河北平山西柏坡已成了南方政治乃至新闻媒介所瞩目的中心，连南京总统府都竟日会商，研讨共产党人在长江——这条"楚河汉界"上，布下的大兵压境神秘棋局。

一个"和平"的梦想，叫岌岌可危的国民党中枢要员李宗仁、孙科、吴铁城、于右任、何应钦、白崇禧、张群、黄绍竑、孙越崎、甘介侯等，终于坐到了一张桌子上来，尽管李宗仁一再对外界表示，对"和平"充满信心，但这一天上海出版的《中国新闻》发表了《请李代总统实践谣言》《颜邵毛周会谈以后的政局》《观察南京巨头会议》等文章，对和平前景不抱信心。

这天《大公报》还报道了国民党立法院两天后将召开例行院会，却在议程中没有孙科施政报告的消息。然而，孙科的"政绩"却可以从同日的另外三条新闻中显露出来——

国民党中央造币厂机声隆隆昼夜运转，开始铸造银币，标型为一九四四年采用的"船洋"，含银七钱一分五厘，每日制造五十万枚。

国民党邮电部自即日起实行邮电加价，平信每件二十五元，航空七十元，电报电话普涨百分之六十六。

上海复旦大学校长章益、交大校长王之卓、暨大校长李寿雍和上海、苏州、杭州、镇江等地十六所国立大专学校负责人于前一天到李宗仁官邸请愿，要求政府按各地生活指数保证大学教师最低生活标准；尽快补发二月份薪水，以免受币制贬值的影响。李宗仁答复说，已与孙科院长谈过，政府当在近期设法解决。

大学校长们还就学术研究经费、办公费、公费学生之公费的匮乏和危机，要求政府尽快拨款补齐。

大学校长们表示，近日还将求见行政院院长孙科，继续请愿。

三月三日

《大公报》发出一则只有一句话的神秘新闻："张治中三日离京飞往某地，将有数日的逗留。""某地"是哪儿？又为何而逗留？

实际上，是张治中、吴忠信二人奉李宗仁之命，到奉化溪口与蒋介石晤谈。他们就和谈限度、和谈代表人选问题、国民党党务问题以及外交政策问题听取蒋的意见。

同时，为了消除和谈障碍，他们还带来一个特殊使命，就是"劝蒋出洋"，以利和谈进程。

当日，蒋介石与张治中、吴忠信一见面就说："逼我下野是可以的，要逼我亡命就不行！"

那一天，溪口蒋介石的故居里，空气显得沉闷而又凝重。这个昔日的"蒋委员长"虽然已是布衣长袍，却仍旧盛气凌人，对党内劝他出洋远行，丝毫不给面子。他的脸色跟当日的天气一样，一直阴沉到日暮时分，连绵不断的春雨，叫屋檐垂挂着长长的忧愁。

这天早晨，国民党行政院院长孙科正式宣布：政府与中共之和平谈判，将于本月十五日之后开始进行。李宗仁指定十位要员，负责研究起草政府方面之和谈方案。此十位要员为：邵力子、张治中、张群、何应钦、吴忠信、朱家骅、刘斐、吴铁城、钟天心，孙科任主席。

这位行政院院长孙科借着向新闻界发布和谈消息的机会，终于表露了他对和平前途的疑态：即政府方面为军事失败，中共方面为军事胜利，吾人忧虑中共以战胜者自居，以战败者裨政府，按照国际惯例，和平条件均由战胜国提出，而战败国只能俯首听命，而无提出意见之权利了。

在国民党政府面临空前经济危机的时刻，中央航空运输公司却向美国购买了多架名为CONVAIR LINER 的新型客机，当天的《申报》，发表了中央航空公司征求新机定名的启事。据启事称，这批客机行将投入国内航线运营。然而几个月后的事实却证明：这批"时速惊人"的新型客机，却是在政府逃往台湾时，派上了一个好用场。

三月四日

这一天，《申报》发表上海和平代表团在北平时，与中共领导人合影的大幅照片。照片前排自右至左，依次为：徐冰、薄一波、聂荣臻、傅作义、林彪、叶剑英、颜惠庆、江庸、邵力子、章士钊、邓宝珊、董必武、郭宗汾。

照片摄于二月二十六日北平六国饭店。与其说它是国共和谈拉开序幕的一个历史性合影，不如说它是祖国统一夙愿的一个历史瞬间。中共党政军领导人与前国民党将军、政府官员以及民主人士，在祥和的气氛中坐到一起，又岂止一个"划江而治"的政治分割所能了得？

抚今追昔，照片上那些叱咤风云的人物，已经作古。然而，和平统一的念头，在他们心中从来也没有泯灭过。这张老照片倒是让人向往，他们的后代正在真正圆一个祖国统一的和平梦。

仍旧在中国北方那个普普通通的村庄里，初春暖融融的阳光，正洒满一座座挤满在山坡上的庄稼院儿。鸡鸣狗叫老牛哞哞，坡坡岭岭的栗子树、核桃树、柿子树在经过脱光了叶子的冬天之后，又将抽出嫩绿的枝芽儿了。

中国共产党的领袖毛泽东，在这里度过了他入城前最为辉煌，也最为愉快的日子。根据中央决定，不久，他和中央机关都将迁往北平城里去，党的七届二中全会也将于次日召开。

这一天，出席会议的中央委员三十四人、候补中央委员十九人，都已来到西柏坡。那时的党中央没有宾馆也没有招待所，中央委员们只能住进老百姓的家里。

于是，袅袅炊烟从家家户户烟囱里欢欢乐乐飘出来，久久在村庄上空缠绕，不肯离去。而毛泽东那间彻夜长明的黄泥茅屋，为共产党人提供着一个神思驰骋的广阔天地。这位农民的儿子在完成着三大战役的伟大谋略的同时，又在思考着建立和巩固新生政权、学会进城管理城市和组织社会化大生产的重大问题……

三月五日

具有划时代意义的中国共产党第七届中央委员会二次全会，在西柏坡召开。毛泽东、朱德、刘少奇、周恩来、任弼时、林伯渠、董必武、贺龙、陈毅、邓小平、聂荣臻、彭德怀等出席了这次会议。

毛泽东在这一天的会上作了《在中国共产党第七届中央委员会第二次

全体会议上的报告》，提出了促进革命迅速取得全国胜利的各项方针。

毛泽东指出：在辽沈、淮海、平津三大战役之后，国民党的主力已被消灭。今后解决剩下的一百多万国民党军队的方式，不外乎天津、北平、绥远三种。

毛泽东进而提出：在全国胜利的局面下，党的工作重心必须由农村转移到城市，城市工作必须以生产建设为中心。如我们在生产工作上一无所知，不能很快地学会生产工作，不能使生产事业尽可能迅速地恢复和发展……那我们就不能维持政权，我们就会站不住脚，我们就会要失败。

他在报告中阐述了党在全国胜利后，在政治、经济、外交方面应采取的基本政策，着重分析了中国由农业国变为工业国，由新民主主义社会转变为社会主义社会的发展方向。这些基本政策和发展方向包括——

必须开始着手于我们的建设事业。从接管城市的第一天起，就要着眼于生产事业的恢复和发展，把党的工作中心转移到经济工作上来。

党必须认清工业和农业的比重，认清对现代工业和私营经济、个体农业经济和手工业经济等各种经济成分，从而制定党在新的历史时期的经济政策。

党的对外政策，必须立即统制对外贸易，改革海关制度，按照平等原则同一切国家建立外交关系。我们不仅要同社会主义国家做生意，也要同资本主义国家做生意。

党领导下的新政权是无产阶级领导的以工农联盟为基础的人民民主专政。毛泽东告诫全党，巩固胜利成果，是需要很久的时间和花费很大力气的。夺取全国胜利，只是万里长征走完了第一步。资产阶级的糖衣炮弹，将成为无产阶级的主要危险。

毛泽东提醒全党：要警惕骄傲自满、以功臣自居的情绪滋长，警惕资产阶级用糖衣裹着的炮弹的攻击,全党同志务必继续保持谦虚、谨慎、不骄、不躁的作风,务必继续地保持艰苦奋斗的作风。

三月六日

南京近几天似乎充满着和谈希望,溪口蒋介石的老家里,每日往返电文却络绎不绝。此时的老蒋还是利用李宗仁拼命鼓吹和平,争取三至六个月的时间,以完成他扩军补充新兵二百五十万的计划。

两个月来,下野的总司令幕后操纵,把已被解放军歼灭的一些国军特别是蒋介石的嫡系部队恢复起来,这些部队的军长、师长大部分已经重新派定。

国防部奉蒋之命,成立了十二个编练司令部,正积极补训备战;美国的军火也将要陆续运送给国民党政府。

蒋介石每天都在发号施令,审定和操纵着长江防御的作战部署,在所谓"备战以求和"的号令下,国防部对军队不断进行战争动员。

当天,新华社发表短评《注意国民党反动派布置新战争的阴谋》,揭露蒋介石集团以"和平"为掩护,而加紧扩军备战。

其实,自蒋介石元旦发表"和平文告"以来,不仅军队的神经一直处于高度紧张状态,警察、宪兵的神经也极度紊乱。两个多月来,乱捕乱杀现象时有发生,查封新闻机构也屡见不鲜。

半月前,上海军警机关以"恐怖暴动"之罪名,逮捕了国大代表、国民党革命委员会委员王葆真。

民革主席李济深得悉，迅速致函黄启汉，请其转告李宗仁饬上海军警机关将被捕之民革上海地区负责人王葆真迅予释放。信中说，"当宗仁兄力主和平，解决国事，并释放政治犯以取信于国人之时，尚有此违反人民意志之行动，闻之不胜愤慨。望即电知宗仁兄，即饬上海军警机关予以释放"。当日李宗仁派人去上海调查，不久王葆真果然被释放。

因此，有评论说，不是迫于共产党泰山压顶的政治、军事压力，李济深又不失时机地打出一张和平牌，被捕的王葆真是绝不会被释放的。况且，国民党对政治犯从来都不会开恩。

三月七日

两天前，在立法院全体委员的院会上，许多委员发表质询和攻击孙科的言论。会后百余人签名致函行政院院长孙科，要求他"光荣辞职"。

按照预定程序，三月八日那一天，孙科将率政府内阁成员，向立法院作施政报告，而后立法委员们将向孙科提出施政质询。质询的内容包括：①行政院擅自决定南迁广州，造成政务紊乱；②监察院对政府内阁若干部委官员贪污渎职的调查；③孙科与上海女明星蓝妮的关系——孙科曾下令将政府查封的"逆产"发还蓝妮的违法行为等。

迫于内外政治压力，三月七日这一天，孙科不顾次日将要向立法院作施政报告的法定程序，即日向李宗仁提出辞呈。李宗仁当即与正在溪口的张治中、吴忠信通气，提出几个继任人选，特别侧重于何应钦，让张、吴二人与蒋介石相商。蒋介石认为，何应钦不便当行政院院长，而应让何应钦以"整饬军事为重",提出让何应钦任副院长兼国防部部长。

而这天立法院院会上,委员们一致要求政府:迅速停止征兵征粮,并敦促行政院,尽快迁回南京办公,革新政务。出席委员百余人,对政治革新问题展开讨论,并推定人选,起草政治革新方案。

政治危机笼罩着总统府,李宗仁接到消息,政府内阁也可能发生总辞职,行政院在这一天已经陷入瘫痪。这使得刚刚对和谈问题稍事松了一口气的代总统,一筹莫展。

同日,国民党空军第一大队王玉珂、刘继广、禹庆荣等驾驶蚊式战斗机一架起义,自上海飞抵石家庄。与此同时,空军第十大队唐宛体、李学冕、彭树新自汉口驾驶 C-47 运输机起义,飞抵内蒙古赤峰。

同日,人民解放军东北航空学校校长刘亚楼向毛泽东建议,请党中央听取他们关于培养航空技术人才情况的汇报。而此时的党中央正酝酿创建人民空军。

三月八日

中共中央领导人毛泽东、刘少奇、朱德、周恩来、任弼时、陈云、彭德怀、董必武、林伯渠、贺龙、陈毅、邓小平等根据刘亚楼的建议,听取了东北航空学校副校长常乾坤所作的"关于为创建人民空军,培养航空技术人员情况的汇报"。

毛泽东等中央领导同志详细询问了从陆军选调的飞机学员和地勤、保障技术人员的学习训练情况以及航校的训练水平、装备数量、飞机性能、教学能力、保障条件等情况。他们对航校在极其艰难的条件下，培养出五百多名飞行、领航、通信、机械等各类技术人员的成绩非常赞许。

九天后，中央军委决定成立航空局，负责领导中国人民的航空事业。七月十日，中共中央决定建立人民空军。

这天上午十一时，北平太和殿前，两万多名各界妇女欢聚在这里，以盛大集会欢庆解放后的第一个"三八"国际妇女劳动节。

主席台上悬挂着毛主席和朱总司令的画像，汉白玉围栏上飘扬着鲜艳的红旗。各界妇女代表在大会上尽情抒发她们获得劳动权利和平等权利的喜悦，呼吁全国的妇女团结起来，拥护共产党，努力参加生产，为解放新中国、建设新中国而奋斗。

南京总统府却笼罩在政治危机的气氛中。下午立法院会议上，孙科提出辞职，行政院政务委员们也一致提出总辞职，敦促李代总统迅速另组内阁。

同时，李宗仁签署命令，南京政府附设军事革新委员会，何应钦任主任委员，白崇禧、徐永昌任副主任委员。《申报》报道这一消息时的措辞是："低气压下孙阁总辞职，继任人选在张罗中。"

国民党京沪杭警备总司令汤恩伯于内阁总辞职之同时，奉蒋介石之命，视察长江防务。

国民政府决定，南京城晚十一时起实行宵禁。

三月九日

　　孙科辞职,继任人选尚未定夺,李宗仁忽然又为和谈障碍大伤脑筋了。张治中和吴忠信仍在溪口停留,七天过去了,他们劝慰蒋介石出洋远行,一再受到老蒋的拒绝。蒋介石留在国内一天,和谈前提"战犯"问题就是和平的最大障碍。

　　这一天,从溪口传回的消息说,蒋介石得知孙科下野,情绪消沉,整日带着小孙子在山里游荡,即使回来,也是闭门谢客。李宗仁告诉侍从说,立即给张治中发报,叫张治中再次求见,劝蒋出洋……

　　张治中毕竟在蒋介石身边侍从室做过第一处主任,很得蒋介石的赏识。这天,他再次晋见蒋介石,劝蒋"到国外去休养一段时间"。蒋介石又是火冒三丈:"你怎么老想劝我出国呢?我一定不出国!我不想丧命异国他乡!"

　　张治中进一步劝谏说:"大家都是为了您好。"

　　蒋介石用手杖敲着地面说:"你们转告李宗仁,我一家老小都在溪口,我就是死了也埋在溪口!"

　　如此一来,李宗仁劝蒋出洋的计谋,终告失败了。

　　由于孙科内阁总辞职,政府已确定的五名和谈代表辞职了两位。班底刚刚搭好,就出了窟窿,这对于未来和谈,不是一个好兆头。一个又一个难题,摆在代总统的面前,这一天李宗仁与上层要员紧急磋商,彻夜长谈。

当天，合众国际社自南京发出的电讯说，"李代总统决定在最短期内使新内阁得以组成，俾能在十五日提交立法院，要求同意。时间的因素非常重要，因为对中共正式和谈，可能在十五日以后的任何时间开始。据称，行政院长的新人选，已仅限于何应钦及顾孟余两人"。

《大公报》自广州发回的专电称：广州行政院人员，虽未准备束装北返，但工作濒临停顿，大部分人员情绪不安。行政院内一片死寂，惶惶不可终日。

三月十日

张治中、吴忠信在溪口就李宗仁提名何应钦组阁问题，继续征求蒋介石的同意，得到首肯。鉴于当时何应钦并不答应担当此任，蒋介石又写了一封致何应钦的亲笔信交张、吴带回。

是日，张治中、吴忠信自溪口返回南京，向李宗仁报告。李宗仁心中终于落下一块石头，遂提名何应钦出任行政院长。同时，李宗仁发布命令，撤销"戡乱建国动员委员会"。

立法院政治革新方案起草委员会提出如下建议：登记豪门资产；限制私人银行发展；实行土地改革；监院立院合作，促成廉洁风气；军人绝不允许涉政治；核实军费开支；改革币制，稳定金融；力戒生活奢侈浮华与人心涣散等。

然而，这一改革方案，对于一个腐败涣散、步步败退的政党来说，也只能是一纸空文了。

广州国立中山大学教授们因生活受到严重威胁，实行罢教，学生也以罢课相支持。是日，他们致电代总统李宗仁说，广州物价一日数涨，涨必数倍，要求加薪。次日，当局答应薪俸按照生活指数五百倍核发。但是七天后广州生活指数已超过一千倍，金圆券再度大幅贬值，教工生活陷入绝境。

国民党江防部署，继续对长江实行封锁。据军闻社当日发表的电讯说，海军总部为防范共军偷渡长江，指令江防舰队与陆军空军密切配合，日夜派舰艇轮流巡逻，巡视长江各口岸，以增强沿江防务。

长江一线国统区如惊弓之鸟，陕甘宁边区和中原解放区却胜利扩展。新华社于本日发表电讯称，随着榆林、大荔地区的解放，陕甘宁边区解放区迅速扩大，已经建立了榆林、大荔两个分区。中原解放区召开人民代表大会，饱受国民党统治之苦的中原人民，热烈拥护中国共产党的领导，积极支持人民解放军打过长江去，解放全中国。

三月十一日

东北行政委员会颁布一九四九年农业生产建设计划。这是遵照中国共产党七届二中全会确定的党的工作中心的转移，东北行政委员会发展解放区经济的重大举措。

早春三月，冻土已开始消融，肥沃的东北大地上，春耕生产在土地改革运动的推动下，正热火朝天地在黑土地上展开一幅新图画。农民平分土地以后，东北行政委员会认为：经过一九四八年的生产运动，"广大农民勤劳致富的思想已初步树立，加以上年大部分地区普遍丰收，这就打下了四九年扩大再生产的思想与物质基础"。

当年农业生产建设计划规定增产的任务是：以平常年景为基础，增产百分之十三。增产的基本方针是：应以精耕细作发展水利，提高产量为主，以奖励开荒扩大耕地面积为辅。

计划要求在农村私有经济基础上，实行劳动互助合作，一般以小型的季节性的插犋换工互助组织形式为宜，并动员妇女参加直接或间接的劳动生产。

关于发展农村副业和畜牧业，计划要求适应东北物产资源丰富之特点，为了增加农民的收入，可有计划地广泛、大量发展副业生产。针对东北耕畜减少的问题，鼓励提倡饲养繁殖耕畜，发展家畜。

关于兴办长期农业建设事业，计划要求恢复、建立各种农业技术部门、建立农学院和农业学校培养技术干部。恢复农业试验场、种畜场，有计划有重点地进行改良农业技术的研究和试验。进行水系调查测量，设立水文站、气象站，扩大植树造林。

这个发展计划还规定了发展农业生产建设基金，包括国家建设资金、农业事业费、农业贷款和农业投资。同时，还规定了生产奖励政策：确定地权，保障私有，农民经营所得，完成归自己所有，并享有经营交换的自由。奖励精耕细作、开垦荒地、兴修水利、繁荣养殖和畜牧；奖励有贡献的劳动模范。

三月十二日

李宗仁提名何应钦出任行政院院长一案，提交立法院临时会议审议，投票以二百零九票赞成、三十票反对，获得通过，当日即由李宗仁代总统明令发表。

这一天，也正好是何应钦的六十岁生日。

在不到两个月的时间里，总统下野，政府内阁总辞职，表明国民党的政治局势已不可收拾。此时的何应钦身在杭州，正度过他六十寿辰。花甲之年，早已知天命，艰危局势下出此大任，一定是惨淡经营代人受过的差事。

此时，从地方到中央，各级官员辞职之风日盛，国民党的官位从来都没有像现在这样不值钱。行伍出身的何应钦深知局面不可收拾，受命行政院院长必是凶多吉少。他执意不想干。

白崇禧、张治中、顾祝同、吴忠信受李宗仁之托，于前一天来杭，劝他从命出驾，说起来，政府元首位置实在诱人，但等待他的危机也实在可怕。行伍中人毕竟有献身的准备，何应钦终于度过了他一生中最犹豫不决的一天，"临危受命"，他无可奈何般地答应了。

这一天的长江水面上，军舰依旧穿梭游弋，江防部队枕戈待旦，国统区各地征兵征粮鸡飞狗跳，南方城市的物价一日数涨。立法、监察两院虽一再呼吁革新政治，停止征兵征粮，国防部和地方当局却各行其是，各自为政，各司其令。

危难当头之际，政治腐败、宗派纷争、尔虞我诈、互相倾轧却也都会打出些冠冕堂皇的旗号来。孙科下台前，把"拯救人民于危难之中"的口号喊得感人至深，而自己则率先逃跑，宣称"摆脱政治""休养身心"，步老蒋后尘去了。

"和平谈判"，这些日子也叫国民党人稍许兴奋了几日。但谁都明白，共产党人已打下了半壁河山，辽沈、淮海、平津三大战役可谓横扫千军如卷席。"划江而治"的梦想，只能是自欺欺人。

那么，等待着这位何院长的命运，会是什么？当日《申报》头版头条位置，以大字标题写着"何应钦明入京组阁"。

三月

三月十三日

中国共产党七届二中全会闭幕。毛泽东在全会结束时，作了总结讲话。

毛泽东总结了党的七大以来中央、地方和军队工作及经验，阐述了马克思主义普遍真理与中国革命的具体实践相结合；俄国十月革命与中国革命的关系；党委会的工作方法二十条等。

毛泽东指出："马克思主义的普遍真理与中国革命的具体实践的统一，应该这样提法，这样提法较好。……不要把毛与马、恩、列、斯并列起来。"

毛泽东说："十月革命是无产阶级革命时代，人类第一个最伟大的胜利。……如果没有十月革命，中国革命的胜利是不可能的。"

在溪口的蒋介石，这几天，也得到来自情报部门的消息：中共于三月五日在西柏坡召开七届二中全会。共产党准备进城了，这不能不叫他想到，一九二三年，他率领"孙逸仙博士代表团"访问苏联。那年的十一月二十五日，在共产国际执委会主席团会议上，蒋介石曾经慷慨激昂地阐述了中国国民党的"世界革命"概念。他说："俄国是世界革命的基地，应该帮助中国完成革命；在德国和中国革命之后，俄、德、中三国结盟，开展全世界对资本主义的斗争……我们就能消灭世界上的资本主义制度。"蒋介石还说,"我们希望在三五年之后,中国革命的第一阶段——民族革命将顺利完成,很快达到这一目的之后,我们将进入第二阶段——宣传共产主义口号,那时,对中国人民来说,很容易实现共产主义!"当年,孙中山先生联俄联共的政策,被嗣后的蒋介石背叛了。孙中山的夙愿,如今被中国共产党人实现了。当年,国民党人对于社会主义、共产主义的向往,如今都成为遥远的过去,而终结这一革命理想、抛弃这一理想的,也正是蒋介石和他所领导的政党。

在中共七届二中全会结束这一天,关于中国由新民主主义革命转变到社会主义革命的问题,毛泽东继续说:"就是说流血的革命只有一次。将来由新民主主义革命转变到社会主义革命那一次就不用流血了,而可能和平解决。但这只是可能,将来是否不流血,还要看我们工作的努力情况。"

毛泽东进一步指出:如果国家和我们党腐化下去,无产阶级不能掌握住这个国家政权,那还是有问题的。至于说,"政治上、经济上都毕其功于一役",那是错误的。

党的七届二中全会是在中国人民革命胜利的前夜召开的,是党在由新民主主义社会向社会主义社会转变时期的一个具有历史意义的重要会议。

会议规定了党在全国胜利以后,党的工作重心必须由乡村转到城市;规定了在政治、经济、外交方面应采取的基本政策以及使中国由农业国转变为工业国的总任务和主要途径。

同日,在七届二中全会上,还通过了毛泽东起草的《关于军旗的决议》。决议确定:"中国人民解放军的军旗应为红地,加五角星,加'八一'二字。"

三月

三月十四日

人民解放军第三野战军主力于二月底南下，进抵苏皖境内的庐江、无为、六合、扬州、如皋一线，开始全面进行渡江作战的各项准备工作。

这一天，三野司令部发出命令，指示所部于三月二十日集中部分兵力，扫除长江北岸国民党军江防据点。命令要求速战速决，力求全歼，使江南国民党军防御体系前沿，完全暴露于解放军炮火攻击之下。

三野部队遵循党中央关于人民解放军是一个战斗队，同时又是一个工作队的指示，广泛深入开展群众工作，密切军民关系。因此大战前的各项准备，都得到当地群众的大力支持。人民群众"支持解放军，打败国民党"的心愿和呼声，使渡江部队保持着高昂的革命斗志。

华北人民政府为促进国内各地物资交流，繁荣经济，决定北平、天津与南京、上海、武汉及其他未解放城市通汇，依据党中央确定的经济建设的基本方针，为稳定金融，发展生产，于这一天公布了《华北区外汇管理暂行办法》（下简称《暂行办法》）。

《暂行办法》规定，中国人民银行决定以中国银行为对外汇兑银行，负责经营汇兑业务管理，并指定北平与天津信誉好的商业银行若干家，准许其在中国银行管理之下，经营区外汇兑业务。

通汇的本位币为中国人民银行的钞券；由中国人民银行牌告汇价；中国人民银行在必要时，可以规定某一时期汇出汇入之总额。

华北人民政府通过颁布实施这一《暂行办法》，牢牢控制住解放区的金融系统，稳定了金融秩序，对解放区经济与区外经济的良性发展，减少战争对金融市场的影响，起到了积极的保障作用。

刚刚上任的国民党政府行政院院长何应钦在上海声称，对美国的经济援助"乐于接受"。而这一天上海市大米每石已达二万八千元，比半年前上涨了一千四百五十余倍。

三月十五日

新华社发表有关台湾局势的时事述评。述评指出：自一九四八年十二月间，国民党在军事上遭受惨败的时候，美国的合众通讯社就传出了美国准备直接插手干涉台湾归属的问题。

合众社透露，美国国家安全委员会已向杜鲁门建议："必须以一切代价在台湾和海南岛建立防务。"自此以后，美国即加紧了其军事、政治、经济、外交等方面的渗透。

美国不仅要把台湾经济"合并"于日本经济，还利用汉奸廖文毅之流发出"台湾独立"的叫嚣。美国西太平洋舰队司令白吉尔也曾到台湾高雄、基隆巡视美海空军基地。

同日，美国国务卿艾奇逊自认美援蒋将会彻底失败。艾奇逊在写给参议院外委会主席康纳利的信中说：

"自对日胜利以来，美国给予中国援助总数虽在四十亿美元以上，但中国国民党政府的经济和军事形势，已恶化到了如下的程度：

"从满洲到扬子江，中共几乎已攻克全部重要的地区，并有军事力量能把他们的管制扩展到扬子江流域人口稠密的地区，最后并有控制华南的力量。

"中国国民党军队在过去一年内，并不是因为缺乏弹药和装备而战败。同时，中共已夺得大部分的军用物资，而这些军用物资，就是自对日胜利以来，由美国供给国民党政府的。现在没有证据可以证明，美国增加军事援助足以改变中国目前一切发展的状态。"

中共中央机关报《人民日报》于当日迁移北平出版。该报发表启事说："本报移平后，当更加强城市工人、学生及城市中一切劳动人民生活的报道，加强工商业的报道，加强改造和建设城市的各种报道……从而鼓舞起千百万劳动人民的生活热情，促进与发展城乡经济交流，恢复与发展工农业生产，增加国家和人民的财富，以更好地支援全国解放战争。"

华北人民革命大学、华北军政大学、华北大学，在北平招收学生，报考人数已达三万人。报名者中有学生、教职员、公务人员、店员、工人及失业青年。经考试，这些大学共录取了一万五千一百余人。被取录的新生将陆续入学。

三月十六日

北平古城回到人民手中以后，随着恢复经济、发展生产，文化事业也得到人民政府的高度重视。当日，北平文化接管委员会召集郭沫若、翦伯赞、田汉、楚图南等四十余位文化界人士，讨论文物事业的保护问题。

在近年的战争中，随着国民党节节败退，大量文物被国民党盗运，美国也趁火打劫，将中国八千六百件珍贵文物盗运至美国。在北平文化接管委员会召开的座谈会上，郭沫若等文化界人士对国民党和美国的盗窃行径，表示了极大的愤慨。

北平市军管会文化接管委员会报告了文物接管清查的基本情况，并就保护文物古籍问题，征求大家的意见。翦伯赞提出，文物由士大夫阶级转到人民手里，一定要注意普及，要做通俗化工作。他特别强调"禁止古物出口"的主张。

楚图南建议，成立图书文物专管机构，发挥古物在文化上的效用。田汉说，故宫博物馆一方面要为专家研究，但更重要的应使人民从故宫看到历史事实。

郭沫若指出，我们目前进行的战斗，一方面是军事的，一方面是思想的。在战争进行中能讨论文物的保管使用问题，有很大意义。就目前形势看，很快就能够取得军事上的最后胜利。但在文化上思想上摧毁反革命力量，则需长期的努力。

钱俊瑞提出：文物部门与其他学术部门一样，也是属于人民的，也应成为为人民利益服务的研究机构。做到"大家所有，大家来办"。

华北地区当日普降甘霖。从早八时至晚六时三十分，降水量达二点八公厘（毫米的旧称）。气象部门说，值此春耕伊始，普降喜雨，一九四九年定会是一个好年景。

三月十七日

中国的命运，就是由这时候开始，让塞北一个不知名的小村庄，进入了中国近代以来最值得怀恋，也最值得骄傲的史册。中央军委在这一天，发出了三道重要命令。

为统一太原战役的指挥和领导，成立太原前线司令部，以徐向前为司令员兼政治委员，周士第为副司令员，罗瑞卿为副政治委员，统一指挥第十八、十九、二十等三个兵团，并以第十九兵团司令部为太原前线司令部。同时成立党的总前委，以徐向前、罗瑞卿、周士第、杨得志、杨成武、陈漫远、胡耀邦、李天焕等八人组成。

中央军委就渡江日期、攻占浦口、炮击南京问题，电告第二、第三野战军：渡江作战确定为四月十日，"以便在南京代表到达北平开始谈判十天或五天后，我军即实行渡江，迫使对方或者签订有利于人民的和平协定，或者破坏和谈，担负继续战争的责任"。是否炮击南京，则视谈判情况而定。

同日，毛泽东还为中央军委起草了致第四野战军林彪、罗荣桓、刘亚楼的电报，称"华野、中野两军决定于四月十日渡江，向着湖口、芜湖、南京、镇江、上海之线及其以南地区国民党军六十个师举行攻击。""东野所负攻击武汉及湘、鄂、赣三省国民党军之任务业已确定，你们的两个军亦早于二月二十五日出发，你们主力应于四月一日以前完成出发准备……争取于五月三十一日全军到达南阳、信阳、固始之线及其以南地区，完成兵力展开任务"。

以上三个电报，确定了中国共产党为争取全国和平与解放所采取的战略策略原则，以两手准备对付国民党的和平阴谋。

国民党立法委员刘锡五等五十八人联名致函何应钦，对新内阁人选提出四项原则：（一）慎选廉能前进有为人员，不使贪污无能及投机分子入阁。（二）慎选堪任艰巨努力职守人员，不可崇拜偶像，强拉衰庸及腐败官僚入阁。（三）慎选秉持大公为国为民服务之人员，不可引用专为派系利益或附益豪富分子入阁。（四）凡久居阁员或居军政显要，素无成绩表现者，及因供职军政致发大财者，均不应入阁。

然而，立法委员们的觉悟，为时已晚。国民党积重难返，况且留下的时间已经不多了。

三月十八日

美国政府拒绝与苏联进行和平谈判，拒绝苏联关于裁军、禁用原子武器和管制原子能的建议，积极成立北大西洋公约组织，竭力扩大北大西洋公约组织的范围和美国军事基地网的范围。

为此，一些东欧社会主义国家的人民团体纷纷发表声明，拥护召开世界和平大会，扼制新的战争危险，保卫和平与民主。当日，新华社在报道这一消息的同时，还发表了社论。为了克服新的战争危险，世界爱好和平的力量正在积极行动。

斯大林两次表明苏联政府坚定不移的和平政策，愿与美国商谈两国间的争端。法国共产党领袖多列士和意大利共产党领袖陶里亚蒂连续声明，如爆发反苏战争，法国工人阶级将站在苏联这一边。同时确定四月将在巴黎召开拥护世界和平代表大会。

新华社的社论说："对于世界和平力量的号召，我们中国人民毫无疑问地要努力支持。中国是一个深受帝国主义侵略和帝国主义侵略战争灾害的国家。帝国主义者不但长期地直接地用武力侵略过我们，而且长期地指挥中国的反动派进行反革命内战。直到现在，美帝国主义的武力还毫无理由地在中国的领土上驻扎并且建立军事基地。"社论指出，中国人民希望和平，但也不怕战争。

据当日在上海出版的《申报》报道：国民党海军"黄安号"军舰投诚解放军后，国民党空军派出轰炸机，将其炸沉于连云港港口内。

该舰是于二月十二日从国民党海军第一舰队码头起义驶往苏北解放区的，随后国民党出动海军舰只和空军飞机连日搜寻。因"黄安号"军舰武器尚未装备齐全，在空袭中沉没。

当日，国民党国防部政工局长邓文仪对立法院提出的停止征兵征粮一案，加以激烈反对。《中央日报》发表的消息说，邓文仪在中外记者招待会上，对若干地区参议员的提案提出质疑，他认为：目前停止征兵征粮，实为不智之举。

其时，国民党军队整军备战、编练部队、扩大征兵、收拾残军一刻也未停止过。

三月十九日

北平和平解放以后，市人民政府、军管会从二月三日开始到三月中旬，已迅速组织接管了原国民党军政、财经、后勤、卫生、电讯、交通、房地产、工商业等七百十一个单位、六万二千四百余名人员。

在整个接管过程中，严格执行中共中央制定的城市政策和接管纪律，得到了北平市广大工人、学生、市民的支持和赞许。当日的《人民日报》

在第一版报道这个消息时称:《北平军管会在物资接管中创造接管大城市经验》。

迅速而有条不紊地由战争状态,转入和平建设状态,接管工作是保证城市真正回到人民手中的重要环节。在叶剑英的主持领导下,接管工作严守纪律,全面落实党的城市政策,保证了城市各职能部门、各系统的平稳过渡,而没有引发任何混乱。

当日,国民党数架轰炸机从青岛空军基地起飞,在东北解放区葫芦岛附近对起义的"重庆号"巡洋舰狂轰滥炸,将该舰炸沉。舰上官兵奋力反击保护战舰,有六人牺牲。

与此同时,一个行将没落的政权,也开始对南方的新闻出版自由实行狂轰滥炸。上海一家《展望》周刊第三卷第十八期刚出版,即遭政府下令查封。

该刊向读者寄发《告别了,再见》的声明称:"在这样一个翻天动地的大时代,一个刊物的被令停刊,可说是一件无关宏旨的小事。被令停刊既不由《展望》始,言论自由的成为力量,也不会随《展望》停刊止。"

时至该日,一周内在上海被查封的新闻刊物已有十余家。国民党政府正忙着组阁。政治危机临头之际,怎么容得新闻媒体说三道四、针砭朝政呢?

而这一天的国民党监察院还在开会,继续讨论"革新政治"的话题。然而就在这一报道的旁边,《群言》杂志发表重要启事:"本刊自出版以来,言论主张素以民意是从,不意耿耿直言,触怒权贵,以反动罪名,被政府施以停刊二个月处分。一俟二月期满,再行继续出版,决以言论之武器,奋斗到底!"

三月

三月二十日

国民党立法院提出了彻底改革兵役法，彻底改革兵役制的呼声，要求缩减常规兵员，建立劝募志愿兵的制度。同时收编流亡地方团队武装，收编被俘归来官兵，惩治征兵中的贪污行为，减少征兵数额。

针对立法院停止征兵征粮的呼声，国防部部长徐永昌、参谋长顾祝同邀请立法院、国防委员会各委员以及来京的军政要员六十余人，就征兵征粮问题进行讨论。军方认为征兵征粮制度必须保存，借以向政界施加压力，整军备战。

这天，一群巾帼女豪杰，齐聚北平，以无比喜悦的心情，筹备建立全国民主妇女联合会。筹委会主任蔡畅、副主任邓颖超，各地解放区妇女儿童工作领导人陈少敏、杨之华、曾宪植、罗叔章，以及筹委会委员许广平、曹孟君、刘清扬、胡子婴等在北平聚会，热烈讨论筹委会的各项工作。

委员们大多来自解放区，她们带来了各解放区广大妇女对妇女权利、对新生活的渴望。在迎接新时代曙光的日子里，她们表示，在全国解放战争的推动下，一定要把妇女从三座大山压迫下解放出来，从封建思想的压迫下解放出来，让广大妇女尽早走进新时代。

同时，在全国妇联筹委会已草拟了《中国妇女运动方针任务》《国民党统治区民主妇女运动》《国际民主妇女运动》三个报告以及《中国妇女运动当前任务决议草案》《中华全国妇女联合会章程草案》两个重要文件。

同日的会议还作出了将选派代表，参加在法国召开的世界和平大会的决定。

当天的《人民日报》在第一版报道了石家庄市保安大队参谋杨瑛殴打职工,严重违反党的纪律的消息。消息说,中共华北局为教育全党全军,决定公布对杨瑛给予留党察看处分。《人民日报》同时发表了石家庄市委对杨瑛殴打群众的处分决定。决定提醒共产党人进城以后,决不能滥用职权、违纪枉法,谁违反党纪,谁就要受到纪律的制裁。

三月二十一日

在人民解放军即将以百万大军南下,解放全中国的时候,如何筹集到足够多的粮秣以供给部队,在解放了的新区按什么标准筹集军粮?如何在征粮过程中毫无损害农民特别是贫苦农民的利益?中共中央于当日发布《关于新区筹粮的规定》。

规定指出:大军南下,进入新区,民主政权尚未建立或刚刚建立,公粮制度一时不能实行,除以缴获粮及伪政府屯粮拨充军粮,当地如有地方公产收入之存粮可尽先借用。

根据合理负担的原则,征借的主要对象是地主、富农,其次是中农。按其粮食总收入作标准。地主征借百分之四十至五十,富农征借百分之二十五至三十五,佃富农征借百分之二十,中农征借百分之十至十五,贫农一般不征借。并应避免对地主富农征借过多,打击过重。

规定要求在新区,应坚持财粮制度,爱护人民财富,反对浪费,严禁以粮食换取各种物品。征粮工作必须经由政治部领导下的工作队实施,任何人不得直接征用粮草。

规定还要求征粮工作必须照顾当地负担能力，尽可能分散征粮，免使群众一次出粮太多而加重负担。

　　在此后南下部队的征粮过程中，所到之处，都严格按照党中央的规定，尽力减少人民群众的负担，严守征粮纪律，与国民党政府横征暴敛形成天壤之别。

　　国民党军队所到之处，农民埋地三尺四处藏粮。而人民解放军所到之处，人民开仓放粮，无私支援。即使如此，解放大军仍然秋毫无犯，对贫苦农民绝不征粮。

　　那时的一纸征粮政策，表明了人民军队由小到大，由弱变强，由农村走向城市，由根据地走向全中国的必然趋势——"得民心者得天下"是亘古不变的一条真理。

　　同日，毛泽东亲自起草了致中原局的电报，令中原局派人赴驻马店迎接李宗仁、白崇禧的特使刘仲容，并立即护送刘仲容乘车经徐州、济南、天津到北平市政府叶剑英处。

　　毛泽东要中原局恭迎国民党来使，亦表现出共产党人的儒雅之风。

三月二十二日

　　中华全国文艺协会在北平的总会理监事与华北文艺工作者协会理事举行联席会议，决定召开中华全国文学艺术工作者代表大会，推选郭沫若为筹委会主任，茅盾、周扬为副主任。同时推选郭沫若、郑振铎、田汉、洪深、曹禺、萧三、曹靖华等人出席巴黎召开的世界和平大会。

"五四"以来，中国的新文化运动，推动着反帝反封建的革命，在传播马克思主义，传播新文化、新思想的革命浪潮推动下，中国共产党人在艰苦卓绝的革命战争中，吸引和团结了一大批进步的知识分子和文艺工作者，投奔到新民主主义革命的阵营中来。

七年前，毛泽东《在延安文艺座谈会上的讲话》提出"要使文艺很好地成为整个革命机器的一个组成部分，作为团结人民、教育人民、打击敌人、消灭敌人的有力的武器"。

革命的文艺工作者在战争年代里，创作出了一大批优秀的文艺作品，反映艰苦的革命斗争生活，反映人民群众反压迫反封建不屈不挠的斗争精神，坚持文艺"为千千万万劳动人民服务"，以推动中国人民的伟大解放事业。

在新中国诞生前夕，中国共产党又不失时机地团结和组织起解放区的文艺工作者以及来自国统区的进步的文艺工作者，筹备建立中华全国文艺工作者联合会，在军事上走向全国胜利的同时，也要在文艺事业上实现毛泽东提出的"把革命根据地的文艺运动和全中国的文艺运动，推进到一个光辉的新阶段"。

当日的大公报报道了《何应钦新内阁组成》的消息，消息说政府的八部两会大半都是新人，以体现"政治革新"的意图。但此次组阁十分艰难，许多人看到大势已去，局面难以收拾，不肯入阁。在政要们百般周旋下，拼凑成的新内阁组成的当天，上海市政府发表公告：三月份市民口粮已改售美国面粉，五市斤售价金圆券二千一百元整。

粮价上涨倒也罢了，新内阁上台当日，臣民改吃美国面粉。这样的公告，无疑是给危机中的新内阁上了一剂"眼药"。

三月二十三日

这一天,南北两方都有"重场戏"——

西柏坡,飘了一夜小雨,天亮后,突然阳光灿烂。

大小汽车数十辆一行排开,停在村口,毛泽东、朱德、刘少奇、周恩来、任弼时等率中央机关、人民解放军总部人员将乘汽车告别这里,迁往北平。

这是中国共产党二十八年前于上海建党以后,第一次由农村走向大城市。这是一次历史性的大跨越——当年血气方刚的年轻共产党人,如今已是知天命的年纪了,此时的毛泽东与周恩来感慨万千。

开车前,毛泽东对机关干部、警卫部队即兴讲话,心情异常舒畅。他说:"我们就要进北京了,可不是李自成进北京。……今天是进京的日子,不睡觉也高兴啊,我们是进京赶考嘛!"

周恩来说:"我们都应当能考试及格,不要退回来。"

毛泽东说:"退回来就失败了。我们决不当李自成,希望考个好成绩。"

毛泽东这一番意味深长的话,在一片愉快的掌声中,引领着他和他的战友们上路,进京"赶考"去了……

裹一身泥土的共产党人离开西柏坡,标志着一段历史的行将结束。这使人油然想起了"三色土"。共产党人由红土地走向黄土地,再由黄土地走向黑土地——从土地里走出的共产党人,行将结束的乃是反帝反封建的历史任务,而这一革命如果从一八四〇年算起,已是百年;如果从中国专制制度的建立算起,已是数千年!

那一天的南京，新内阁正草拟施政方针并宣誓就职。这个经历了独裁专制、腐败无能的政府，希望以和平、革新政治、整编军队、稳定经济的四大纲领拯救厄运。然而，一个独裁、一个腐败已使其病入膏肓了，此时离国民党南京政府的覆灭，仅剩三十一天。

整整一个月后的四月二十三日，解放军攻进总统府，"青天白日"旗永远从南京的上空降落。

三月二十四日

国民党新任行政院院长何应钦组成的新内阁人选一公布，最引人注目的便是调回国民党政府驻苏联大使傅秉常，出任外交部部长。

在新内阁宣誓就职的同时，邵力子向新闻界透露，新政府有意派他赴莫斯科，"承替傅秉常的遗缺"。他谨慎表达了新内阁为达到和平之目的，将把反苏政策的空气和政策除尽。

这一动向表明，国民党政府在依靠美国援助的同时，调整外交政策，同时打出苏联牌，希望实现其"划江而治"的政治目的。

人民解放军第四野战军第一、第三、第七纵队及炮兵旅，遵照中央军委的命令，是日自皖中地区南下，攻克潜山，抵达滁县以西珠龙桥地区。同时，津浦铁路千里运输线上，连日运送大批民兵担架队以及重炮装备南下。

同日，人民解放军陈赓部第四兵团约两万人由舒城南下，向练潭进攻,国民党军队退守安庆。双方在安庆以北集贤关发生激战。

李宗仁代总统的发言人,就皖中军事局势回答记者提问时说:"此种军事行动系在意料中者,因我亦在备战求和,当然不能希望共军不作军事部署。"

在新内阁的第一次政务会议上,国民党政府决定派张治中、邵力子、黄绍竑、章士钊、李蒸五人为和谈代表。

同一天,中国妇女第一次全国代表大会在北平召开。各界妇女代表出席大会,毛泽东为大会题词"为增加生产,为争取民主权利而斗争"。董必武代表中共中央到会致辞,民主人士李济深、沈钧儒、马叙伦、郭沫若、柳亚子及全国总工会代表许之桢等也到会致辞祝贺。

会议通过《中国妇女运动当前任务的决议》,宣告成立中华全国民主妇女联合会;选举蔡畅、邓颖超、何香凝、康克清等人为执行委员。四月十四日,第一次执委会选举何香凝为名誉主席,蔡畅为主席,邓颖超、李德全、许广平为副主席。

三月二十五日

毛泽东主席、朱德总司令以及刘少奇、周恩来、任弼时、林伯渠等中共中央领导同志乘车进入北平,于下午四时许到达西苑机场。受到工人、农民、青年、妇女等各界代表和党政军先期到达北平的领导同志以及各党派、群众团体、民主人士千余人的热烈欢迎。

下午五时，五十门六〇炮同时发射五百枚照明弹，在隆隆的礼炮声中，毛主席和朱总司令乘上指挥车检阅坦克部队、重炮部队、高射炮部队和摩托化步兵部队。军乐队高奏《解放军进行曲》，欢迎人群中的欢呼声如翻江倒海，经久不息。

此时，五百枚照明弹鱼跃升入天空，光芒闪烁，有如万花灿烂。在千年古城日暮时分燃放礼炮礼花，标志着"进城赶考"的共产党人为反帝反封建的胜利与辉煌，铭记在一个新时代进入公元一九四九年的这一天。

当晚，中共中央和人民解放军总部进驻北平西郊风景如画的香山。

与此同时，中共中央机关和解放军总部迁离西柏坡后，留下部分政治干部和后勤干部，在西柏坡村走家串户，检查机关撤离时返还群众生活财物、执行群众纪律的情况，对于机关驻在和撤离时损坏群众财物按价赔偿。

与中央机关和解放军总部结下深厚感情的西柏坡人，突然有了一种空落和寂寥的感觉。他们深深怀恋中央领导和机关干部与他们同吃一锅饭、同住一顶屋檐下的那些日子。

同日，国民党监察院决定成立国家财物清查委员会，对既往各级政府官员对国家财物的浪费以及官贵阶层对国家财物的贪污事实，由该委员会的十五名委员带领清查小组全面实施清查。清查委员喻培厚说："特权阶级和豪门的贪污投机，是受着合法化的贪污政策保护的。"清查委员唐鸿烈说："目前的事态非常严重，一方面是特权阶级与豪门合流，作合法和非法的贪污；一方面是民间利用自己的资产投机取巧，借用某些官方势力营私舞弊。"

连日来，监察院还对孙科任行政院长时，与财政部部长徐堪及孙科的儿子孙治平合伙支出一点二亿巨款案实施调查。

亡羊补牢，为时晚矣。

三月二十六日

中共中央通过广播电台通知南京政府，决定组成以周恩来为首席代表，林伯渠、林彪、叶剑英、李维汉为代表的中共和谈代表团（四月一日加派聂荣臻），以元月十四日毛泽东主席对时局声明及其所提八项条件为基础，于四月一日起，在北平与南京方面的代表团举行正式谈判。

中共中央在通知中，再次重申和谈的八项条件，强调指出：八项条件反映了全国人民的公意，只有在八项条件基础上建立的和平，才是真正的民主、和平。

同日，身在溪口的蒋介石在得知和谈消息的同时，还接到了南京卫戍司令张耀明发来的急电。电报称：驻南京的四十五军九十七师师长王晏清率所部偷渡江防投向共军。

这消息使得蒋介石大为恼火。九十七师原是蒋介石的"御林军"，编制一万三千人，全部美国装备，是国民党的首都警卫师。师长王晏清是蒋经国亲自向父亲推选的少将师长，又一向被视为蒋家的"嫡系"。九十七师的倒戈，叫蒋介石始料不及。

他召见国防部参谋总长顾祝同派来的宋希濂、关麟征两位密使，对他俩说："你们回去告诉顾总长，警卫师倒戈的事不要声张，以防动摇军心。你们要告知部队，对和谈不要抱任何幻想，只有决战到底，党国乃至个人才有希望。"

而此时南京新任行政院院长何应钦却在主持召开国防部整军会议。会议按照他定的施政纲领"整编军队"宗旨，将现有军队四百七十万人缩编为四百万人的方案,拿给军方摊牌。方案提出,陆军缩编工作,先核实兵额,撤销原若干虚有其名的番号,而后逐一缩减。

这一"缩减"方案,是迫于经济严重衰退,物价飞涨,方案仍旧保留四百万军队,不过是掩人耳目的"和平"伎俩。来自共产党八项条件的压力和监察、立法两院主张停止征兵征粮的呼声,使得何应钦上任伊始,就不得不打"整军"的牌。

军方自然不高兴。当日下午,何应钦赴孝陵卫对驻军官佐训话,宣布自下月起,军饷改发银圆并调整降低待遇。

三月二十七日

这一天,上海的《申报》在第一版头条显要位置,刊登四月一日在北平开始和平谈判的消息之同时,还发表了一张《长江下游军事形势图》。

报人对版面的设计安排一向是极为讲究的。时下,在国民党当局新闻检查日益严峻之时,这样的设计无须附加任何评述,谁都能看得懂:在共产党大兵压境的状态下,败将求和,想以"和平"换一根救命稻草,岂不是玩笑?

将参加和谈的国民党政府代表章士钊这一天对记者说:"逼近江北桥头堡之战事,不致影响和谈之进行。"

而一位不愿透露姓名的立法委员则不无嘲讽地说:"如果和谈的结果能达成和平,那将是两千年历史上的第一件奇迹。"

而后的和谈,倒是未能够创造这样的奇迹。而共产党人却完全有能力也有足够的信心,让两千年历史上的第一件奇迹在长江边上得以实现!不过那恰好是另一种方式——

一种坚韧不拔的意志、一种改天换地的能量，在长江边上积蓄着、膨胀着、鼓荡着。它像不可扼制的春风，日复一日地激励着共产党人矢志不渝解放全中国的希望。

刚刚迁到北平西郊的中共中央军事委员会，还未来得及洗去路上的风尘，就选择发起渡江战役的时间问题，复电刘伯承、陈毅、邓小平等，同意他们关于修正中央军委原决定四月十三日发起渡江战役的决定。因那一天正值农历三月十六日，月光通宵，突击队无法隐蔽。刘伯承、陈毅、邓小平建议推迟两天发起进攻。中央军委复电同意他们的意见，渡江准备周密而有序地按照人民的意志，悄然走着一条神圣的路。

当然，谋和求生存的国民党，一天也未停止过备战。这一天华中剿总总司令白崇禧自汉口抵长沙与程潜商讨江南防务问题。白崇禧公开表露了他对时局的估价："共军分途南下，进迫长江北岸，皖中鄂东均发生激战，于此吾人应认识和平绝不可幸致。目前局势艰危，已濒严重阶段……"

三月二十八日

中原人民解放军连克五座县城，于当日再传捷报——进占安庆西南长江北岸的望江城，守敌弃城西逃。此前，另一路解放大军自三月中旬攻克平汉路以东河南东南部的罗山县城，歼灭守敌三个旅，收复皖西太湖，再度攻克鄂东麻城，守敌国民党四十八军狼狈溃逃。

两天前，曾有消息传出，国民党监察院院长于右任函辞院长一职，据说，于右任的辞职在监察院院会中，有如晴天霹雳，十六名监察院委员到其家中恳请挽留，于右任还是拂袖而去。他在谈到自己辞职缘由时说："委任院长，数月来，国事之变化至大，人民之疾痛日深，本院之工作亦益为艰巨，虽竭尽愚钝，无所裨益……"

当日的《申报》再次报道了于右任在南京出游明孝陵的消息。这位读书人出身的监察院院长，辞去高官，一身轻松，登临高塔，对记者们说："我早告诉你们，我要辞职，你们还不相信，现在我不是辞职了吗？"

这一天，是一个多月来，南京城少有的一个好天气。从腐败沉闷的政治空气里解脱出来，于右任获得了一份好心情。尽管得知安庆鄂东一线江防战事激烈，国民党政府调集陆海空军作垂死挣扎，这位刚刚卸去了高官的于右任，似乎想离政治远些，去做一个"桃花源"中人。

但是，好景不长，因监察院全体委员要与他一同辞职相挽留，当日下午，他又不得不回到院会上去，打消辞意，被再次推上国民党最后的战车。

当日，国民党统治区的公教人员反饥饿斗争继续扩展。广西大学全体教授、讲师、助教举行反饥饿罢教斗争。教授们选派代表向当局暂借米六千石，以维持教工学生伙食。当地记者在报道这一消息时说，在国民党政府低微的生活待遇下，教授们已"实在活不下去了"。与此同时，昆明的公教人员也发起了抗议低微生活待遇、拒领微薄薪金的运动。

此时的民愿和人心，是一把把干柴。只要一点火星，就会变成燎原的烈火！

三月二十九日

本日，距国共北平和谈只有三天了。

在国民党海空军封锁长江安庆江面之同时，张治中再次赴溪口，面谒蒋介石，就和谈腹案向蒋请示。蒋介石向张治中表示："为倡导和平，本人业已引退，因之对政治问题，不便表示意见。今后之大计，应由李代总统与何院长负责主持。本人甚愿以在野身份，尽力支持李代总统使和平早日实现。"

次日，张治中回南京，将蒋介石的话写成新闻稿发表，用以压慑国民党内顽固派。

但是，党内"窝里斗"早已是难治痼疾。上海的"国大"代表以联谊会的名誉，对和谈从中作梗，致电李宗仁、何应钦并转和谈代表，提出："和谈为国家之大事，绝非国共两方可得而专"，"政府为国民大会依据法律所产生，试问诸君将凭何种地位，有何种权力与共党谈判？"要求立即召开临时国民大会，交由国大作出决定。

内外交困的国民党政府，左右为难、进退维谷的代总统和行政院此时就是生出三头六臂，都无法找到出路了。死棋一着，恐怕是谁都明白的事情。国大代表们即使打出宪法程序的旗号，也只能是吹毛求疵，于事无补了。

此时的太原，早已处于人民解放军的包围之中，太原的解放，仅仅是个时机问题。阎锡山于当日下午乘飞机由太原围城中逃往南京。行前，他早已做好了逃命的准备，将其管辖的官僚资本企业，除西北实业公司外，一律结束，货物变价款运送上海，约合黄金四点五万两。他卷起钱袋子跑了，把个绥靖公署连同一座死城，留给他蜷缩于城内的六个军，作垂死的等待。

这天，他临行前对他的将士们说："此去，也许三天五天，也许十天八天，候和平商谈有了结果，我就回来。"话音一落，他便乘车急忙直奔西门外洪沟机场，此一去，就再也没回来……

不仅北方大人物逃跑，南方的小人物也逃跑。云南因生活待遇杯水车薪，公教阶层拒领薪金的风潮越闹越大，当日竟有无数保安宪兵警察因难以养家糊口而纷纷逃逸解甲归田去了。其实，人心是堤坝，早已溃决。"和谈"的下一步棋，也就只剩下"逃跑"了！

三月三十日

迁入北平西山的毛泽东和他的战友们，连日来，仍为行将开始的国共和谈，谋划策略。

当日，中共中央军委电示刘伯承、邓小平、陈毅，指出：白崇禧的代表刘仲容今日到平，我们决定联合李宗仁、白崇禧而反对蒋党；决定要白崇禧让出花园以北地区，我军到信阳、武胜关附近时，如守军南撤，则不要追击和攻击，让其退至花园及其以南，孝感、黄陂、黄安、阳逻、黄冈等地亦暂时不要去占，待东北主力到达后，再通知白崇禧连同汉口、汉阳等地一齐有秩序地让给我们。

这又是一个利用国民党内派系矛盾、牵牛鼻子、叫他听我指挥的策略。中国共产党人并不因胜利在望而冲昏头脑，而是利用谈判桌赢得时间，不战而胜。

此时，国民党的棋子儿，也不得不听共产党人的摆布了——因为天下大势已倒向共产党人一边了。

同一天，国民党中央执、监常委以及中央政治委员在广州举行谈话会，对国民党政府确定的和谈方针施压，要求：国体不容变更；人民之自由生活方式必须保障；宪法之修改必须依法定程序；土地改革应首先实行，但反对以暴力实施；战争责任问题应毋庸议等。

行政院院长何应钦在立法院第九次会议上，报告施政方针。提出实行土地改革、改善征粮制度、提高公教人员待遇、宽筹教育经费等等；军事上，前线部队保持现有防线与态势；财政经济上，田赋交还地方。

国防部部长徐永昌、总参谋长顾祝同分别在立法院第九次会议上报告整军情况。称国民党军队经本月份核实，为四百二十万人，预定四月间裁减为四百万人，所裁二十万人中，官佐占十三万。将裁撤十四个军包括三十余个师的番号。他们同时对中共军事力量作了说明，认为：人民解放军缺乏船只，无法渡江。

三月三十一日

这是国共和谈的前一天。两大阵营、两个"司令部"在这一天，都有不同寻常的活动。

南京国民党代总统李宗仁在总统府设宴欢送和谈代表团。宴会后，又召集军政首脑何应钦、白崇禧、顾祝同、张治中、汤恩伯、宋希濂等开军事会议，听取国防部报告长江沿岸兵防概况后，就海军沿江巡逻、空军分区侦察以及交通补给等问题，讨论加强长江防务的军事部署。

与此同时，北平的西山，也会聚了中共中央领导人毛泽东、刘少奇、朱德、周恩来、任弼时、林伯渠、董必武等，接见并宴请第四野战军师以上干部。毛泽东主席在宴会上发表了激励人心的讲话。他说："在两年半的解放战争过程中，我们消灭了国民党反动派的主要军事力量和一切精锐师团。国民党反动统治机构即将土崩瓦解，归于消灭了。我们三路大军浩浩荡荡就要下江南了，声势大得很，气魄大得很！"他挥舞着手掌号召将士们，"下江南去！我们一定要赢得全国的胜利！"

同一天，国民党中央宣传部发出宣传指示，承认国民党在政治、军事、经济三方面之"缺点与错误"招致"今日之失败"。但不承认今日失败为"中国反共斗争的最后失败"。"必须继续奋斗，阻止中共发展。"

与此同时，由刘伯承、陈毅、邓小平、粟裕、谭震林组成的总前委在瑶岗召开兵团以上干部会议，研究制定渡江作战实施预案。这一方案决定：以二野第三、第四、第五兵团及地方部队组成西突击集团，由刘伯承、张际春、李达指挥；以三野第八、第十兵团及苏北军区组成东突击集团，由粟裕、张震指挥；以三野第七、第九兵团组成中突击集团，由谭震林指挥。采取突正面、有重点的多路突击手段，于四月十五日十八时在江苏靖江至安徽望江江面实施渡江作战。

当日，这一渡江作战预案呈报中央军委。三天后，中央军委复电批准。

这一天，南京国民党首都卫戍总司令部宣布：凡与戒严法相抵触而企图捣乱社会秩序者，绝对依法惩处。依照戒严令，绝对禁止任何学校团体假借任何名义，非法集会或聚众游行，违者严惩不贷。

四月
In April

  上午,南京总统府为张治中、邵力子、章士钊、黄绍竑、李蒸、刘斐等和谈代表团举行欢送仪式后,车队向明故宫机场开进。

  同时,南京各院校师生和各界群众上万人,在总统府门前和大街上举行声势浩大的游行示威,要求国民党政府真正有诚意地接受中共八项和平条件。

四月一日

上午，南京总统府为张治中、邵力子、章士钊、黄绍竑、李蒸、刘斐等和谈代表团举行欢送仪式后，车队向明故宫机场开进。

同时，南京各院校师生和各界群众上万人，在总统府门前和大街上举行声势浩大的游行示威，要求国民党政府真正有诚意地接受中共八项和平条件。

和谈代表团车队受阻，卫戍司令部速增派军警驱散人群，强行开道，与群众发生流血冲突。军警开枪打死打伤一百余人，为国共和谈开始的第一天，蒙上了一层不祥的阴影。

许多年以后，张治中回想起这一幕的时候，他仍旧深深地为那回荡在南京城里的枪声而叹息不已。他说："那天，使我有一种预感，恐怕此行乃是最后一次国共谈判了……"他深深记得，当日下午三点，专机抵达北平。那是个漫天刮着黄尘的扬沙天气，蛮野的西北风，把天空中的太阳也刮得像是没了一点精神。

这很像南京代表们这一天的心情。他们不知道即将开始的谈判，会是一个什么样的局面。对和谈的结果，更没有丝毫的信心。这不祥的预感，很快就被证实了——

当晚，周恩来、林伯渠、林彪、叶剑英、李维汉、聂荣臻等六位中共代表，在六国饭店公宴南京代表团一行。宴会后，周恩来、林伯渠与张治中、邵力子交谈。

周恩来指出：张治中离南京前，专往溪口见蒋介石，完全证明蒋介石下野是假的,实际上他还在幕后操纵。表示不能接受"这种由蒋导演的假和平"。

不论张治中如何解释此举乃是为了消除国民党内和谈障碍,谈判的一开局,国民党人就被放在了一个被动挨打的地位上来。

而这一天的北平,倒是真正让国民党的代表们感受到了一种真正的和平气氛:傅作义当日通电毛泽东主席、全国各民主党派、人民团体及国民党中的爱国朋友,希望一切有爱国心的国民党军政人员,都应该深切检讨认错,以北平和平为开端,努力促使全国和平迅速实现。他表示今后愿意拥护中共主席毛泽东的领导,和平建设新中国。

这一夜,张治中失眠了。

四月二日

守候于南京总统府的李宗仁,没有等到来自北平方面的什么消息,却意外地收到了来自溪口的一份急电——

蒋介石突然以国民党总裁的名义发来电报称:和谈必先签订停战协定;共军何日渡江,则和谈何日停止。

国大代表发难,李宗仁没有理睬;中央执监委们发难,李宗仁也没理睬。现在蒋介石又出来发难了,他不得再不理睬,致电张治中,申明坚持签订停战协定,再商谈和平条件的立场。

张治中接到电报,向中共提出双方必停战之先决条件,使和谈尚未正式开始,便陷入僵局。

而此时的美国政府，正将四艘驱逐舰赠送南京国民党政府。其中"太和""太仓"两艘战舰，已于前一天驶进台湾的左营军港码头。

中原人民解放军解放河南重镇信阳、花园市西周家庙地区，俘虏敌军一千三百人，毙伤七百余人。

陕南人民解放军击溃商县、雒南赶来增援之国民党第三军一个团及陕西保安十一团共两千余人、毙伤俘获二百九十人。

当日，第二野战军刘伯承部第十一、十二军和皖西独立旅共五万人，分东、西、北三面，向安庆逼进。

这一天，来自台湾的美国赠送军舰的消息，并没让国民党人高兴得起来；相反，人民解放军在中原、西北的战报以及二野逼进安庆的消息，倒叫他们胆战心惊。蒋介石对和谈的干预，只能使和谈停滞乃至陷入僵局，而共产党人把"双方停战"的问题搁置起来，似乎根本未予理睬，而由毛泽东发表了电复傅作义的又一个政治宣言："但是执行这个政策的国民党反动政府的文武官员，只要他们认清是非，幡然悔悟，出于真心实意，确有事实表现，因而有利于人民解放事业之推进，有利于用和平方法解决国内问题者，不问何人，我们均表示欢迎。"

共产党人的政治攻势与军事进攻一样厉害。在一文一武两条战线上，毛泽东和他的战友们都不会叫自己的对手占便宜。

四月三日

和谈处于僵局。

南京方面，李宗仁、何应钦、阎锡山、童冠贤、白崇禧等紧急磋商，并与张治中等频繁接通长途电话，竟日会商，苦无良策。

而这一天的北平方面，毛泽东则稳坐钓鱼台，吩咐负责接待南京国民党和谈代表团的工作人员，派几部汽车，拉张治中一行去名胜古迹观光游玩，或到城里四处走走。

张治中无心出游，终日闷闷不乐。周恩来得知此情，便与张治中有了一次深谈。他们俩人在重庆、延安有过交锋，已是老相识了，周恩来一针见血地开导他说，内战的炮火是由蒋介石燃起来的。眼下蒋又把赌注押在长江防线上，想争取时间整军备战，终究他还是要打的。但是，辽沈、淮海、平津三大战役，几百万军队中的精锐几乎损失殆尽。如今他幕后操纵，以求一逞，还能打出个什么名堂来呢？余下的话，周恩来不必深说了，他仅是点到为止："今日北平谈判，已不同于三年前的重庆谈判了。我们现在的使命是当好人民的清道夫，到了该打扫战争垃圾的时候了。"

许多年以后，张治中对这一番促膝谈心似的长谈仍旧记忆犹新。世界上，敌对阵营间的谈判，绝无这样的先例——共产党人的人格魅力在于：他们有足够的能力改变中国，也有足够的信心让他们的敌人变成朋友。

这一天的周恩来还单独接见了李宗仁秘密派来的私人代表黄启汉。周恩来请这位使者转告李宗仁和白崇禧：在和谈期间，人民解放军可以暂不过江，但是谈成后要渡江，谈不成也要渡江，这一点坚定不移。其次，人民解放军也可以不打桂系军队，但白崇禧的部队，应先退到花园以南一线，同时希望桂军让出安庆，向武汉撤退。

周恩来在这一天，表现出共产党人高超的和平争取人心的策略——争取李宗仁、白崇禧，而把斗争目标集中于以蒋介石为代表的国民党死硬派。

在国民党看来，正式的谈判尚未开始；而共产党人却已经把谈判的智慧和艺术伸向了李宗仁、白崇禧、张治中三个要人的心灵里去了！

四月四日

在谈判搁浅的十字路口，毛泽东适时为国民党指点迷津，亲自撰写了新华社的社论《南京政府向何处去？》。

毛泽东指出："两条路摆在南京国民党政府及其军政人员的面前：一条是向蒋介石战犯集团及其主人美国帝国主义靠拢，这就是继续与人民为敌，而在人民解放战争中和蒋介石战犯集团同归于尽；一条是向人民靠拢，这就是与蒋介石战犯集团和美国帝国主义决裂，而在人民解放战争中立功赎罪，以求得人民的宽恕和谅解。第三条路是没有的。"

毛泽东郑重宣布："人民解放军就要向江南进军了。这不是拿空话吓唬你们，无论你们签订接受八项条件的协定也好，不签这个协定也好，人民解放军总是要前进的。……从新疆到台湾这样广大的地区内和漫长的战线上，国民党只有一百一十万左右的作战部队了，没有很多的仗可打了。

无论签订一个全面性的协定也好，不签这个协定而签许多局部性的协定也好，对于蒋介石，对于蒋介石死党，对于美国帝国主义，一句话，对于一切至死不变的反动派，情况都是一样的，他们将决定地要灭亡。"

同日，中华全国总工会通电声援南京学生，号召工人、妇女支援解放军渡江。北平各大专院校教职员团体发表联合宣言，抗议南京国民党当局制造血案，要求解放军早日渡江，结束南京反动统治。

内外交困走投无路的国民党中央党部，连日来派出党部秘书长郑彦棻、中常委雷震等，像走马灯似的跑到溪口面谒蒋介石，商讨时局，估摸后路。

李宗仁、白崇禧当日通过在北平的和谈代表，紧急要求中共勿攻安庆及再向长江靠拢，"以利和谈，免生枝节"。考虑到灵活的斗争策略，中共中央是日致电刘伯承、邓小平等，告知黄冈、阳逻、仓子埠、黄陂、花园、孝感、汉川、蔡甸、黄陵矶之线及其以南地区，我军暂不进占，以使武汉不感震动。

这样一来，南京当局更摸不着头脑了——共产党进攻安庆，他们害怕；按兵不动，突然静下来，他们也害怕——他们不知道，共产党人的下一着棋，又将如何走了……

四月五日

中共中央军委以"作战部部长李涛"的名义，复电白崇禧，明确答复："就人民利益而言，在贵方全部接受八项和平条件并经双方协力，在全国范围内完全实现这些条件的时间内,要求人民解放军停止前进是不合理的,因此是不可能的。""但是为着和李、白二先生建立合作关系之目的,敝方愿意立即实行下列各项处理:(甲)安庆及其以西直至黄冈(不含)之贵方部队,请迅即撤退,并限四月十日以前撤退完毕。"

此时,白崇禧集团有十四个军四十个师,约二十五万人,其中二十七个师防守长江宜昌至湖口段和武汉地区。驻守京沪杭地区和长江湖口到上海段的,乃是蒋介石的嫡系汤恩伯集团。

自三月初以来,人民解放军第二野战军第三、四、五兵团和第四野战军十二兵团开始挺进长江北岸,与白崇禧部队形成对峙之势。中共中央同意白崇禧在安庆的军队向南京、武汉撤退,人民解放军暂不进攻安庆,不向长江靠近,是为了在策略上争取李、白桂系,进一步孤立亲蒋的死硬派集团,争取和平谈判的更大主动权。

同日,中共中央军委电令第二野战军司令员刘伯承、副政治委员张际春,第四野战军第十二兵团司令员萧劲光、第一副司令员陈伯钧等,告前线我军将领,派人与桂系安庆守军和安庆至黄冈线守军商谈桂军撤退事宜。

中央军委重申:"黄冈、团风(不是阳逻)、仓子埠、黄陂、花园、孝感、汉川、蔡甸、黄陵矶一线及其以南地区,一个月内我军不去进占;宜昌至黄陵矶一线江岸及其以北地区,凡我军已占者一律不动;凡我军未占者一律于一个月内暂不进占,一个月后用谈判方法和平接收。"

当日,中央军委还电告太原前线:"李宗仁愿出面交涉和平解决太原问题。我们已告李宗仁代表(本日由平去宁),允许和平解决,重要反动分子许其乘飞机出走,其余照北平方式解决。"要求:"派人进城,试行接洽。"

四月六日

共产党人的新民主主义革命,在政治上的重要成果,除了在北平正在逐步推进、将要实施的政治协商会议,在农村基层则是率先在东北地区,实行基层政权的民主选举——

《东北日报》于当日报道了《黑龙江省村选基本完成,新选政权全力领导生产》的消息。消息说,继建党、丈量土地发照、秋征之后,全省党政各级领导即全力投入对村民选举工作的领导。全省二千零七十二个村除通北、海伦、绥化、克山等县尚有五十余个村未结束外,其他农村广大地区均已完成,参加选举者达公民总数的百分之八十左右。

农民自主行使自己的政治权利,这是开天辟地头一回,得到广大农民的热烈拥护和踊跃参加。农民自己选出的人民代表,组成农村基层政权,它不仅确立了以劳动人民为主体的政权形式,而且在新的政权中体现了农民群众的意志和利益。

新的农村政权一建立,各村新选出的人民代表会、政府委员会就以极大的热情,组织农民投入备耕生产,同时对财政开支、文化教育等各项工作都普遍订出了计划。

《东北日报》在描述这一新的生活图景时说:"这使土地改革后生活开始繁荣的农民,更清晰地看到了幸福的远景。他们在自己选举出来的干部们领导下,目前正积极地突击送粪,向增加生产发家致富的道路迈进!"

这一天的《东北日报》还发表了《国民党统治区人民反饥饿，罢教罢工浪潮扩展》的消息。

福州中等学校教员自三月三十日开始总"请假"，要求政府发给食米、薪水维持起码的生活。教员们微薄的薪水每月都不能一次发清，最低生活都难以维持。没米下锅，且又借贷无门。

成都四川大学教师一百多人开始罢教，抗议政府对教工人员最低生活待遇都难以保证。罢教一周后，成都其他大中学校也举行反饥饿总罢教，斗争浪潮一浪高过一浪。

桂林广西大学教授、讲师、助教的罢教也超过了一个星期，得到广大工人的支持和响应。许多工厂工人举行罢工，连省高级法院和地方法院的员工也卷入了"请假"的浪潮。

此时的中国，长江南北，真是两重天地，两种气象。把"解放"这个字眼儿，看作人民的意志和人民的选择，真是再恰当不过了。

四月七日

这是一个再平常不过的日子。

蒋介石发难，要求停火，使谈判陷入僵局。毛泽东和他的战友们因势利导，你不是要求停火吗？那么好，我把暂不进攻的牌，打给白崇禧，拉李、白而继续打蒋。

跟蒋介石打了二十多年交道的毛泽东，深知其人，二十多年前的大革命时代，是国共合作的黄金时期。蒋介石那时是国民革命军第一军军长，毛泽东是代理国民党中央宣传部部长。在一九二六年元月的国民党第二次全国代表大会上，蒋介石作军事报告，而毛泽东在作宣传工作报告，同在一个阵营里，那时虽都还算不得首脑，也是一文一武两个中坚。

十八年后，毛泽东从延安飞往重庆，去赴蒋介石的"鸿门宴"，两个人却成了中国的两大敌手，蒋介石财大气粗，拥有四百三十多万兵力，而毛泽东只有一百二十万人，蒋介石要求削减解放区，削减人民军队，只允许中共整编为十二个师，而国民党军队则整编为一百一十四个师。那次的会谈也曾一度搁浅。毛泽东据理力争，最后达成了人民解放军保留二十个师的协议，以大局为重，中共方面做出了退出八个解放区的重大让步。

但是，抗战一结束，蒋介石翻脸就不认人，全面进攻解放区，挑起了空前规模的大内战，企图剿灭共产党。两年多的全面内战，共产党不仅没有被他消灭，反而奇迹般地解放了半个中国！这一回，蒋介石是万万没有想到，一九四九年的元旦，又轮到他不得不放下总统、总裁、委员长、总司令的架子，向共产党"求和"了。

毛泽东一再向中国共产党人讲述东郭先生的故事，告诫人们千万不能怜惜像蛇一样的恶人。打过长江去，解放全中国，即使会有第三次国共合作，那也要首先渡江，结束国民党的统治，严惩战争罪犯，然后才能建立联合政府。

这一天，建立联合政府的会议，又一次在毛泽东心中出现。为了中国的统一，完成新民主主义革命大业，毛泽东打算再做出一点让步，决定于次日，亲自面见张治中、邵力子、章士钊等人，给国民党最后一次机会，如果他们还是执迷不悟，那就不要怪共产党人不客气了！

四月八日

四月的北平,正是春暖花开的时节。在这个春光明媚的日子里,毛泽东在香山双清别墅接见了来自南京的三位和谈代表。在谈判刚刚开始,便陷入僵局的时候,毛泽东接见张治中、邵力子、章士钊等人,使这些国民党的代表有些意外,更使他们始料不及的是毛泽东笑容可掬、幽默和轻松中深藏智慧,表现出一个大政治家非凡的气度,叫他们暗自折服不已。

毛泽东说:"蒋介石让南京政府'和谈必先签订停战协定',我看可以磋商;战犯在条约中不举其名,但要有'追究责任'的字样;改编军队可以缓议;人民解放军必须过江,时机在签字后实行;联合政府成立,须有相当时间,在此期间,南京政府可维持现状,免使社会秩序紊乱。总之,凡是有利于推进和平事业的意见,中共都会尽量采纳。"

中共方面忽然做出如此大的让步,使南京代表们对中共的和谈诚意深受触动。进而,毛泽东又进一步对"联合政府"的谋划加以勾勒道:"张治中先生,你可以派人向蒋介石转达我的意见,如果他愿意,我们欢迎他到北平居住;联合政府成立,他可以出任国家副主席、人大委员长或政协主席的职务;孙中山先生的'天下为公'仍然是我们的旗帜,在和平统一大业面前,任何个人之间的恩怨或政党之间的纷争都是可以化解和丢弃的。"

毛泽东最后说:"和谈方案先由中共方面草拟,拿出方案后,正式谈判就容易了。将来签字,如李宗仁、何应钦、于右任、居正、童冠贤等都来参加则更好。"

张治中晤见毛泽东后，感慨万千地说："国民党的失败是应该的，共产党的成功并非偶然。"因为，这样的宽容和让步，如果国民党方面还是不能接受，那么和平的希望一旦幻灭，共产党人得天下，就是天经地义了。

随即南京代表团致电李宗仁，报告张治中等与毛泽东、周恩来谈话经过，并附两点意见：（一）渡江问题，中共很坚持，势在必行。（二）请保守秘密，以免主战派的破坏。

由此，和谈前景究竟如何，就看国民党方面作何选择。

四月九日

毛泽东抛出的这一着棋，叫国民党始料不及。

李宗仁紧急召集国民党军政首脑要员，会商北平和谈及江防问题。李宗仁谨慎而有节制地转达了北平和谈的进展情况，说明中共在停火、战犯等问题上已做出让步，但渡江问题尚无回旋余地。军政要员们对这一进展，似乎并无表示乐观之意。

当晚，李宗仁又与白崇禧等几位桂系人物密谈。大家都认为：只要蒋介石还在幕后控制南京政府，和谈都将毫无希望，提出蒋介石、李宗仁只能有一人主张，蒋如不出国，李宗仁即应辞去代总统一职。

这一天，何应钦自广州致电在北平的南京和谈代表团，传达国民党中常会的决议：如中共在和谈进行期间渡江，则宣告和谈破裂；双方军队应在平等条件下，各就防区自行整编。整军方案必须有双方相互尊重同时实行之保证；联合政府之组织形式及构成，以确保履行联合国宪章规定的国际责任，维持以往的外交政策；维持人民之自由生活方式，停止一切暴力；双方军队停战为实施前提条件。

很显然，国民党中常会就和谈问题的决议，完全还是依照蒋介石的旨意而确定的。刚刚看到一点希望的和谈前景，又如雪上加霜。

当日，张治中接到国民党中常会的决议，怒火中烧。他亲笔致信蒋介石，以诚谏诤："凡欲重整旗鼓为作最后挣扎者，皆为缺乏自知不合现实之一种幻想！"痛陈"一年来国人怨声载道，对于钧座之信仰，可谓低落至无以复加"。他毫不掩饰地说，党政军一般干部尤其黄埔系高级将领们，"皆谓今日之失败，乃由钧座领导错误所招致"。他规劝蒋介石"唯有断然暂时出国……倘和谈不幸失败，亦唯有将党政军大权，尤其军事上之全权，交与李何两同志负责"。

就在张治中写这封信的同时，又收到了南京国防部发来的电报，电报要求通知中共方面，务必把自和谈开始以来向前推进的部队，撤回到原来的位置。张治中清醒地意识到：军方的施压，更是蒋介石的阴影无处不在。他愤然写完了致蒋介石的信，心头悠然轻松了许多。他更清醒地意识到：自己的人生，也将要发生一次裂变了。

他把国防部的电报，扔在了一边。

四月十日

毛泽东又在香山双清别墅接见南京方面和谈代表刘斐、黄绍竑。此前，中共方面于当日，接到白崇禧发来的电报称：桂军撤离安庆暂有困难,"因自该地发生战事以来,国防部曾令坚守待援,该地辖京沪区指挥,敝方不便擅令守军撤退"。请中共允许"暂留该地勿攻,敝方亦不出击,以待和平解决"。毛泽东答复刘斐、黄绍竑:同意白崇禧桂系军队暂不撤离安庆。

毛泽东借题发挥,分析国民党政府和谈局势下的政治处境说:"李宗仁现在是六亲无靠哩!第一,蒋介石靠不住;第二,美国帝国主义靠不住;第三,蒋介石那些被打得残破不全的军队靠不住;第四,桂系军队虽然还没有残破,但那点力量也靠不住;第五,现在南京一些人士支持他是为了和谈,他不搞和谈,这些人士也靠不住;第六,他不诚心和谈,共产党也靠不住。"毛泽东进而半是玩笑半认真地说,"我看六亲中最靠得住的还是共产党,只要你们真正和谈,我们共产党是说话算数的,是守信用的。"

十几年后,李宗仁历尽政治沧桑,回到祖国大陆的最后归宿,实践证明了毛泽东这一番话所蕴含的一种历史趋势。

那一天的毛泽东,多少有点"白发渔樵江渚上,惯看秋月春风"的味道。毛泽东笑谈天下大势,颇有些《三国演义》中开篇词的人生大境界:"滚滚长江东逝水,浪花淘尽英雄。是非成败转头空。青山依旧在,几度夕阳红。"

又是个青山不改,夕阳沉落的年代了。

当日南京各大报纸,均在头版头条位置刊登了毛泽东四月八日致李宗仁的电报。电报全文如下——

南京李德邻先生勋鉴:

卯阳电悉。中国共产党对时局主张,具见本年一月十四日声明,贵方既然同意以八项条件为谈判基础,则根据此八项原则以求具体实现,自不难获得正确之解决。战犯问题，亦是如此。总以是否有利于中国人民解放事业之推进，是否有利于用和平方法解决国内问题为标准。在此标准下，我们准备采取宽大的政策。本日与张文白先生晤谈时，即曾以此意告之。为着中国人民的解放和中华民族的独立，为着早日结束战争，恢复和平，以利在全国范围内开始生产建设的伟大工作，使国家和人民稳步地进入富强康乐之境，贵我双方亟宜早日成立和平协定。中国共产党甚愿与国内一切爱国分子携手合作，为此项伟大目标而奋斗。

毛泽东

一九四九年四月八日

四月十一日

中共中央军委电示总前委并第二、第三野战军，依据和平谈判进展情况，决定渡江时间推迟一星期。翌日，总前委根据军委指示，为表明我和谈诚意，命令我前线各部队自即日起至十六日（后又延长至二十日）停止战斗。已占据渡江有利地形的宋时轮第九兵团奉命后撤，我前线各部队严格遵守中央军委命令，进入战前整休，并大力开展群众工作。

自四月一日国共和谈开始以来，国民党空军连续轰炸我苏皖解放区的靖江、扬州、六圩港、无为等地。前日与当日，国民党飞机又狂轰滥炸徐州、合肥两城市，炸死炸伤居民数十人，炸毁民房一百五十余间。

国民党云南省政府主席龙云在香港浅水湾寓所举行记者招待会，公布他给李宗仁、何应钦的一封信函，他在信中对李、何邀他进京共商国是，表示"今日之所谓国是，一言可决，即须兄等毅然决然，勇敢接受毛泽东主席所提八项原则，电嘱北上代表，依照原则，作出具体决定，即日签字，付之实施。将为吾民族开万世永久和平，岂独吾滇一省一时受赐"。并告诫李宗仁等"今日之事，幕后操纵，怙恶不悛者正大有人，指示作困兽之斗，荼毒人民。吾兄必须洞烛阴谋，作刚毅之决断"。信中，龙云还表达了他对中国共产党领导中国革命的信服。

龙云是于三年前，在蒋介石政府的武力逼迫下离开家乡赴香港的。在全国革命胜利大局已定之际，云南出现了一些地方人民武装。南京政府为稳定云南政局，电邀龙云回云南，遭到龙云的拒绝。他在信中说：云南问题是整个中国问题之一部分，绝非吾个人进退所能为，只有全国真正和平实现，则滇省一隅动乱，自必不复存在。

当日，中国新民主主义青年团第一次全国代表大会在北平开幕。到会代表三百四十人。朱德到会致祝辞，任弼时作政治工作报告。大会通过了中国新民主主义青年团的工作纲领与团的章程，推举任弼时为团中央名誉主席；冯文彬为书记，廖承志、蒋南翔为副书记。

四月十二日

自四月九日至十一日三天中，毛泽东、朱德、周恩来又先后接见南京和谈代表邵力子、章士钊、黄绍竑、刘斐、李蒸及秘书长卢郁文等。就战犯名单、军队整编、解放军渡江、南京政府过渡等重大问题，双方进一步磋商，交换意见，并达成了部分妥协。

南京各位代表均感和谈大有成功希望，于当日电告李宗仁：目前只等中共方面的方案提出，经代表团讨论后，即派黄绍竑、屈武回南京，如同意此方案，即与李宗仁一同飞返北平签字。

但好景不长，当日下午，南京代表团就接到何应钦发来的电报，转达国民党和谈指导委员会作出的五项决议称：（一）战争责任问题，可依据代表团所提原则处理；（二）所邀南京参加签字各位，届时再作决定；（三）签约后驻军，第一期最好各驻原地；（四）新政协及联合政府事，等中共出方案后再作研究；（五）渡江问题应严加拒绝。

南京和谈代表团当即开会讨论这五项决议中提出拒绝解放军渡江的问题。张治中、章士钊等均认为，此问题原则上已向中共承认，不好再推翻。讨论再三，实无良策，最后决定由章士钊出面，设法向毛泽东通融，要求中共在和平协定签订后能够暂缓过江。

南京国民党政府决定加派于右任、居正、吴铁城以顾问名义赴北平"协助"和谈代表团，而实际上，是将国民党某些强硬难决之主张带进和谈代表团，施加政治压力。

同时，中共方面再次邀请李宗仁的私人代表刘仲容再来北平，刘仲容得到李宗仁、白崇禧的同意当即北飞，向毛泽东报告了李宗仁、白崇禧的政治态度。

毛泽东明确告知刘仲容：中共中央已决定四月二十日就要过江，希望李宗仁不要离开南京；如果李宗仁认为南京不安全，可以飞到北平来，共产党一定会对他以贵宾款待，仍可继续会谈。

刘仲容当即用电话向李宗仁作了报告。

当日，七十一岁高龄的何香凝女士由女儿廖梦醒陪同到达北平。董必武、叶剑英、李维汉、邓颖超及民主人士沈钧儒、朱学范、柳亚子等前往车站热烈相迎。当晚，毛泽东、周恩来等中央领导人特意在中南海怀仁堂设宴招待何香凝，欢迎她来参加新政协的筹备工作。

四月十三日

国共和谈正式举行第一次全体会议。

当天早晨，周恩来把中共代表团起草的《国内和平协定草案》亲自送交南京和谈代表团首席代表张治中。

整整一个白天，南京代表团都在闭门开会，一面讨论这个和平协定，一面频繁地与南京方面联络，对这个协定草案提出的八条二十四款条文，提出若干反对意见，这对于张治中等斡旋了多日的和谈代表们来说，自是意料之中的事情。他们深知即将到来的正式谈判，将会是困难重重。

当晚九时，国共正式会谈在中南海勤政殿举行。双方代表团全体成员均到会，在一条长桌的两边拉开了严肃而庄严的序幕。

中共首席代表周恩来，就草案原则以及各项条款内容作说明时指出，首先必须分清是非，因为内战是由国民党方面挑起的，战争责任理应由南京国民党政府担负。对于南京方面最不能接受的战犯问题，提出中共对一切战犯，不问任何人，只要是认清是非，以实际行动表示悔悟，因而有利于中国人民解放事业之推进，与用和平方式解决国内问题者，准予取消战犯罪名，给予宽大处理之待遇。

国共双方为何在"战犯"问题上，都不肯退让呢？这要从以孙中山领导的辛亥革命为起点、国共双方合作发起的北伐革命战争为中国民主革命的统一战线为背景，进行历史拷问。一九二四年在国民党第一次代表大会上，依照孙中山"联俄、联共、扶助农工"的三大政策，确立了国共合作的政治基础；一九二六年国共联手，发起北伐革命战争；其间，孙中山先生于一九二五年去世，蒋介石掌管国民党军权，于一九二七年四月发动了震惊全国的"四一二反革命政变"。他大肆屠杀共产党人，解除南昌、上海、武汉工人武装，一头栽进中国大资产阶级和帝国主义买办的怀抱，彻底背叛了孙中山确立的"联俄、联共、扶助农工"三大政策，仅上海一地，共产党人和革命群众被杀害者三百多人，被捕者五百多人，失踪者五千余人。接着，他们在广州也发动反革命政变，抓捕共产党员、革命群众二千多人，封锁革命团体二百多个，优秀共产党员萧楚女、熊雄、李启汉等被捕。江苏、浙江、安徽、福建、广西等省也以"清党"名义，对共产党员和革命群众进行大屠杀。奉系军阀立即与国民党沆瀣一气，在北京捕杀共产党员，李大钊和其他十九名革命者被杀害。蒋介石发动政变的同时，在南京建立了代表大地主大资产阶级利益的国民政府，与保持国共合作的武汉国民政府相对抗，使得旨在消灭封建军阀的北伐大革命陷入挫折，雄踞北平的奉系军阀张作霖渔翁得利。蒋介石双手沾满共产党人的鲜血，从此，他挑起了全面内战，成为中国民主革命的罪人。

周恩来在谈判中，坚持对待"战犯"的原则立场不变，如果这一和平条款能得以实现，中共保证接受南京方面爱国人士参加新政协，也参加联合政府。

共产党人对于蒋介石，够宽宏大量了，为他留出了一条低头认错、表示悔悟，站在人民一边，推动人民解放事业的政治道路。

周恩来重申：和谈进程中，人民解放军已停火，并保证暂不渡江。但不管和谈是否成功，人民解放军是一定要渡江的，在维护和平协议的前提下，南京政府可以平稳过渡，待新的联合政府组成，南京政府以及旧的宪法、法统，将一概废除。

国民党政府和谈首席代表张治中完全没有想到，共产党会在"战犯"问题上，做出如此的"让步"，他在发言中表示，代表团诚意承认国民党方面的错误和失败，但也依然"不得不代表南京方面陈述对这个和平协定关于战争责任问题、解放军渡江问题、改编军队问题等一些原则条款的反对意见……"。

首次会谈由于国民党方面提出一些原则障碍，中共方面未作任何答复，会谈至深夜未有任何成果，宣告休会，双方议定重大分歧有待会后再行协商。

会谈在沉闷的气氛中，不欢而散。

四月十四日

决定中国命运的政治会谈，因为国民党的立场，再度搁浅。

张治中度过了一个人生中最难熬过的不眠之夜。当命运将他推上了决定国家和人民命运的谈判桌，他个人的意志又和身后那个政党的意志完全相悖的时候，一颗具有良知的灵魂要受到历史的裁判，就是必然的了。

本日凌晨结束的第一次正式会谈，彻夜在他脑际萦绕，叫他无论如何也难以入梦。天亮以后，接到中共方面的通知，周恩来要与他单独再谈。

张治中欣然驱车，直奔香山。

与毛泽东、周恩来的交往，虽然完全是两个阵营中人，张治中总感觉到有一种超越党派的、类似于兄弟般的温情。而蒋介石、李宗仁、白崇禧等,却是高高在上的独裁者。两个阵营,两种人格。促使张治中回想起大革命时期,国共两党合作的往事,也想起自己曾两次去延安,充当国民党的特使,协调抗日战争中的一些问题。与周恩来的交往,虽各自有着不同的政治背景,但从这些共产党人身上,他常常感受到孙中山当年倡导国共合作的一种民主和统一的政治理想。现在,在共产党人规划新的政治合作、民主协商的理想,又将可能破灭的时刻,与毛泽东、周恩来的每一次见面,他都非常珍惜——从这个意义上说,他又觉得自己是幸运的。他又一次感受到了共产党人崇高的新民主主义政治理想,也正是当年孙中山先生孜孜以求的政治信念呀。国共两党孰是孰非?不是明摆的道理吗?

接下来的日子,两党、两位首席代表的交谈,虽有原则分歧,但亦有周恩来推心置腹的劝导与张治中无可奈何的内心倾诉。

周恩来又与张治中就《国内和平协定草案》全部内容要点,再度具体交换意见。他发现,周恩来的面容也有些疲倦,但坚持原则立场那犀利的目光以及对国民党方面提出的四十余条修改意见,又不厌其烦地就许多词句力求和缓的修订,叫人倍感亲切。

一年后的一九五〇年国庆节,当毛泽东代表人民政府授予张治中一级解放勋章的时候,回想一次次他与毛泽东、周恩来兄弟般的深谈,他热泪盈眶。

此后的许多年间,张治中常常为国民党人在重大历史关头失去祖国统一的重要机会而深感痛惜。在他人生最后二十年中,张治中曾竭力为统一的和平理想而极尽努力,但终于还是未能看到国民党人的醒悟。

毕竟一九四九年的经历,已经留在历史上了。失败的和谈虽个人力量之微薄难以左右，但毕竟张治中"曾为一种理想操劳过也苦恼过"。

四月十三日，不仅张治中终生难忘，整个中华民族都不会忘记……

四月十五日

国共和谈举行第二次会议。

晚七时，中南海勤政殿再度连夜开会。

周恩来对《国内和平协定（最后修正案）》作说明，表明中共方面对南京方面提出的许多意见，凡是于推进和平事业有利、于中国人民解放事业有利的意见，都尽力作了采纳，就是在某些大问题上，应该求得妥协的，总尽量妥协。

周恩来指出：诸如中国人民革命军事委员会的权力等问题，都做出了重大让步，但对于国民党军队的改编和人民解放军过江接收地方政权两点，决不让步，并坦诚地阐述理由。

中共正式通告南京方面，请李宗仁、何应钦于二十日以前给予答复，如届时不能获得协议签字，"那我们只有过江"。

会后，南京代表团郑重研究认为：定稿已接受了所提修正意见四十余处过半数，特别是关于战犯问题等中共做出了让步，对方不囿于一派一系的私利，以国家元气、人民生命财产为重，只有毅然接受。决定派黄绍竑、屈武携带文件次日回南京，劝告李、何接受。

当日，国民党空军伞兵第三团全部以及伞兵司令部第一、第二团各一部，两千五百名官兵，奉命乘船开往福建途中，在第三团团长刘农畯、副团长姜健等率领下，于上海吴淞口宣布起义，开往苏北连云港加入中国人民解放军。

五月十八日，毛泽东、朱德致电刘农畯等全体起义官兵，勉励他们努力学习，为建设人民伞兵而奋斗。

几个月来，国民党陆、海、空军，从天空、陆地到海洋，倒戈起义事件频频发生，使国民党国防部大为恼火。他们在军队内部严加整肃、加以控制，安插特务，也难以避免此类事件的接二连三。当日三个团一色美式装备的伞兵叛逃，使得束手无策的国防部再次乱了阵脚，除责令追查责任之外，他们极力企图封锁这一消息，不准军内将这一消息披露给报界。

然而，两天后新华社就将这一消息向全国播发，"蒋介石运输大队长"的反讽词汇，被解放区的军民编成了快板，广泛传唱……

四月十六日

南京和谈代表团黄绍竑、屈武携带《国内和平协定（最后修正案）》回南京。周恩来赶往西郊机场为他们送行。周恩来面嘱黄、屈二人：请他们明白转告李宗仁、何应钦，希望李、何二人在修正案签字问题上，自拿主张，不要请示蒋介石。

下午二时，黄绍竑、屈武一下飞机便直奔总统府。李宗仁见隔江而治的目的未能达到，也担心批准协定使自己陷入困境，便在傅厚岗公馆召集何应钦、白崇禧、黄旭初等人，听取黄绍竑有关北平会谈的报告，并传阅了和平协定修正稿的条款。何应钦表示，要将和平条款经行政院开会讨论才能答复。

李宗仁不表示态度，旋即将牌推给了何应钦。

在此过程中，黄绍竑曾摆事实，讲道理，规劝李宗仁接受目前的和平协定。黄说，国民政府现在所处地位，既不是一九二五年时的地位，也不同于一九三七年时的地位了。大势如此，谁能改变得了？他说明，此协定由草案到修正案，业经双方三番五次修改，如今得到这些条件已是比较好的了。最棘手的战争罪犯问题，中共方面已做了大的让步，区别对待，比较合理。关于民主联合政府，中共方面表示保证接纳南京方面若干人士，且目前南京政府仍暂时行使职权。能取得这样一个协议，已很不容易了。

然而，由于南京国民党军政要员的不支持，特别是一直坚决主张"划江而治"的白崇禧拒不接受这一协定的修正案，"愤然离去"。

李宗仁再次陷入困惑，将一个唾手可得的和平的机会，扔进了滚滚东去的长江。

中共中央丝毫没有放松渡江作战的准备。当日，中央军委电示总前委及第二、第三野战军，要求将立足点放在和谈可能破裂，用战斗保证于四月二十二日一举渡江成功。

其实，南京国民党政府时至今日，仍然对人民解放军能否一举渡江成功表示怀疑。他们以为凭借陆、海、空军"坚固的江防"，共军的打鱼船"翻不起大浪"。然而，这一估计，又是国民党一个致命的错误。

四月十七日

国民党和谈指导委员会派居正、吴铁城、朱家骅携带《国内和平协定（最后修正案）》以及和谈记录，赴溪口请示蒋介石。

蒋介石一看这个协定，火冒三丈："真是无条件的投降处分之条件。其前文叙述战争责任问题数条，更不堪言状矣。黄绍竑、邵力子等居然接受转达，是无耻至极者之所为，可痛！"

蒋介石当即拟定三种对付方案：（一）提出具体相对条件复之；（二）不提出对案，仅以不能接受其所提条件而愿先订停战协定，以表示和谈之诚意，如其在此和谈期间，进攻渡江，则其战争责任，应由共匪负之；（三）用党部名义驳斥其条件之前文与消灭行宪政府而实行其共产专制政府。

两天后，居正等返回南京，向李宗仁报告。

与此同时，周恩来在北平广泛接触民主人士、党外人士，征求他们对和谈的意见，并向他们报告和谈进展情况。

周恩来对《国内和平协定》作了介绍，并对李宗仁政府、广州行政院和溪口蒋介石等几个方面对和平条款的态度作了分析。他指出：南京代表团和我固然有距离，但他们有一个概念是好的，即国民党的失败是一定的，人民解放军的胜利是一定的。他们承认错误承认失败，因而愿意交出政权，交出军队。不过，南京代表团虽有些认识，南京政府却还没有这个认识，至于广州、溪口就更不用说了。

周恩来进一步指出："南京和溪口还没有完全割断，即所谓藕断丝连。……如果诸位赞成这次谈判所拟定的国内和平协定的话，不论和也好，打也好，我们有信心、有力量使它得以实现。我们想尽可能用和平方法实现，但如果不能用和平方法，用战斗方法也一样要实现！"

为了表明中国人民解放事业的坚强决心和能力，太原前线人民解放军两个兵团、六个师共计二十万人，奉中央军委命令，对太原发起猛烈进攻。当日，城东、城南两个机场，已为解放军猛烈炮火完全轰毁，我军进攻部队与城内守军一直激战至深夜。

四月十八日

按照蒋介石的旨意，国民党中央执行委员会发表对和谈的声明，重申必须以该党中常会本月七日关于和谈五项原则的决议为依据。蒋介石的幕后操纵，致使和谈刚刚取得的成果，毁于一旦。

当日下午，李宗仁紧急召集黄绍竑、白崇禧、李品仙、黄旭初、夏威、程思远、邱昌渭等桂系人员会商。黄绍竑进一步汇报和谈情况后，指出桂系别无出路，不像蒋介石身后有台湾，而桂系无后路。并说，如果李宗仁同意签订这一协定，将来可选为联合政府副主席，即广西的部队亦因此得到安全的保障。

白崇禧认为，代表团未坚持政府基本立场，有负付托之重，反对签字，提前离开会场。李宗仁得不到白崇禧的支持，仍旧是一筹莫展，此次会商不欢而散。

当日，南京和谈代表团再次致电李宗仁、何应钦，指出："和谈至此阶段，万无游移可能。""如待共军行动后，补签协定，屈辱更大，大局更难收拾。""希望李、何当机立断，或亲来北平一行。"

白崇禧离开总统官邸，随即跑到美国大使馆，访晤美驻华大使司徒雷登。白崇禧将和谈情况和国民党中常会的决议向美国人作了通报，并表明寄希望于劝蒋出国，让蒋交出所有权力及国家财富。

而此时的美国政府，已认识到它的对华政策正面临前所未有的窘境。面对"迅速恶化的形势"，大量美元的援助，已丝毫难以改变中国的政局，使得美国人已陷入悲观绝望的境地。这一天的司徒雷登对到访的白崇禧，除去外交礼节而外，难以作出任何支持。

同日，太原前线人民解放军又于下午五时，向太原西南发起攻击，与太原国民党守军激战彻夜。同时，阎锡山部第四十六师师长阎俊贤率师部和第三团向太原新城人民解放军投诚。

长江前线人民解放军第二十三军和第三十四军分别向永安洲和十二圩发起进攻，并于当日攻克了永安洲。国民党长江防线又失去了两个"桥头堡"重镇。

四月十九日

以李宗仁为首的国民党和谈指导委员会十一人，于当日晨在国防部秘密会商，决定拒绝中共方面提出的《国内和平协定（最后修正案）》，并电告在北平的和谈代表，向中共方面要求将最后期限由本月二十日延缓至二十五日。

这个十一人组成的决策委员会决定拒绝解放军渡江和由中共负责整编国民党军队等重要条款，对于"联合政府"等项，也提出若干反对意见。

当日的《大公报》以《和谈已临最后关头，政府决定拒绝渡江要求》为题，报道了国民党上层对这一事件的反应。

《大公报》转载路透社的消息说，十一人委员会开会时，有两三领袖认为，联合政府成立后，不应反对共军渡江，但被其他与会者所斥责。

合众社的消息说，有资格的国民党上层人士称：除非中共同意延展四月二十日的最后期限，以及缓和其条件，否则北平和谈势将破裂，全面内战又将爆发。

《大公报》透露，南京政府当日会商的最后决断是：李代总统不打算再向毛泽东作和平呼吁，政府也不预备正式要求中共延期。但李代总统会非正式地让和谈代表团向中共接洽延期事宜。

当天的《大公报》《申报》都以专电发表了南京和谈代表黄绍竑先生在北平谈判期间填写的一首感时词，那词句中说：

"北国正花开，已是江南花落，剩有墙边红杏，客里愁寂寞。此时为着这冤家，误了寻春约，但祝东君仔细，莫任多漂泊。"

一首感伤词句，诉说着落花流水的悲愁，一任为着冤家误了春天该有的相约，东君的失误，导致伤感的漂泊，此乃对和平希望的背离。

这一天，国民党政府作出的选择，也正应了黄绍竑感时词所抒发的悲凉境地——此时距离双方约定的和平期限仅剩一天了，江南花落的结局，将导致的是他们的漂泊。

四月

四月二十日

国民党中央常务委员会发表声明,拒绝接受《国内和平协定》。国共和平谈判宣告破裂。

当晚,周恩来打电话给张治中、邵力子,代表中共中央、毛泽东主席和他本人,请南京和谈代表团同人全部留下来,周恩来语重心长地对张治中说,"西安事变,我们对不起一个姓张的朋友,今天再不能对不起你了"。

张治中、邵力子、章士钊、李蒸四人早有准备,略经开会讨论,他们一致决定,留下来。

在国共和谈进行期间,为了阻止人民解放军渡江南进,国民党军加强长江防御,截至当日,在宜昌至上海间一千八百余公里的长江沿线,已部署了一百一十五个师约七十万兵力。海军海防第二舰队和江防舰队,空军四个大队将随时支援陆军作战。

人民解放军针对敌军部署,已全面做好了渡江的战斗准备。由第二野战军的三个兵团,第三野战军的四个兵团以及第四野战军的一个兵团,共计一百余万人,分成三个集团,随时准备在汉口、芜湖、南京、江阴之线发起渡江战役。

国民党参谋总长顾祝同当日发出电报,命令长江防线陆、海、空三军严加戒备,以防共军于当日夜晚发起渡江攻击。

但是，重大军事行动却最先在太原发生了。人民解放军率先发起了总攻太原的大规模战斗。人民解放军十八、十九、二十兵团由东、南、北三面向太原城发起猛攻。

第十八兵团两个师与十九兵团的六十三军完全切断马庄地区阎锡山军队退路，割裂歼灭城外之敌。第二十兵团迅速沿汾河两岸插入新城及其以北地区，占领新城并控制了汾河大桥，歼灭阎军四十六、七十一师全部及坚贞师、三十九师各一部，俘七十一师师长张忠，击毙三十九师师长刘鹏翔。阎军阵脚大乱，仓皇将三十军收编于城北。我十九兵团和晋中军区部队由城南及汾河西发起攻击，切断汾河西侧的退路，至当晚将其全歼。

同日，我十八兵团于城东发起攻击，至晚二十一时，大军已逼近太原城下。在当日进攻太原的战斗中，阎军先后有一个师、七个团相继倒戈起义，向人民解放军投诚。

渡江部队于当日深夜，向国民党长江防线发起了进攻。

四月二十一日

毛泽东主席、朱德总司令发出向全国进军的命令。在国民党长达一千八百公里的长江防线上，人民解放军声势浩大的渡江战斗全面展开。

人民解放军发起的渡江战役，先在西起湖口东至江阴的五百公里长江沿线上，分三路强渡长江。中集团第二十四军、二十五军、二十七军于二十日晚子时起，在强大炮火掩护下，冒着国民党舰艇和江防炮火的阻击，先行从荻港一带渡江，迅速占领太阳洲、黑沙洲、白马洲等几个江心洲。

二十五军、二十七军先遣队遂以这些江心洲为跳板,一面向南岸国民党军阵地猛烈炮击,一面乘木船渡江。半小时接近南岸,后续部队接踵急渡,在荻港一带多处登岸,突破了国民党第八十八军的防线。

战斗至当日晨六时,解放军已有二十八个团渡过长江,并占领荻港附近诸重要高地。随即解放军主力向繁昌突进,一部又向左翼席卷。

国民党第七绥靖区司令张世希不断向汤恩伯告急,汤恩伯急调机动部队九十九军增援,并亲临芜湖指挥二十军、九十九军企图挽回战局。但人民解放军的强大攻势锐不可当,于当日占领铜陵、繁昌、顺安等地。国民党九十九军、五十五军、九十六军、六十八军全线崩溃分别向着杭州、歙县、祁门、浮梁夺路南逃。

人民解放军东集团由江苏的江阴至扬中江段实施渡江。第二十军、二十三军一部分由三江营、口岸镇向扬中强渡长江;第二十八军、二十九军、三十一军在猛烈炮火掩护下,分别向江阴东西一带横渡。国民党守军第二十一军遂向无锡撤退。同日晚,西集团也在预定地区顺利突破国民党军江防阵地,于次日占领了彭泽、东流等地。

同日,太原前线人民解放军又取得重要战果。解放军大部队攻入城区,扫清城东铁路两侧敌军,城北占领工业区,城南攻占大片区域后又向卧虎山、双塔寺逼近,城外阎军除残留该二据点外,已被全歼。太原前线司令部通告困守在太原城中的蒋阎官兵停止抵抗,向人民投诚。

李宗仁、何应钦召集政府各院部会议,决定总统府国防部迁往上海,行政院迁往广州,其他院、部、会分批疏散至广州、桂林、台湾等地。当日,国民党军政高级干部之家眷,纷纷逃离南京。

四月二十二日

百万雄师在五百余公里的战线上，冲破敌阵，千帆竞渡，横跨长江。人民解放军打响渡江战役仅一天，国民党军队的长江防线全线崩溃。

当日晨，我东集团渡江部队击退从常州、丹阳等地来援之国民党军第五十四军等部的反扑。接着，我二十军五个团登陆扬中，歼国民党第四十一师一部；二十三军控制上圩至利港段，并于中午攻克百丈镇、徐墅，歼国民党军第八师一部，俘千余人，同时击溃一九八师和二九一师的反扑；二十八军攻占申港、舜歌山，歼国民党军二三〇师大部及一四六师四三六团一部，继续向宜兴挺进；二十九军占领江阴要塞，分割歼灭国民党军一四五师一个团，向无锡挺进；三十一军主力渡过长江。

接到共军渡江消息，蒋介石第一时间即刻离开溪口。

蒋介石由溪口到杭州，召集李宗仁、何应钦、白崇禧、顾祝同、张群、汤恩伯等会商时局，组成以蒋介石为主席、李宗仁为副主席的国民党"非常委员会"，作出四项决定：（一）宣告和谈破裂，对中共坚决作战；（二）联合所谓全国民主自由人士共同奋斗；（三）何应钦兼国防部部长，统一海陆空军指挥权力；（四）加强国民党内团结及党与政府的联系。

汤恩伯鉴于江防全线被人民解放军突破，下令并部署总撤退。

江阴要塞以东二十一军、一二三军向上海撤退；江阴以西五十一军、五十四军经常州、宜兴、嘉兴，绕过太湖向上海撤退；驻镇江第四军和南京卫戍司令部附属四十五军，沿京杭国道向杭州撤退。

南京卫戍总部下午接到汤恩伯全线撤退的命令，召开秘密会议，研究撤退部署。

太原前线人民解放军当日又分别攻克城东北卧虎山及城东南双塔寺阎军两个孤立支撑点。至此，城外四郊全部为人民解放军占领。在两天战斗中，全歼阎锡山十二个步兵师，俘虏敌三名军长、五名师长、一名要塞司令，共俘虏敌军三万余人，击毙击伤敌四千余人。

上海淞沪警备司令部宣布上海市自即日起进入战时戒备状态，每天提早一小时宵禁，全市实施军事管制，颁布上海市紧急治安条例。
同日，杭州城防指挥部也宣布特别戒严。

四月二十三日

当日，第三野战军第八兵团第三十五军经浦口渡江，以迅雷不及掩耳之势攻进南京城，国民党统治中心随即回到了人民手中。
渡江战役，势如破竹，人民解放军迅速占领南京。

身在北平的毛泽东，感怀于南京解放的胜利喜悦，欣然提笔，写下了荡气回肠的《七律·人民解放军占领南京》：
"钟山风雨起苍黄，百万雄师过大江。虎踞龙盘今胜昔，天翻地覆慨而慷。宜将剩勇追穷寇，不可沽名学霸王。天若有情天亦老，人间正道是沧桑。"

当日下午三时，国民党海军第二舰队司令林遵率该舰队"惠安号""永绥号""安东号""江犀号""楚同号""联光号""太原号""吉安号""美盛号"九艘军舰和十六艘炮艇在南京东北笆斗山江面起义，加入中国人民解放军。

与此同时，人民解放军东集团主力军解放常州，切断沪宁铁路；中集团一部占领芜湖、青阳。接着，主力部队渡过青弋江，歼灭国民党第二十军大部和第九十九军一部；西集团乘胜攻占贵池，在贵池以南地区歼灭国民党第九十六军一部，俘敌三千余人。

人民解放军渡江战役总前委根据沿江国民党军全线撤退的情况，调整部署，令第二野战军除第八兵团率两个军执行南京、镇江的警备任务，以第十兵团一个军东进苏州，主力分别沿丹阳、金坛、溧阳及太湖西侧之线和南陵、宣城、广穗之线，向长兴、吴兴地区开进，切断沪宁公路，完成战役合围，聚歼南京地区南撤之国民党军。

当日，由南京各界联合组织的"南京治安维持委员会"成立，由马青苑任主任委员，吴贻芳任副主任委员。他们致电毛泽东主席，恳请金陵外围人民解放军对南京予以和平接收。毛泽东接电后，立即由中央军委电示总前委："请你们迅速令知三十五军或其入宁接收部队，迅速入城维持秩序，并与马青苑、吴贻芳等接洽，确保南京治安，并注意保护各外国使馆。"

邓小平、陈毅根据中央的指示，立即率领中共华东局机关，进入南京城主持维护社会秩序，保护城市设施，保护民族工商业，保证人民生命财产安全。

当日上午九时，在人民解放军进城前，李宗仁乘"追云号"飞机，自南京飞往桂林……

四月二十四日

四月下旬这几天，是人民解放军战史上大放光彩的日子。

太原前线人民解放军继续向城垣发起总攻。晨五时三十分以一千三百门大炮轰击城垣守敌各阵地，我第十八、十九、二十兵团相继从东南西北十二个突破口入城，将阎锡山守军分割围歼。战斗仅四个多小时，便全部结束，全歼太原绥靖公署第十、十五兵团司令部，三十、三十三、三十四、六十一军军部，及三十九、四十九、六十九、七十、八十三师、亲训师、铁军基干师、坚贞师、铁血师、神勇师、追击炮师等全部。俘虏太原绥靖公署副主任兼十五兵团司令孙楚，太原守备总司令兼第十兵团司令王靖国，太原绥署公署参谋长赵世玲，十兵团副司令孙福麟、温怀光及参谋长侯远村，山西保安司令许鸿林以及四名军长、四名师长、五名兵种司令官；共俘虏敌军四万余人，击毙击伤七千余人。

人民解放军太原前线司令部发布公告，宣布保护人民财产，保护民族工商业，没收官僚资本，确保城市治安等约法八章。同日，太原市军事管制委员会成立，主任徐向前，副主任罗瑞卿、赖若愚、胡耀邦。发布《太原暂时实行军事管制》《中国人民解放军太原部队及其工作人员入城守则》等文告。太原市卫戍司令部亦于同日成立，司令员萧文玖、政治委员赖若愚。

突破长江防线的人民解放军东路集团于当日连续解放镇江、丹阳、武进、无锡、句容等重要城镇。穿越京沪路南进的部队接连攻克了宜兴、金坛，切断宁杭国道；由芜湖向东南追击的部队解放宣城、歙县。

国民党京沪杭警备总司令汤恩伯发布命令，确定淞沪地区守备部署：以三个兵团守备上海西北区和南区及浦东；调动交警、保警、宪兵、要塞守备总队，装甲兵部队担任上海中心区的守备任务。

至此，原国民党京沪杭线残兵败将，已全部收缩于上海，作最后的挣扎与抵抗。

四月二十五日

毛泽东主席、朱德总司令颁布《中国人民解放军布告》，郑重宣布：（一）保护全体人民的生命财产；（二）保护民族工商农牧业；（三）没收官僚资本；（四）保护一切公私学校、医院、文化教育机关、体育场所，和其他一切公益事业；（五）除枯恶不悛的战争罪犯和罪大恶极的反革命分子之外，凡属国民党中央、省、市、县各级政府的大小官员、"国大"代表，立法、监察委员，参议员，警察人员，区镇乡保甲人员，凡不持枪抵抗、不阴谋破坏者，人民解放军和人民政府一律不加俘虏，不加逮捕，不加侮辱；（六）为着确保城乡治安、安定社会秩序的目的，一切散兵游勇，均应向当地人民解放军或人民政府投诚报到；（七）农村中的封建土地所有权制度，予以废除；（八）保护外国侨民生命财产的安全。

布告命令人民解放军："人民解放军纪律严明，公买公卖，不许妄取民间一针一线。"

当日早晨,从杭州返回的蒋介石,将度过他一生中在自己的故乡溪口最后的时刻,前军务局局长俞济时向他报告说,陈毅大军占领南京后,长驱直入,进逼沪杭。共军三野七兵团已越过钱塘江大桥,分三路南下:一路向宁波方向而来;一路经嵊县、新昌,向象山方向开进;一路则经金华而下温州等地。

溪口不能再待下去了。

前一日,蒋介石早有安排。他偕全家祭拜了祖坟,进了香火。默立于祖坟前,年已六十二岁的蒋氏家庭的长孙传人,大有此一去不返的依依惜别之情。面对祖上,他全然没有了总统的派头,布衣长衫加上眼窝中微含的一滴老泪,使他倍感人生大起大落的几分悲凉。

国民党大势已去,此生在大陆,余下的日子不多了,早年的背井离乡,终有归来的希望,而这一次一走,就是永别了。从祖坟回来,他先送走了儿子儿媳和孙子爱伦。小爱伦临走时的哭声,叫蒋介石的老泪险些滚落下来。小爱伦哭喊着说:"阿爷阿爷,我们到哪儿去呀?我们还回来吗?"

是啊,还能回来吗?蒋介石无法回答孙子的提问。

当日,蒋介石从溪口海边登上"泰康号"军舰,逃往上海,直至他二十年后死于台湾,就再也没有回过溪口。

四月二十六日

上海《申报》发表了一则《央航专机自平飞抵沪,和谈代表未南返》

的消息。消息说："前日自沪飞平往接政府和谈代表团张治中、邵力子等南返之中央航空公司专机 XP533 号，在平停留一夜后，已于昨晨十时自平启程，下午二时五十五分抵沪，仅载回邮局代表二人，和平代表团则无一人南返。彼等系自愿留平抑其他原因不得而知，专机飞行员抵平后，并未与代表团见面，对于代表团的消息，毫无所知。"

其实，自和谈破裂，人民解放军发起渡江战役，张治中、邵力子、章士钊等几位南京和谈代表便决意留在北平而不回南京了。

人民解放军解放南京的那一天，周恩来亲自来到代表团的驻地，向张治中转达毛泽东请南京代表们到香山做客的消息，于是，张治中、邵力子、章士钊等人在周恩来、聂荣臻的陪同下，乘车去了毛泽东居住的香山双清别墅。

毛泽东一见到张治中等人，就握住他们的手风趣地说："上次见面，我就许诺请大家来吃家宴，今天就请你们吃辣子和红烧肉。"

大家亲热地寒暄着，纷纷落座。

服务人员很快将几碟辣子炒菜和一瓷盆红烧肉端上餐桌。

毛泽东说："很难得哟，今天我们又在一个锅里耍勺子，同吃一桌饭。……我们这个国家，也好比一个家庭。我们都是这个家庭的成员。可是，我们的屋子实在太脏啰，必须认真清理这个屋子了。"

毛泽东还说："哦，蒋介石闹着要离家，有什么办法呢？由他去吧。而不愿意跟他走的其他成员，我们则欢迎他和我们一道，早点进屋子里来做清理工作。外人不是正在看我们的笑话么？说共产党治理不好自己的国家，即使打下了天下，也坐不了天下，用不了三个月就要垮台云云。所以我要大家都看郭沫若写的《甲申三百年祭》……"

最后，毛泽东亲切地说："过去的阶段，好比过去了的年三十，今后还应从年初一做起！文白兄，留下吧！"

四月

一声"文白兄"喊得张治中彻里彻外有了一种回家的感觉。他和邵力子、章士钊等几位南京代表就这样彻底地永久地留下来了……

四月二十七日

江南温湿空气中的春雨，整整下了一天，沿京沪路东进的人民解放军冒雨行进，于当日清晨解放苏州。

苏州是京沪路与苏嘉路的交会点，自古以来，乃是苏南军事重镇。苏州的解放，为解放上海洞开了一扇北方之门。

为迎接上海解放，中共中央军委发出《要做好接收上海的准备工作》，电告总前委粟裕、张震，并告刘伯承、张际春、李达："你们不但要部署攻击杭州，而且要准备接收上海，以便在上海敌军假如迅速退走，上海人民要求你们进驻的时候，不致毫无准备，仓促进去，陷于被动。"

当日，三野二十九军解放苏州后，又解放了长兴、吴兴；二十五军解放郎溪，与苏、浙、皖游击部队会师；三野另一部越沪宁铁路句容、源阳公路，截歼南逃的国民党残军二千六百余人。

中国人民解放军胜利渡过长江、解放南京的消息，首先在法国世界和平大会上引起强烈反响，各国代表团热烈祝贺中国人民解放事业所取得的伟大胜利。接着，苏联和一些人民民主国家的报纸，都将中国人民胜利的消息，放在最显著的位置进行报道。

在莫斯科，《真理报》刊载中国人民解放军解放了国民党二十二年统治中心南京的消息。苏联政府和斯大林曾怀疑中国共产党人解放全中国的能力，希望中共能和国民党谈判，组成联合政府或划江而治；希望毛泽东推迟军事胜利，以免加剧冷战紧张空气，挑起美国干涉和引起新的世界大战。

对于斯大林的态度，毛泽东不以为然。在苏联人的斡旋下，蒋介石于元旦发表文告，希望与共产党和谈。而毛泽东也于同一天发表新年献辞《将革命进行到底》。

中国共产党人在一九四九年表现出的自信、刚毅、豪放与果断，令苏联共产党人感到吃惊。而仅四个月后，在中国辽阔土地上，中国人民所取得的辉煌胜利，更使苏联人惊异不已。中国革命的胜利，使世界格局的力量对比，发生了深刻的变化。从此，美、英军舰可以随意出入中国内海及内河，便永远成为了过去。

四月二十八日

蒋介石乘坐的"泰康号"军舰驶往上海前，暂停泊于宁波港。一来，坐观宁沪路上军事动向，上海防卫无恙再驶向上海；二来，张治中、邵力子、章士钊等留在北平未归，以至于南方和香港大批民主人士北上投向共产党的消息，使得蒋介石大受刺激。一到宁波，他就叮嘱蒋经国，登岸去打探浙江大学校长竺可桢的消息。老蒋深知知识分子的重要性，他即使离开大陆，也要把大知识分子带走，不能将他们留给共产党。

此时，北平中共正酝酿召开政治协商会议，香港的沈钧儒、李济深、柳亚子、何香凝等都先后秘密地投向北平去了。国民党众叛亲离的时刻，蒋介石突然生出一个念头，他想把像竺可桢这样的科学家，都带到台湾去。

竺可桢曾是美国哈佛大学的高才生、地理学博士，曾创建了中国气象研究所，主持浙江大学达十三年之久，培养了一大批科学精英。蒋介石对他十分敬重，并亲自任命他为浙大校长。因为竺可桢团结聘请了许多第一流的大学者，诸如：马一浮、李四光、马寅初、梅贻琦、梅光迪、丰子恺、卢嘉锡、苏步青、贝时璋、陈立、夏鼐等，蒋介石想罗致人才，在行将失去大陆的前夕，与中共争夺另一种宝贵的资源。

然而，蒋经国寻找竺可桢的结果是竺教授已不在杭州了，此时正在上海住院治病。蒋介石即命儿子去上海看望竺可桢。

蒋经国亲赴上海，到医院探望竺可桢。

蒋经国传达了蒋介石的意思，请竺可桢去台湾，还可以当教育部部长。竺可桢当即谢绝，直到杭州解放，他又回到浙江大学，并领导浙大在新中国的教育事业中做出巨大贡献。

蒋介石在宁波逗留了三天，在当年他读书求学的这座城市，他希望罗致人才的念头又彻底落空——在这里，他连一个大学教授都带不走。这使他离家时的悲凉情绪，添了几分惆怅。他下令"泰康号"军舰起锚，离开甬港，向上海漂去。

蒋介石授意这一天南方报纸发表了他的《告全国同胞书》，宣称他反共到底的决心，表示："中正愿以在野之身，追随我爱国军民同胞之后，拥护李代总统暨何院长领导作战，奋斗到底。"

四月二十九日

人民解放军渡江各部队追歼由南京、镇江、芜湖等南逃的国民党军。

在苏州、长兴、广德、泾县、彭泽以北地区，自二十二日以来，已歼国民党第四、五、二十、二十八、四十五、六十、八十八、九十九等八个军全部及三十军大部，四十六、五十四、九十六军各一部，生俘国民党军八万余人。聚歼战役结束。

人民解放军第二野战军十二军解放皖南歙县城，全歼国民党二八二师两个团、二十二师一个团、保安旅一个团，生俘二八二师师长郭奉先以下官兵六千四百余人。同日，向江西东部挺进的二野十三军解放了乐平县城和瓷都景德镇。

与此同时，皖南我游击部队配合西路渡江解放军作战，先后解放石埭、太平、休宁、黟县、祁门等县城，歼国民党九十六军军官队、二十二师六三五团及石埭、太平、绩溪等县保安团等共四千九百六十人，生俘四千八百三十人，毙伤一百三十人。游击部队在祁门地区与渡江部队胜利会师。

于前一天成立的人民解放军南京军事管制委员会，刘伯承任主任，宋任穷任副主任。当日，分别按照军事、行政、财政经济、公安、文化教育、国营工商业等系统，全面接管国民党在南京的各级统治机构。

上海人民团体联合会于当日发表《告国民党各机关及保甲人员书》，指出：解放军已迫近上海，应该作出最后的抉择，不要再执行国民党当局的命令，不再压迫人民，不再做迫害民主人士的帮凶，保护自己所属机关的产业、财政、文件、账册、档案，准备完整地、有秩序地移交给人民解放军。

同日，上海国民党警备司令部以上海进入战时状态，发布紧急治安条例，规定：（一）即日起本市进入战时状态；（二）即日起本市实行军事管制；（三）将颁布上海市紧急治安条例八条：①造谣惑众者处死刑；②集中暴动者处死刑；③罢工怠工者处死刑；④鼓动学潮者处死刑；⑤窃盗抢劫者处死刑；⑥扰乱金融者处死刑；⑦破坏社会秩序者处死刑；⑧无命令而破坏物资者处死刑。

四月三十日

毛泽东以中国人民解放军总部发言人的名义，为英国军舰的暴行发表声明。四月二十六日，丘吉尔在英国下院，要求英国政府派两艘航空母舰去远东，"实行武力的报复"。随后，英国军舰和国民党军舰一道，闯入中国人民解放军的防区，并向人民解放军开炮，致使人民解放军伤亡二百五十二人。

声明指出：长江是中国的内河，英国没有权力将军舰开进来。"中国的领土主权，中国人民必须保卫，绝对不允许外国政府来侵犯。""人民解放军要求英国、美国、法国在长江黄浦江和在中国其他各处的军舰、军用飞机、陆战队等项武装力量，迅速撤离中国的领水、领海、领土、领空……"

这个声明严正表示：中国人民不怕任何威胁，坚决反对帝国主义侵略，坚决保卫国家主权和领土完整。从而进一步表明即将成立的新中国的对外政策。

同一天，美国驻广州领事馆大使衔代办克拉克飞赴广西桂林与李宗仁会谈。克拉克表示只要李宗仁继续在华南、西南组织抵抗，美国就有可能在"未受共产党控制的区域内，对坚持反共的力量提供援助"，并声称，"美国政府今后不再援蒋"，希望李宗仁尽快赴广州，组织一个与蒋介石截然分开的政府，否则不易改变美国政府的态度。

当日上海的《大公报》报道了美国西太平洋舰队司令白吉尔，率旗舰抵达青岛海军港口的消息；同时，另一艘美国巡洋舰，载千余名官兵也一同到达青岛。据驻青岛美国海军透露，五月中旬，还将有四艘美国军舰来青岛，"以观中国局势之演变"。

同日的《大公报》还援引联合社华盛顿二十八日的消息说，美国参议院拨款委员会主席白里奇与另一参议员惠勒，奉召至白宫，与美国总统杜鲁门、国务卿艾奇逊详细讨论了中国政局。白里奇随后向新闻记者发表谈话说，美国对华政策，应由议会"彻底检讨"。这则消息同时报道了杜鲁门总统表示，美国海军已充分做好准备，帮助在上海的美国人随时撤离上海。

五月
In May

山西大同和平解放。

大同于上年十二月二十四日被晋绥、晋察冀人民解放军包围以后，华北军区即派敌工干部和原阎锡山部起义将领，对大同城内的守军，开展争取工作。随着人民解放军渡江战役和太原战役的胜利，大同守军逐步认清追随蒋介石、阎锡山已毫无前途，遂决定起义投诚。是日，由国民党第十五兵团副司令兼大同守备指挥部总指挥于镇河、行署主任孟祥祉、第三十八师师长田尚志率所部一万余人开出城外，听候人民解放军改编。至此，山西全省宣告解放。

五月一日

山西大同和平解放。

大同于上年十二月二十四日被晋绥、晋察冀人民解放军包围以后，华北军区即派敌工干部和原阎锡山部起义将领，对大同城内的守军，开展争取工作。随着人民解放军渡江战役和太原战役的胜利，大同守军逐步认清追随蒋介石、阎锡山已毫无前途，遂决定起义投诚。是日，由国民党第十五兵团副司令兼大同守备指挥部总指挥于镇河、行署主任孟祥祉、第三十八师师长田尚志率所部一万余人开出城外，听候人民解放军改编。至此，山西全省宣告解放。

中共中央致电二野刘伯承、邓小平、张际春，三野陈毅、饶漱石、粟裕、谭震林及两大野战军全体指战员，其他野战军地方军及游击部队，全国工农商学各界同胞，热烈祝贺南京解放。电报指出："此皆我前线将士英勇善战，后方军民努力支援，江南民众奋起协助，其他野战军地方军一致配合行动所获结果。"电报勉励全国军民为"解放全国人民，建立统一的民主的新中国而奋斗"。

中共中央还同时致电徐向前、周士第、罗瑞卿及太原前线人民解放军全体指战员，山西及华北各省全体军民同胞，热烈祝贺太原解放。同时，人民解放军在太原隆重举行了前线部队入城式。

同日，人民解放军华东军区海军司令部宣告成立。张爱萍任司令员兼政治委员，起义海军将领林遵任第一副司令员。自此，开创了人民海军发展壮大的光荣历程。

此时，迁移广州的国民党党政机构一片混乱，处于群盲无首的荒唐境地。逃粤之"国代联谊会"分别致电上海的蒋介石和桂林的李宗仁，请他们速到广州"主持国政"。电文称："国事不可无一人主持，务请二公即日命驾临穗，共议大计。"

同一天，在广州出版的国民党《中央日报》发表了题为"应该痛自反省了"的社论，指出国民党的军事失败，"是二十余年以来政治的必致结果"。

五月二日

广州国民党中央推阎锡山、李文范、居正三人随白崇禧飞赴桂林，敦促李宗仁尽早去广州主持国政。

此时的李宗仁已无心主政。由于蒋介石的幕后干预，导致和谈失败，共产党已取得了军事上的胜利，他决不肯再当那个代总统，有名无实而又要做蒋介石的替罪羊。

阎锡山等力劝李宗仁"以国家为重，速赴广州，领导反共"。李宗仁则以蒋介石幕后不放手，无法亦无能力领导，"只有急流勇退之一途"为由加以推辞。阎锡山等告知，来桂林前已得到蒋介石的保证，说五年内决不干预政治，望李宗仁收拾残局。李宗仁还是不肯答应。

阎锡山等迅即将李的顾虑通报广州、上海，希望蒋介石确实作出承诺。当日的蒋介石得此消息大动肝火，但面对残局，他不可能担当"千秋罪人"，只有推李宗仁出来代他受过。于是，蒋介石答应将党、政、军大权一并交出……

坐落于上海虹口公园旁边的一幢花岗岩砌筑的古堡式大厦，原是日本人建造的海军陆战队总部，现在则是汤恩伯的京沪杭警备总司令部。蒋介石一到上海，便来到了这里，大楼四周警卫林立，戒备森严。

蒋介石在这里召集黄埔系及各军事学校毕业的将校军官，开谈话会，成立了由"老校长"蒋介石为核心的"特别委员会"，企望将四分五裂散落的军心再收拢起来，竭力死守上海。

至此，在解放军渡江战役中溃逃、收缩于上海的兵力，还有三十万。三十万兵力究竟能守多久？汤恩伯向蒋介石表示，至少能守六个月，而蒋介石此时的估计，能守三个月也就算不错了。当然，他不会说出自己的估计，他只是给将士们打气，表示他"要留在上海，亲自指挥战事，同上海共存亡"。

蒋介石宣布让儿子蒋经国协助汤恩伯负责政工事务，颁发对官兵的奖励、晋升和荣誉的特别条令。蒋介石的另一个儿子蒋纬国，此时也率装甲兵部队进驻上海。

然而，仅十四天后，人民解放军向上海发起进攻时，最先逃走的还是蒋家父子。他们虽有三十万兵力守卫一座城市，但军心涣散的国民党军已是不堪一击。

五月三日

广州国民党行政院再派政务委员朱家骅、海南军政长官陈济棠飞赴桂林，向李宗仁转达蒋介石决心将军、政、财大权全部交出，决不再在幕后操纵之承诺。旋即由阎锡山、居正、李文范共同磋商，拟定六条方案：

（一）国防部应有完整指挥权，蒋不得幕后操纵；（二）官吏任免由总统及行政院院长依宪法执行，蒋不得幕后干预；（三）中央金融、企业概由行政院主管部门监督，中央银行运往台湾存贮之银圆、金钞一律交出，支付军政费用；（四）各级政府向总统及行政院院长分层负责，不得听受任何个人指导，在广州的政府机关，率先举行；（五）国民党不得干涉政务、控制政府；（六）希望蒋介石暂时出国赴欧美访问，免碍军政改革。

当日，阎锡山携此六条方案飞沪，面请蒋介石作确切保证，为李宗仁重主中枢之先决条件。

此时的蒋介石正躲在上海的复兴岛会见杜月笙。杜月笙乃是上海滩三大帮会巨头之一。蒋介石的发迹，乃至于国民党政权当初都是依靠了江浙财团、上海财团及帮会势力才发展起来的。在国民党政局日落西山之际，蒋介石会见杜月笙，一来是为了就上年蒋经国在上海"打老虎"，下令处决了几个私吞金银、聚敛国家资财的首恶者，还抓了杜月笙的三公子杜维屏，蒋介石会见杜月笙就是为了行道歉之意；二来，蒋介石不得不考虑今后的退路，国民党败退台湾后，最终还得靠这些大财团腰包里的金钱来活命。蒋介石想，在上海一旦陷落以后，能拉杜月笙去台湾。

说到"打老虎"，两年前，蒋介石命胡宗南围剿延安，迫使中共中央主动撤离延安,转战陕北。于是,就有了蒋介石秘密视察延安的行程。他亲自查看了毛泽东、朱德、周恩来住过的土窑洞,共产党的抗日军政大学,也不过是简陋的土窑洞。他惊异于自己从江西一路追剿的共军,竟是在如此艰苦卓绝的条件下,且能够顽强地生存并始终保持一种旺盛的战斗精神。

蒋介石为此感慨良多。他飞来延安,是乘坐"美铃号"凌空而降。胡宗南为了迎接他,专门为他铺设了红地毯,还在延安城里,装修了一座三层楼的总统行辕。许是受了共产党人某种精神的感染,蒋介石当众大骂胡宗南:你在延安为我大修官邸,花那么多钱,费那么多精力,前线将士会怎么想?他们会说,领袖只会享受,却叫我们打仗,这是什么榜样?

这一夜,蒋介石执意不住胡宗南为他装修的官邸,就要求住在原中共中央军委机关驻地王家坪的窑洞里。这天夜里,蒋氏父子有了一次深谈。他们对国民党内蔓延的骄奢淫逸、腐败糜烂之风,忧心忡忡。蒋介石问儿子:如今国难当头,为何军队将领、政府官员不能与党国同心同德?蒋经国回答道:这是因为他们丧失革命理想,他们已经堕落为党国的敌人。蒋介石问儿子:你以为该如何办理?蒋经国说:撤职查办,直接送上断头台。蒋介石接着说:我要你记住,中国不姓蒋,但是姓蒋的要为中国负责到底。于是,就有了后来轰动全国、震动国民党的"打老虎"风暴。

因为党内的"大老虎"们,与资本家、青红帮大佬们,有着千丝万缕的联系、盘根错节的利益纠葛,杜月笙的三公子杜维屏,也遭到了蒋经国的查办。

如今,蒋介石下野,即将落荒而逃,杜月笙会跟他走么?当然不会。一旦国民党垮台,他们这些黑帮一定比你跑得更快!老奸巨猾的杜月笙没有把自己未来的去向告诉蒋介石,而此时,他已包好了一艘荷兰轮船,不是去台湾，而是去香港。

几天之后，杜月笙悄然把一家老小包括尚未婚娶的著名京剧名旦孟小冬安置妥当，于一个雷雨交加的深夜离开上海，去香港定居了。

当日中共中央军委就占领杭州、上海问题电示总前委：十天内须做好战前准备工作，将占领上海的时间延至半个月或一个月。同日，第三野战军七兵团已进驻杭州。

五月四日

伟大的五四运动三十周年纪念日。

中华全国青年代表大会第一次会议在北平开幕。出席会议代表四百八十人。朱德、叶剑英等先后莅会致辞，中共中央给大会发来贺电，号召青年们"把主要的努力放在学习和建设的任务方面，以便迅速在全中国恢复和发展工农业生产和文化教育事业，使军事上和政治上胜利了的中国人民，在经济上和文化上也得到同样的伟大胜利"。

周恩来在会上作了《全国青年团结起来，在毛泽东的旗帜下前进》的报告。大会通过了《中华全国民主青年联合会会章》及《中国人民解放战争中的青年运动与今后中国青年的基本任务》的报告，选举廖承志、钱俊瑞等109人为中华全国民主青年联合会委员。

这次大会提出了中国青年今后的三大任务：拥护人民民主革命的彻底完成，拥护人民民主主义的新国家；加强生产建设工作，为经济建设贡献力量；学习新民主主义，学习科学文化，使自己成为国家建设事业的专门人才，为新中国建设事业服务。

人民解放军渡江西集团第四兵团在江西东部，连续攻克了浙赣路上的横峰、弋阳、贵溪、上饶四城。第四兵团另一部歼灭京沪杭护路指挥所二千余人。

同时，第三野战军陈毅部第二十七、二十八、二十九及三十一军四个军已集结于上海外围，形成对上海的包围，展开了解放上海的军事准备。

西北胡宗南集团，在人民解放军的沉重打击下，已放弃蒲城、铜川据点，撤至泾河、渭河南岸。当日，又放弃三原、高陵、泾阳，将主力撤过泾河，以十余个军的兵力收缩控制西安、临潼、咸阳、武功、凤翔以及川陕鄂边区。

国民党行政院政务会议以西北军政长官张治中留平未返，不能回任所行使职务，予以免职，派郭寄峤代理西北军政长官。

国民党监察院在广州举行第五十次会议，主席于右任及四十五名委员出席，通过以全体监委名义，电促李宗仁赴穗主政。

五月五日

人民解放军三野七兵团继续向沪杭方向进军，连续攻克安吉、孝丰、武康、德清、余杭、桐乡等城，于当日渡过钱塘江。同日，二野五兵团解放赣东的铅山、东乡、玉山三城，击败国民党夏威兵团。

驻河南新乡的国民党四十军二万余人，当日向解放军投诚，部队开出城外，听候解放军改编。新乡遂宣告解放。

英国政府宣布，不卷入中国内战。但同日英国远东陆海空军司令部与香港地方当局正式成立了防务委员会。次日，英国派出喷气式战斗机一队，巡洋舰一艘进驻香港。

蒋介石在上海复兴岛召集陆海空三军高级将领训话。汤恩伯报告战备情况，部署上海防务。蒋介石要求：大战在即，一切作战准备，必须昼夜兼行，克日完成。守备部队应能随时进入阵地，投入战斗，机动兵团应能随时出动。

上海防御，是华东地区长江失守后最后一个战略要地了，蒋介石将此重任交给汤恩伯，也是因为他是蒋介石手下最能打仗的几个将军之一。一九三七年"七七事变"爆发后，汤恩伯所部在南口地区抗击日军进攻，予敌重创。一九三八年三月，他率第二十军团参加台儿庄战斗和徐州会战，取得大捷，被授予青天白日勋章。汤恩伯作为蒋介石的嫡系，于一九三三年回乡祭祖，得到蒋介石为其祖坟墓碑题词的殊荣。从此，他决意效忠党国、效忠蒋介石。

此时，麇集上海的国民党军，包括从长江防线撤回的各军残部，以及交警、保警在内，共约九个军、二十八个师，连同空军部队号称三十万人，编为四个兵团。其防务部署是：

以六个军二十个师配置坦克、装甲兵各一部，守备黄浦江以西市区及外围太仓、昆山、嘉兴、金山等地。其中以两个军及吴淞要塞为第一兵团，守备狮子林、月浦、杨行、刘行、江湾、大场地区，确保吴淞；以另三个军为第二兵团,守备南翔、真如、虹桥、漕河泾、龙华一带;以另一个军附暂八师守备太仓、昆山、青浦、金山卫一线,担任搜索和警戒任务。以另五个师编为第三兵团,守备黄浦江以东地区。

汤恩伯在会上说,共军虽在兵力、炮火上略居优势,但我有优势的坦克、飞机、兵舰,凭借坚固的阵地,只要各军、兵种和友邻间密切地协同,团结奋战,定能达成固守上海之任务。

这是蒋介石镇守华东、逃往台湾的海上最后一道防线了。其实,他们深知,上海是守不住的,因为,他汤恩伯尽管战胜过日本强敌,却于两年前,率国军第一兵团对山东共产党解放区发起进攻时,他的整编七十四师被共军全歼,落得惨败。他深知共产党军队进攻凌厉、作战勇猛之厉害。那么,他为何还要在行将失去的上海,拼死抵抗呢?

是日,行政院院长何应钦密电汤恩伯,加紧抢运国民党中央机关密存上海的贵重物资,包括:国防部的棉纱、中信局的敌伪珠宝、中央银行的德孚颜料、日本赔偿的铜元,政府各机构所存通信及铁道器材、化学原料、稀有金属及矿属油料、紫铜锭、美援花纱布、药品及汽车、社会救济物资等。抢运运抵之地点,"以台湾为原则,必要时改运广州"。

五月六日

国民党在华北的最后一个据点安阳,当日宣告解放。

人民解放军对安阳的进击,始于四月底。四月十六日,我四十二军自河南磁县向南奔袭,次日凌晨即包围安阳,二十七日肃清其外围据点。人民解放军曾数次命令守敌投降,免作无谓牺牲。但守敌凭借坚固的城防工事，拒绝投降。

我四十二军执行中央军委命令，于当日晨五时三十分对安阳发起总攻。我炮兵部队先行以猛烈炮火轰毁敌星罗棋布的碉堡工事，三支突击部队即越过两道达两丈多的护城壕沟和密密层层的地堡群，一举攻入城内。后续部队随即以排山倒海之势涌入城垣，守敌顷刻土崩瓦解。仅一小时三十分，战斗结束。盘守安阳十余年的敌军悉数就歼，无一漏网。生俘国民党冀豫边区清剿指挥部中将总指挥赵质宸以下官兵一万二千余人。

至此，华北全境均告解放。

南方，人民解放军二野五兵团当日解放衢州，俘国民党九十六、八十八军各一部二千余人，缴获汽车百余辆。另部于浙江西部地区，歼国民党一〇六军一部，俘敌二千七百余人。同日，三野七兵团歼灭国民党溃逃之八十五军一部，俘敌千余人。

中央军委当日命令粟裕、张震，即行部署五月十日至十五日间，先行占领吴淞、嘉兴两地，封锁吴淞口江口及乍浦海口，断绝上海国民党军逃路，使上海物资不致大批从海上运走的作战计划。命令指出，合围上海、断绝敌海上逃路，将迫使敌人接受以和平方法解决上海问题成为可能。

为了保护上海的工商业，保护上海金融、交通、邮电、通信以及一切城市设施免遭战争破坏，中共中央正周密筹划和平解放上海的计划。从军事部署到战略决策，均以"和平解决上海问题"为前提。

同日，国民党上海淞沪警备司令陈大庆命令所属各部，对于"市区内在军事上有价值之高楼大厦，不论属于何人之产业，着即派兵确实占领，并构筑工事"。

三日内，军方绘制所占各制高点要图，报警备司令部备案。

五月

183

五月七日

人民解放军第二野战军一部与第三野战军七兵团一部在诸暨会师，完成了控制浙赣线以东地段，割断汤恩伯集团与白崇禧集团的联系，粉碎敌人企图沿浙赣线再构筑防线的计划。

国民党长江防线一击即溃，这完全在总前委刘伯承、邓小平等的预料之中。根据目前交通、粮食状况和我军渡江后京浙沪战役的态势，总前委当机立断，及时调整作战部署，全力直出贵溪、上饶、徽州，作战方向指向浙赣路进贤至义乌之线，全力迂回敌军之侧背。

同时，取消陈赓四兵团接管南京的任务，改为直出上绕、弋阳地区，早日切断浙赣路，协同三、五兵团歼灭浙赣线之敌，并视情况向东挺进，扩大预定的京沪杭战役之范围。

三、四、五兵团自四月二十二日至二十六日先后由枞阳至望江地段强渡江后，即不顾疲劳，不怕山险，奋勇追击，向浙赣全线进攻。

陈赓四兵团由彭泽出动，势如破竹，于五月四日进至东乡、横峰一线，其先头部队跃进千里，前出浙赣线南福建云际关地区。

杨勇五兵团由至德出动，于五月六日进至上饶、衢州一线。

陈锡联三兵团由贵池殷家汇出动，于四月二十九日占徽州，五月六日占龙游、义乌，七日进占金华，与自杭州萧山南下的三野七兵团在诸暨胜利会师。

至此，浙赣线由杭州至江西东江段已全部为人民解放军所控制，完全切断了汤恩伯集团与白崇禧集团的联系，使沿浙赣线南北诸敌，无法收容部队组织抵抗。

刘伯承指出：我军直出浙赣线的重要意义在于，以上行动与配合三野夺取杭州、进攻上海关系密切，以造成今后对赣西与闽南机动作战的便利条件。

当日，蒋介石偕蒋经国乘"江静"轮，驶往舟山岛。阎锡山携蒋交出一切权力的承诺自上海飞赴桂林，与同日到达的白崇禧等继续劝李宗仁赴广州执政。

蒋介石让阎锡山转告李宗仁，他五年内不再过问政治，"但决不出国亡命"。

五月八日

李宗仁经两次"促驾"，当日由阎锡山等陪同，飞赴广州。

而蒋介石自这一天起，整整在海上漂泊了半月有余，先到舟山，又到澎湖列岛，勘察台湾未来的海防，为日后的栖息之地寻得一点安慰。

北平的中共中央，决定搬进中南海。

可是毛泽东迟迟不肯搬进，仍带领中央机关住在香山。每天，他面对地图，看着南方人民解放军节节胜利的局势，仍有两件事，使毛泽东和他的战友们惴惴不安。

一件事是"重庆号"和国民党海军第二舰队起义后，均遭国民党空军的轰炸，几艘起义战舰被炸沉。另一件事则是英国军舰在长江向我渡江部队开炮，伤亡严重。近几天又有情报说，国民党海军在东南沿海活动频繁，种种迹象表明，随着南方解放进程的推进，国民党必将逃亡孤岛台湾。而台湾海峡的宽度最窄处是约一百三十公里。

没有空军和海军，就没有制空权和制海权，这对共产党人来说，不能不说是一大遗憾。尽快建立人民空军和人民海军，已是迫在眉睫了。南京解放后，华东军区海军司令部宣告成立；此前一个月，中央军委已成立了航空局，在东北航空学校基础上建立人民空军，在西柏坡七届二中全会期间，中央已经下了决心。

根据毛泽东组建空军的设想，周恩来召开军委会议，制定了请苏联帮助培训六百名飞行员，同时购买三百至三百五十架飞机的方案，战斗机和轰炸机的比例为二比一。这一方案当即得到了毛泽东和党中央的批准。

此时的上海，国民党当局催令下的空运和海运物资，正紧锣密鼓地进行着。上海市长陈良于前日召集中央机关负责人员会议后，于当日成立了上海市物资"调节"委员会，由市长陈良、联勤总部经理署署长傅仲芳、中央银行国库局局长夏晋熊、招商局总经理胡时渊、港口司令杨政民等组成小组委员会，负责物资抢运事宜。

从这一天起，大批贵重、珍稀物资便昼夜不停地经空中和海上，源源不断地运往台湾……

五月九日

北京大学这一天迎来了一位特殊的客人。一百二十九位教授聚集在"孑民纪念堂"（即蔡元培先生纪念堂），邀请周恩来作新民主主义教育的讲话。

三十年前的五月四日,在北京大学爆发的五四运动,掀开了中国近代以来反帝反封建的民主革命的新的历史篇章。三十年后,在中国新民主主义革命取得伟大胜利的时刻,周恩来不失时机地来到北大,阐述新民主主义革命胜利后,新的教育如何适应社会主义建设的需要,为教育指明了新的发展方向。

周恩来指出:"要反对帝国主义、封建主义、官僚资本主义的文化,发展民族的、科学的、人民大众的文化。但反对帝国主义文化,并不是说欧美文化一无是处。我们对欧美文化的态度是:否定其反动的东西,吸收其好的东西,为我们所用。我们应该从世界各国吸收一切好的东西,但必须让它们像种子一样,在中国土壤上扎下根,生长壮大,变为中国化的东西才有力量。"

周恩来还指出:"新民主主义教育是大众的,它要为广大的人民服务,要从广大人民中培养出大量的人才。……我们不排外,但必须提倡民族化,以民族的教育激发民族的无限活力和创造力。"

而此时南方的国际大都市上海,在经历了国民党政权三年来政治、经济大滑坡之后,又笼罩在浓郁的战争气氛中。

汤恩伯下令,上海的各大专院校统统提前放假,腾出校舍,供急剧膨胀的数十万部队驻扎。校舍、商厦、十里洋场,到处都贴满了军事戒严的布告,满街荷枪实弹的士兵川流不息,装甲车、坦克隆隆开进的喧闹声不绝于耳。城区的许多交通要道都堆起了街垒,筑起了明碉暗堡。

上海,这座大都市,共产党人不会忘记,当年它在此诞生,也在此遭受过几乎使之覆灭的血腥镇压。二十年后,国共双方决战的一幕,又将在这里拉开；而国民党人也不会忘记，蒋介石的发迹和崛起也是在上海，当年"四一二大屠杀"的导演者和总策划人，如今也正是从这里离开祖国大陆，飘零入海……人民解放军在上海的包围圈，正是要将此前的历史，画上一个圆满的句号了。

五月十日

人民解放军进占上海的淞沪战役打响在即。

第三野战军根据中共中央的指示，已为接管上海组织准备了大批的干部。当日，三野司令员兼政治委员陈毅向端坐在背包上的数百名排以上干部作了一次入城纪律的特殊报告。

上海，是中国最大的工业城市和商贸中心，在政治、经济、军事、外交上均具有重要地位。中共中央对解放军进占上海高度重视。渡江战役前，中央就确定了"慎重、缓进"的方针，对进占前的各项准备工作，做了周密的部署。

陈毅指出："入城首先要解决的是纪律问题。"他着重强调了两条：一是市区作战不许用重武器。二是部队入城后一律不进民宅。"不入民宅"这一条，三个月前陈毅就说过："历史上古书有过军队不入民宅的记载。"对此，有些干部想不通，说历来部队走到哪里，都是住在老百姓家。不入民宅，遇到下雨、有病号怎么办？陈毅说："这一条进上海一定要无条件地执行，说不入民宅，就是不准入，天王老子也不行！这是我们人民解放军送给上海人民的见面礼。"

为了保证部队严守入城纪律，总前委制定了《入城守则》。数百名接管干部、几十万大军，经过二十多天的集训与准备，一切就绪。陈毅以豪迈的声音宣布："今天世界上没有任何力量，可以阻止我们入城接管上海了。"

后来，进入上海的三野各部队，都严格执行了"不入民宅"的纪律，每天夜里，大部队都露宿街头，被上海人民传为佳话。

人民解放军二野三兵团自五日至当日，在浙赣前线连续攻克龙游、兰溪、东阳、永康、武夷、缙云、宣平、松阳、遂昌、南城等地，歼灭国民党第四十五军、五十军、五十五军、八十五军、一〇六军及三一八师等部。

同时，二野四兵团攻占鄱阳湖之湖口县城和临川；二野十二军解放义乌县城，国民党八十五军一一〇师师长廖运升率部五千人起义。二野十五军自上饶铅山南进，越武夷山，进入闽境，解放崇安、浦城。

五月十一日

蒋介石乘军舰南下，抵达澎湖列岛主岛——马公岛。

台湾国民党省府主席兼台湾警备司令陈诚、福建省府主席朱绍良等已提前赶到，设宴为总裁接风。

而这一天，人民解放军二野十五军、十一军又在福建解放了建阳和丽水两座县城。

解放军渡江胜利后迅速南下，令蒋介石大为震惊。他亲自部署福建防务，令朱绍良等构筑坚固工事，"作死守福州打算"。

蒋介石一再强调："台湾是党国的复兴基地，它的地位异常重要。比方台湾是头颅，福建就是手足，无福建即无以确保台湾。"

朱绍良是老资格的同盟会员，对蒋介石并非俯首听命。南京陷落，上海已成笼中困兽，福建临海，背水之战，凶多吉少。他不肯让自己的部队在福州决战，那等于白白送死。于是，他回到福州，草草构筑了一些工事，便暗自盘算起自己的退路了。

当日，国民党中央陆军学院已奉命迁往台湾，何应钦在广州主持召开高级军事会议，决定以最大力量保卫华南和西南地区，制定粤、湘、鄂、桂、赣、闽、黔、滇、川九省联防军事计划。同日，美国政府又赠送给国民党军舰四艘，驶抵台湾。

几天后，蒋介石由陈诚陪同，驶抵台湾，住进了陈诚精心为他选择的台北草山一座别墅内。那里依山傍水，青峰叠翠，林木葱茏，温泉终日升腾着神奇的白雾，环境清幽，风景宜人。

若是以往，这样一个好去处，真正是修身养性的好地方。然而，如今毕竟带来些逃难的色彩。草山这地方格外宁静，蒋介石却终日不得安静，说不清道不明的忧烦，总是缠绕着他。

他先是觉得"草山"这个地名不好：草，有点"落草为寇"的联想，于是就将草山，改名为"阳明山"。后来，又觉得这里离大陆太远，听不到枪声炮声的寂寞也挺可怕。于是又要来一幅中国地图挂在墙上。

然而，新的问题又出现了，望着地图上的台湾，与大陆相比，台湾像一个从中国巨大版图上漂摇出去的小船，他强烈地感受到了一份从未有过的沦落与孤独……

五月十二日

中央军委一声令下，上海战役打响了。

人民解放军三野九、十两个兵团发起扫荡上海国民党军的外围据点的战斗。二十军五十八师率先于拂晓攻占平湖，击溃守军；二十七军迅速攻占嘉善。闻风而逃的国民党二九六师被我二十九军穷追猛打，我军捷报频传，先后攻克唐行、华亭、潘宅、盛桥，于傍晚逼近狮子林、月浦。二十八军傍晚占领太仓、嘉定，于本夜迫近刘行、杨行，同时攻占昆山，截获准备溃逃的军用火车两列，生俘国民党一八二师一千五百余人。

三野九、十两兵团形成的钳形攻势，意在向浦东、浦西两翼迂回，进逼吴淞口，切断敌海上退路。他们首战告捷，两翼齐飞，势如破竹，令上海外围守军阵脚大乱，仅二十个小时，就顺利实现了上海战役重要的战略意图。

此时国民党上海汤恩伯集团没有想到，上海外围被人民解放军一攻即破，强大的钳形攻势，一下子就如同掐住了脖子。然而略使汤恩伯感到安慰的是：上海已构筑起四千多个钢筋水泥的工事、三千多个美式碉堡、一万多个野战卫星工事，再加上上海丰富的资财，他以为共军想进上海城就没那么容易了。用蒋经国的话说，此时的上海守备阵地是"东方的斯大林格勒"。

中共中央对上海战役的指导方针坚定不移，既要歼灭上海的国民党守军，又要保全上海市区免遭破坏，以利日后的经济建设。因此，上海战役也是人民解放军从未遇到过的特殊战役。

在苏州直接指挥上海战役的陈毅司令员和粟裕副司令员彻夜不眠。他们与参谋长张震反复研究这场特殊战役的作战计划,指挥部队巧妙迂回,既英勇作战,又严守保全上海的政治纪律。宋时轮指挥的第九兵团和叶飞指挥的第十兵团以出色的战绩和严明的纪律,拉开了这场战役特别漂亮的序幕……

五月十三日

国民党上海外围守军向人民解放军发起反扑,经一昼夜激战,我三野九兵团夺取金山卫和松江。

三野十兵团二十八军、二十九军于凌晨零时前后,在北起狮子林、月浦,南至杨行、刘行一带,向国民党五十二军阵地反复发起冲锋,激战通宵,互有伤亡,经惨烈的一仗,我二十九军攻占月浦镇。

国民党二九六师等部在海、空军配合支援下,对解放军二十九军大举反攻,激战四小时后,解放军退出月浦。同时,二十八军退回罗店、嘉定整休,补充弹药给养。

同日,三野十兵团解放昆山、太仓、嘉定三城及青阳港、陆家浜、浏河、罗店等重要据点,歼国民党一二三军三〇八师和一八二师一部,歼敌三千余人。

人民解放军七兵团一部解放浙江省青田、龙泉两城,于龙泉战斗中全歼国民党守军,俘敌二千人。同日,二野某部解放福建省水吉、回龙两镇，歼国民党京沪区军官教导团等部千余人。

解放军迅速南下，国民党加紧筹划台湾、海南两岛防务。当日，海南岛行政长官陈济棠应陈诚的邀请，乘飞机飞往台湾，商讨台湾及海南岛联防计划。

迫于上海局势恶化，国民党淞沪警备司令部电令京沪、沪杭两铁路管理局、铁路军运指挥部及各车站检验所，规定："京沪、沪杭两路火车应酌量减少班次。凡疏散人口准尽量输出，但驶回上海火车只准空车开返，无论军队人民一律不准乘搭。每次火车均须派执法队随车押运。"

当日，国民党立法院在广州第十九次院会上，四十九名委员联名提出紧急动议，要求向宋子文、孔祥熙及张嘉璈三豪门征借十亿美元，以充实国民党军作战所需军费。

五月十四日

由于国民党桂系坚持反共立场，中共中央决定，向镇守武汉长江一线的白崇禧集团发起进攻。

当日，林彪、罗荣桓指挥第四野战军先遣兵团第四十三军，在武汉以东团风至武穴间一百多公里地段上，强渡长江。次日，十二兵团突破国民党江防阵地，向武汉挺进。

白崇禧于前日由广州返武昌，召集高级军事会议，部署武汉防卫。当日，武汉守备司令鲁道源指挥对武汉三镇进行大破坏，炸毁飞机场三座，炸沉多种船只五十余艘，为解放军渡江进击武汉设置障碍，同时江岸机车厂、徐家棚火车站均遭破坏。

国民党国防部长何应钦发出电令，对解放军渡江战斗中，国民党军队只顾溃逃不加反击严加斥责，"似此消极性如不严加纠正，则影响今后作战至巨"。要求部队"振作士气，凡有不遵令，专以避战为能事者，决按军法及连坐法从严惩处"。

广州国民党警备司令部发言人宣布，广州进入战时状态，官方开始疏散家眷。大批军政人员的妻儿老小纷纷逃离广州。骨肉离散，使得国民党上层官员更加人心惶惶——广州，虽此时的战火尚未烧至城下，但背靠大海的现实，已决定它在大陆已是最后的栖身之地了。虽然行政院还在鼓吹政改方案，国防部还在为败军将士打气，但谁心里都明白，广州已不是久留之地了。

当日，国民党广东绥靖公署副主任吴奇伟中将联系爱国将领李洁之等八人，在粤东闽西地区率部起义，发表《我们的宣言》，表示欢迎中国共产党的领导，拥护解放军向华南进军。嗣后，粤东起义部队在吴奇伟的率领下，积极配合当地人民武装解放广东重镇梅县及其周围广大地区，沉重打击了广东国民党当局，为广东的解放，做出了贡献。

五月十五日

人民解放军第四野战军渡江威逼武汉仅一天，华中国民党军政长官公署便于当日迁移至湖南衡阳，白崇禧率公署人员离武汉抵达长沙，暂设长沙指挥所指挥军事。

同日，武汉国民党守军放弃武汉，全线撤退，以一个兵团扼守武长路正面；以一个兵团扼守赣西为右翼，另以宋希濂所部自沙市撤至常德、芷江一线为左翼；再以由长江退入洞庭湖的海军辅佐，企图以西南、华南为其退守的最后方向。

就在白崇禧集团全线退守之际，华中军政长官公署副长官兼河南省政府主席、国民党第十九兵团司令官张轸于当日率所部两万余人宣告起义，投向人民解放军，并立即投入击退白崇禧部队包围和截击的战斗。人民解放军四野十二兵团司令员萧劲光立即指挥部队与张轸所部相策应，次日，起义部队与十二兵团会师，并入人民解放军，接受改编。

在华中人民解放军首战告捷的当日，西北又传捷报：彭德怀指挥人民解放军第一野战军，发起陕中战役。第一、二、三、四、六等五个军由泾河以北，多路进军陕西中部地区，大面积多纵深对国民党胡宗南集团展开追击作战。

胡宗南一九四七年围剿延安的故事，已成过去。他万万想不到，延安山沟里保留下来的一颗火种，两年后，就变成了燎原大火——为一个奇迹作最后的陪衬，就是西北国民党军的集团大溃逃。

而当年保卫延安的彭大将军，不会忘记两年前，受命于危难之时，以两万人面对胡宗南十五万大军的浴血厮杀。而今天不同了——在指挥千军万马，追歼胡宗南集团的大兵团进剿中，他体味着横扫千军如卷席的胜利快感。

这一天的上海战役仍旧打得非常艰苦。九兵团三十一军冲破敌军封锁，西越川沙，切断敌五十一军退路；十兵团三十三军艰难推进至嘉定地区；二十八、二十九军则以极大的伤亡代价，志在收复失地，猛攻狮子林、月浦、杨行和刘行等城镇，战斗进入白热化。

五月十六日

人民解放军四野四十军进占汉口，随即于同日夜解放大冶、鄂城、阳新三地。

三野九兵团三十军再次猛烈围攻国民党五十一军阵地。敌军长王秉钺率部向高桥突围，途中遭伏击，王秉钺以下六千余人被俘。同时，九兵团三十一军围攻周浦，歼敌二千五百余人。至此，浦东外围据点悉被拔除。

国民党上海市长陈良在当日扩大纪念周会上鼓吹，上海有坚固之要塞工事，粮食储备亦毫无问题，战事可持久六个月，甚至一年或两年。要求市民"箪食壶浆，以迎王师，尽一切所有，支持国军"。

逃往香港的宋子文对立法院通过所谓征借美元一案，向新闻界谈话称："那种建议，正足以证明那班人员们的脑筋如何。因为据我所知，目前中国政府和私人存在美国的外汇资产总金额不过五亿美元。他们竟要我和孔、张两氏共同捐出十亿美元，岂非捕风捉影。"

当日下午，宋子文便偕夫人离港，取道曼谷赴巴黎，后由巴黎到美国纽约定居。

近一个月来，香港物价涨势惊人，而急剧上涨的，都是日用必需品，如柴、米、油、盐，各种肉类、鱼类、瓜菜等。引起物价上涨的原因是，香港日用品的来源多为内地，由于内地以银圆为本位价，货物价格飞涨，导致香港买入物品价格提升。

同时，内地华东、华中地区大批商人及军政人员眷属逃往香港，人口激增，也是刺激物价飞涨的重要因素。据港人称，太平洋战争时，香港沦落于日本侵占的最初四个月内，各种物品价格，也不及现在物价涨幅。

身居台湾的蒋介石，连日来听不见枪炮声，却不断传来武汉失守、西北败退的消息。他如坐针毡，寝食难安。当日接到来自上海、华中的战报，上海外围告急，令他不胜惊慌。他随即命令调来"江静"号军舰，登船离开台湾，取道东海，要去上海亲自"督战"。他是去督战吗？还是另有所为？

面对苍茫大海，他迎着海风，不住地问自己：

"上海，还能守得住吗？"

五月十七日

上海外围国共双方激战几昼夜后，国民党调集海军舰只和二十一军增援，人民解放军三野部队在敌立体狂轰滥炸中，二十军、二十九军冒着炮火，继续对狮子林、月浦、杨行、刘行展开猛烈进攻。

同时，三野九兵团进攻高桥。至此，人民解放军已形成对上海的三面围攻。城里，京沪杭警备总司令汤恩伯已预感到外围阵地将被突破，于当日把他的司令部搬到长江口的军舰上去了。

在汤恩伯的军舰上，参谋总长顾祝同正召集紧急军事会议。会上，汤恩伯出示了蒋介石自"江静"号军舰上发来的电报："着令京沪杭警备总司令汤恩伯、上海市市长陈良，协助中央银行行长俞鸿钧将国库存放的黄金、银圆、外汇及军备物资抢运至台湾，以免资敌。汤恩伯应集中全部兵力死守上海，直到抢运完成后，则可向舟山、台湾撤离。"

蒋介石电谕一宣布，国民党将军们对"死守上海"的指令，完全失去了神圣感——三十万将士冒死坚守大上海，竟是为了中央银行的黄金和白银。而金钱一旦运走，上海连同它的守军自会被抛弃，则是无疑的了。

此时，海湾里的军港倒是平静，海浪托着军舰，漂摇出一份茫茫然不知所措的感觉来。军舰，还有飞机，将是不久的未来逃命的诺亚方舟了，然而又能有多少人有幸登上这方舟呢？上海三面被围，一面靠海，没有退路的将军们，心思早已飞上蓝天，或飘摇过海了，哪里还有"死守"的信心呢？

汤恩伯搬上军舰后，当日，上海防守司令石觉、上海警备司令陈大庆也把他们的指挥所迁到吴淞要塞炮台上去了。

而此时上海外围国民党守军阵地上，那些戴着青天白日帽徽的士兵们，则尸横遍野，血流沙场。苍天在上！有谁知道，他们是在为那一船船的黄金与白银而卖命呢？

蒋介石乘坐的"江静"号军舰，在吴淞口外，奉命停了下来。老蒋远望上海城郊外不时响起的枪炮声，他驻足不前了。一九二七年四月十二日，蒋介石在上海发动血腥屠杀共产党人的反革命政变，公开背叛孙中山联俄联共的革命路线，一头扎进大资产阶级的怀抱，联合青红帮头目杜月笙、黄金荣，沆瀣一气，镇压革命，与共产党人分道扬镳。那一天距离他在莫斯科共产国际大会上发表追求共产主义的演讲，仅仅才过去四年。上海，这座曾经流淌过共产党人鲜血的城市，如今，二十二年过去，大上海就要从国民党人手中失去了！

在远方解放军隆隆的炮声里，蒋介石命令"江静"号军舰，掉头返航……

五月十八日

中国民主同盟组织委员会委员、中国民主建国会常务干事黄竞武先生，于当日被国民党上海当局秘密杀害。

蒋介石指使中央银行行长俞鸿钧盗运国家黄金、白银、外汇的行动，激起了银行职员们的强烈不满。黄竞武获悉这一重要情报后，以中央稽查专员的职务为掩护，发动各民主党派通过社会舆论对之加以制止，并发动银行职员罢工，拒运金银去台湾，使官方盗运行动遇到强大阻碍，难以得逞。

黄竞武的义举，被国民党当局发觉后，他处境极其危险。中共地下组织劝他撤离上海，他却坚持留在斗争第一线。他对弟弟黄大能说："我们不能坐等解放军来，要保存国家财产，否则解放的是一座空空的上海城，怎么养活六百万人口？我们要争取团结工商界朋友，促使他们组织起来，为新中国服务。"

五月十二日，黄竞武被国民党国防部保密局特务逮捕。被捕后，他受尽酷刑，坚贞不屈，痛斥国民党当局破坏民主、剥夺人民自由的种种罪行。当日，他被保密局活埋在上海市车站路一九〇号牢房后面的空地上，时年四十七岁。

当时，像黄竞武这样见义勇为、保护国家财产的上海民主人士、政府职员、广大工人和市民，不计其数。在国民党官方和军方盗运钱财、物资的行动中，他们秘密保护工厂、转移物资的故事不胜枚举。应该说，上海人民在保卫上海、积极配合全国人民解放事业的伟大斗争中，做出了巨大的贡献。

当日，人民解放军第一野战军解放咸阳，歼灭国民党军五十三师一部、骑兵四团一部，共计二千三百余人；第四野战军一部进入江西，占领九江以西瑞昌县城；四野另一部占领粤汉铁路军事要点贺胜桥及金牛镇。

五月十九日

国民党华中军政长官公署举行华中区作战部署会议，白崇禧、程潜等数十名高级将领出席，决定：

以湘鄂边区绥靖公署宋希濂部第十四、二十兵团共六个军布防巴东至岳阳间长江沿岸及其以南地区；

以白崇禧直属第三、第十兵团共七个军，布防南昌以西、长沙以北九岭山、汨罗江、洞庭湖一线；

以长沙绥靖公署程潜部和陈明仁第一兵团共四个军布防于长沙、湘潭地区，以五十六军、一二七军分别布防于桂林、常德；

以江西绥靖公署方天部第四、十二兵团共四个军，布防于遂川、赣州间；

以广州绥靖公署余汉谋部，一个军驻防海南岛，六个军沿粤汉路防守粤北，屏障于广州。

很显然，华中白崇禧集团放弃武汉和长江沿线的目的，是收缩于华南，退守湖南、江西、广西、广东，为华中解放军南下设置障碍。

在人民解放军大规模南下的情势下，国民党当局为了加强对台湾的控制，确保退守台湾，在台湾省政府主席陈诚的主持下，颁布了台湾戒严令，宣布——

自五月二十日零时起，对台湾实施全省戒严，规定：戒严期间，禁止罢工；严格出入境管理；实行宵禁；禁止张贴标语；禁止散布非法言论；禁止隐匿枪支弹药；外出携带身份证等。违者以军法惩处。

从此，台湾开始了长达三十八年的戒严时期，直至一九八七年七月十五日戒严令方被解除。

当日，李宗仁的私人代表甘介侯抵达美国华盛顿，试图再作一次争取美援的努力。但此时，杜鲁门政府已对国民党政府不感兴趣，一个月后，杜鲁门才接见了甘介侯，美国也没有再向国民党政府提供新的援助。

五月二十日

国民党胡宗南集团长期盘踞的陕西省省会西安，当日宣告解放。

西安是我国历史文化名城，西北政治、经济、文化中心，也是通向西部咽喉要塞。西安的解放，打开了人民解放军解放大西北的第一道大门，具有十分重要的战略意义。

当日凌晨，人民解放军第一野战军第六军在密集的炮火掩护下，冲破河防守敌渭河南岸防线，全军泅渡过河，直逼西安城下。

先头部队第十师逼进西安西城门时，城内国民党西安团管区和自卫总队举义，并撤出城防，我军顺利进入西安市区。第十师另两个团同时从南城门攻入,并占领了飞机场。

第十七师五十团攻下三桥后,乘火车进占西安火车站,接着夺下北城门,与四十九团在钟楼会合。

下午三时,人民解放军攻城部队全部进入城区,受到工人、学生、市民的热烈欢迎。车站和一些街上赫然出现了"毛主席万岁!""解放军是人民的救星"的标语,西安城回到了人民的手中。

当日,人民解放军第三野战军在上海外围战场艰难推进,与国民党汤恩伯集团守军继续展开激战,在浦东方向争夺金家桥地区。

解放军第二十军东渡黄浦江,以五十八师进攻金家桥、庆宁寺、洋泾镇,五十九师进攻张家楼、东昌路,六十师进攻周家渡。当日,解放军占领金家桥。

国民党守军第三十七军被迫放弃洋泾、东沟间阵地,固守洋泾至塘桥、白莲泾之线正面约十公里的桥头阵地。接着,国共双方部队在桥头阵地发生五小时激战,双方伤亡均为惨重。

是日,张治中致电李宗仁称:"倘吾人能正视战败之严酷现实,又能了然于政权更迭之常理,同仁之愚,以为革命大业,天下为公,已既不能,当让能者。"

五月二十一日

上海外围攻坚城,拉开最为壮烈之一幕。

连日来,国民党汤恩伯集团调集大批部队增援浦东和浦西南地区,同时出动大批空军飞机和海军舰只配合作战，狂轰滥炸浦江两岸人民解放军前沿阵地。

三天来，国民党空海军投掷炸弹上千枚，在翻地三尺的炮火硝烟中，三野攻坚部队以千余人伤亡的代价，顽强作战，在狮子林、高桥、金家桥一带，与敌人浴血奋战。当天，战至深夜，仍旧火光冲天，枪炮声在黄浦江两岸回荡，曳光弹将夜空照得通明。

国民党京沪杭警备总司令于当日宣布：拨发银圆一千二百万元犒赏三军。《申报》发表消息说："汤总司令以此次大捷，特犒赏该战场全体官兵……"

当日，蒋介石乘"江静"舰，再次从海上静悄悄地驶进吴淞口。夜幕下，黄浦江两岸，炮声隆隆，火光四起，一艘艘轮船、木船、汽船满载着人群和物资，仓惶地向吴淞口外逃窜；更有一些军舰拉满了货物和女人、孩子向海上漂去，让人增添一份苍凉落魄之感。蒋介石不忍再看，走回船舱。

军舰停靠码头后，汤恩伯等高级将领登船，向蒋介石报告了上海外围战况，蒋介石只是对抢运物资一事耿耿于怀，而对战事已麻木冷落了。汤恩伯报告，已从上海运走了一千五百余船货物，偷运黄金十一万两、白银三亿两。

蒋介石随之命令，为保存有生力量，应尽快将嫡系部队撤出上海。他向汤恩伯谋划了两个步骤：先任命新组建的五十一军军长刘昌义升兼淞沪警备副司令，授予他指挥各残余部队的权力，使之作为汤恩伯和石觉的替身，以维护最后残局。然后以调整部署之名义，下令将一些混编组成的杂牌部队与嫡系五十二军换防，确定撤离上海日期为五月二十四日夜。

一夜之间，"与上海共存亡"的神话，就像肥皂泡一样破灭了，次日蒋介石乘坐的军舰本该悄悄地驶出吴淞口，蒋介石却执意不肯走。他要留下来，等到撤离上海之最后时限。

五月二十二日

二十二年前，一座城市的枪声中，人民军队诞生了。从此，这座城市的名字，就与这支军队辉煌而艰辛的历史，永远联结在一起。二十二年后，那支军队挥师南下——二野四兵团于当日解放了中国革命史上的这座名城：江西省会南昌市。

此前，四野先遣十二兵团于五月十四日由蕲春、黄冈间胜利渡江；二野四兵团十四军解放临川、进贤，形成对白崇禧集团侧背严重威胁的态势。

五月十六日，二野四兵团十四军，西出丰城、樟树，侧击白崇禧集团，准备西渡赣江，向高安及其以南地区机动歼敌；十三军并附十五军一个师，尾随十四军右侧前进，矛头直指南昌城。

四野十二兵团突破长江中游江防后，即沿南浔线挥师南下，与此时进抵樟树以东地区的三野四兵团十四军四十二师遥相呼应，形成了对南昌守敌夹击之势。驻守南昌的国民党军夏威兵团开始沿赣江西岸、东岸向南逃窜。

接着，人民解放军两个野战军的兄弟部队密切配合，协同作战，先后渡过抚河，向樟树之敌发起攻击，击溃南逃的国民党一七五师和四十六军先头部队，进占樟树；又于二十一日拂晓，冒着倾盆大雨，拔掉敌人的主要据点谢埠镇，进逼南昌城下。

当日拂晓，当我军向南昌挺进之时，城内守军已弃城溃逃。南昌宣告解放。赣江东岸新涂县城也同时被解放。

同一天，人民解放军第一野战军解放西安南边郿县城及子午镇，并在麟游山区歼灭国民党第五十七军两个师及三十师，俘虏国民党军官兵万余人。一野另一部于宝鸡东虢镇歼国民党军一个团，俘虏敌军八百余人。

五月二十三日

中共中央确定，人民解放军继续向全国进军的战略部署。

第一野战军向西北进军，尽可能在年底前占领兰州、宁夏、青海。此后分兵两路，一路由彭德怀率领，占领新疆，解放并经营陕、甘、宁、青、新五省；一路由贺龙率领，协同二野解放川、黔、康三省。

第二野战军在协同三野占领宁、沪、杭等地后，主力结集于浙赣铁路沿线，准备对付帝国主义可能的武装干涉，待此种干涉的可能减少后，向西南进军，在第一野战军一部的配合下，解放并经营川、黔、康三省。

第三野战军以主力一部向闽浙进军，并准备提早入闽，争取六七两月间占领福州、泉州、漳州及其他要点，相机夺取厦门，解放并经营鲁、苏、皖、浙、闽五省。

第四野战军向中南进军，解放并经营豫、鄂、湘、赣、粤、桂六省。

这一天的上海外围战场，汤恩伯集团在撤逃前，向解放军五十八师大举反扑。自拂晓开始，国民党上海浦东兵团调集七十五军、九十九师从两个方向对人民解放军阵地发起进攻。在飞机、坦克、大炮的密集轰炸下，解放军五十八师受重创，失去了庆宁寺、洋泾镇等阵地。

三野另一部则集中兵力进攻并突破了国民党十二军海滨浴场阵地和三十七军洋泾阵地。浦西人民解放军以七堡为突破点，再次发动猛攻；我二十七军突破国民党虹桥阵地，逼近上海市区。

同时，国民党十五艘军舰在高桥水面向解放军阵地发射炮弹，解放军炮兵奋力反击，击沉两艘军舰于海滨浴场附近，另有五艘军舰被击伤，狼狈而逃。

此时，距国民党军从上海溃逃仅剩二十余小时，汤恩伯在吴淞口军舰上，紧锣密鼓地指挥、拼凑杂牌部队与嫡系正规部队的换防。

但是，战事激烈，解放军已从虹桥方向迫近市区，大溃逃迫在眉睫。

五月二十四日

截至当日，人民解放军第三野战军第九、第十两兵团，经过十二天激烈的攻坚战，在上海外围作战中，共推进二百余里，先后解放了十二座县城，歼敌两万余人。东西两路兵团像两个巨大的钳头，死死卡住吴淞要塞，并楔入纵深，迫使上海守军于当日大规模撤离并逃窜。

三野九兵团二十军乘胜对浦东发动进攻，国民党三十七军阵地逐个遭到摧毁。浦东除高桥守敌仍继续顽抗外，其余各处均被解放军占领。沪西南方面，解放军二十七军于拂晓攻占虹桥镇，一部攻占万国公墓，并占领铁路沿线。当晚，二十七军另一部夺取了龙华机场，国民党空军第四军区撤往定海。当日夜里，苏州河以南地区已全被解放军占领，上海战役取得了决定性的胜利。

下午，汤恩伯的京沪杭警备总司令部、石觉的淞沪防卫司令部和陈大庆的淞沪警备司令部三个国民党高级指挥机构，全都撤至吴淞，登上了军舰，由石觉召集其嫡系部队将军，分配船舶码头，指挥大撤退。

当日，吴淞口码头人声鼎沸，人流如潮。大批从战场上撤下来的残兵败将拥上兵舰，在黑云压顶、细雨霏霏的日子里，向海上逃遁。

此时，蒋介石乘坐的"江静"号军舰已抵达舟山群岛的金塘岛。他接到上海已撤离的报告，立即让蒋经国飞赴福州，命令福建省政府主席朱绍良迅速构筑防御工事，为台湾海峡的防务，设置屏障。

随后，蒋介石走下战舰，登金塘普陀山，朝拜普济寺。

一进寺内，他便直奔佛像前焚香叩拜。原来这普济寺果如和尚中年时，曾在溪口雪窦寺做住持。蒋母王氏皈依佛门，常带蒋介石在果如和尚面前聆听教诲，以经励志。现在，果如和尚已作古，蒋介石也将一去不返。他在大逃难的时刻，专门来拜果如和尚，意欲何在呢？拜罢先人，他为该寺留下一纸墨迹，挥毫袭写古人一联诗句：

"海到无边天作岸，山登绝顶我为峰。"

经历过抗日战争历练的国民革命军总司令，怎么会输给共产党的军队呢？他决不服输。他也不会想到，毛泽东在解放军渡过长江、解放南京时，也写过一首诗。

顺人心者顺天意，得民心者得正道。孙中山身后，中国的两大政党、两个强劲的对手，他们最终的胜负得失，终是取决于人民的选择。

五月二十五日

上海宣告解放。

自前日午夜前后，人民解放军先头部队即已进入市区。一路由沪西南虹桥、龙华及南市高昌庙等地进入市区；另一路由浦东董家渡、周家渡、南码头等渡口渡江，进入市区。

部队选在深夜进城，意在不惊扰百姓。根据三野首长指示，进城部队脚步轻轻，不遇敌情绝不准鸣枪、喧哗。各路大军严守纪律，除在徐家汇与小股残敌曾有小规模战事外，其余部分悄然入城，丝毫没有惊动市民百姓。

待天亮后，市民们起床出门上班，才发现满城的解放军在各处维持秩序，为百姓做好事，待人极为和气。市民恍然大悟："哦？上海解放了！"

惊喜中的上海人民，自发上街，热烈欢庆上海解放。南京路新口公司中共地下党支部利用设在该公司六楼的私营凯旋电台，向上海六百万市民播送《中国人民解放军布告》。

大新公司和国际饭店等高层建筑上，挂出了"欢迎人民解放军"和"庆祝上海解放"的巨幅标语。

上海美术专科学校绘制了毛泽东和朱德的巨幅画像，抬到街头，敲锣打鼓，欢庆解放。一家出租汽车公司免费提供车辆，将两幅画像运送市中心的大世界游乐场，悬挂在高楼上面。

上海人民非常喜爱的雪声、文华、东山、玉兰、少壮等五个越剧宣传队也走上街头，宣传市民欢庆解放的喜悦，宣传《中国人民解放军布告》。大批学生、市民扭起秧歌向解放军献花，许多工人和小商贩自动组织慰劳解放军，城内各街道都贴出了欢迎解放军的标语。

与此同时，国民党上海守军五十二军、五十四军、十二军、二十一军、九十九军、吴淞要塞、炮十团、装甲第三营等部先后在吴淞登船，向舟山逃逸。

刚刚被委任的国民党淞沪警备副司令兼五十一军军长刘昌义看破蒋介

石让留守部队送死的真意，为使上海免遭战事破坏，毅然率部在江湾地区起义。

五月二十六日

人民，永远不会忘记这一幕——

前日入夜时分，上海城区各处解放军大部队，露宿上海街头，战士们就在马路边，席地而睡。

许多上海市民纷纷来到队伍里，劝说解放军到老百姓家里去住，均被婉言谢绝。有的部队六天六夜没有怎么睡觉了，战士们倒地便睡，鼾声四起，情形十分感人。

老百姓看到一些部队的战士们被雨水和汗水打湿的军装，纷纷要求为战士们浆洗衣服，然而，部队有铁的纪律，老百姓们连这样一个小小的要求都不能得以实现，这使市民深受感动。

当日的上海《大公报》以《解放军纪律太好了》为题，报道了上海老百姓盛赞解放军的消息。消息说："解放军的纪律和作风，已成全市市民最主要的话题。马路上群众议论纷纷，到处都听见赞扬和感激之声。"

记者真实记录了小北门那里一群小商人和店员们的聚谈：

有一人说："他们的纪律真是好极了，从来没有看见过这样爱民的军队。"

另一人说："这就是人民真正自己的军队呀！这一下上海市民可真的得到解放了！"

还有一位指着前面正躺在路边休息的解放军说："他们有六个日夜没睡觉了，夜里也躺在马路上怎么得了？"

商人回答说："当然啰！他们奉令不准进入民房的，下雨都不会进来，假使是国民党军，还不把民房住得满满的？"

城里，到处都在宣传、张贴《中国人民解放军布告》。然而，最好的宣传还是入城部队露宿街头的行动，以及解放军维持下的城内井然的秩序，水电食品供给一如往常。街头小商小贩的叫卖声格外地响亮、起劲；南京路、淮海路等商业街也很快恢复了往日的繁华。

当日，三野外围部队已将苏州河南部地区全部解放，大批残敌被肃清。两天前，汤恩伯还在通令"欢呼外围守军大捷"，两天后，上海就回到了人民的手中。

五月二十七日

凌晨四时，三野二十五军、二十九军攻占上海宝山、吴淞，驻杨树浦国民党军八千余人向人民解放军投诚；联勤总部第十补给区少将副司令高星恒率部二百余人起义，苏州河北面和浦东残敌被全部肃清，上海市区全部解放。

上海战役宣告结束。是役，共歼灭国民党军十五万三千余人，其中击毙一万四千九百余人，生俘九万四千五百余人，投诚四万三千七百余人。人民解放军伤亡一万七千余人。

人民解放军上海市军事管制委员会宣告成立，陈毅为主任，粟裕为副主任。同日，上海人民广播电台开始播音，向全市人民播发了这一消息，并进一步宣传《中国人民解放军布告》。

当天，上海的《申报》在头版头条位置，报道了蒋介石老家溪口、宁波均告解放的消息。消息说——

浙江东部的著名商埠宁波及其西北的慈溪已告解放,沿沪杭甬铁路东进的人民解放军,于二十四日上午十时占领慈溪县城,并继续奋勇前进,于当晚十一时解放宁波,俘守敌八十七军一部。宁波市秩序良好,市面极为平静。宁波,为沪杭甬铁路的终点,东由甬江接东海,为全省海运中心。宁波解放后,沪杭甬铁路即告全线打通。

人民解放军总部于当日发表战绩公报:二、三、四月歼国民党军三十余万人,起义和投诚的敌舰五十六艘,解放南京等九十四座城市,缴获各种炮三千八百余门,飞机八架,俘师以上军官七十三人。

国民党"全国各地国大代表联谊会"在广州举行联席会议,通过临时动议:"敦促政府以有效办法,限孔祥熙、宋子文、张嘉璈等立即捐助戡乱军费十亿美金,如逾期不捐,其已出国者将其出国护照吊销;其将出国者,不发给其护照。"然而,其动议又如泥牛入海,孔宋张三人根本未予理睬。

五月二十八日

上海市人民政府宣告成立。

陈毅任市长,曾山、潘汉年、韦悫为副市长。当日下午二时,陈毅率领军事、政治、财经、文教各接收委员会主要负责干部来到外滩,走上了上海市政府大厦的黑色大理石台阶,正式接管市政府。

一面鲜艳的红旗飘扬在市政府大楼的楼顶。中国共产党对国民党上海政府机构的接管原则是：按照系统、全部接收、调查研究、逐步改造。陈毅说，这是一项宽大、稳妥又利于团结的方针。

陈毅走进了二楼一四五号"市长办公室"。国民党上海代理市长赵祖康向他报告说，按照军管会的命令，一切档案、资产完整无缺，可一一查点。

陈毅起身与赵祖康握手，说："赵先生，请坐。"

气氛一下子就轻松起来。赵祖康是著名的道路和市政工程专家，任上海工务局局长。国民党逃跑前，市长陈良把大印交给了他。当了四天代理市长的他向陈毅请求回上海交通大学教书。

陈毅诚恳地说："不要有其他想法。你留下来是对的，国家需要人才，你可以发挥自己的专长。我们想请你继续担任工务局长的职务。我相信我们一定能很好合作的。"

几十年过后，赵祖康还念念不忘这句话。二十世纪八十年代担任上海市副市长的他仍经常感慨："陈毅同志那句'我们一定能很好合作的'话，帮我作了一种选择，一种历史的选择。"

当天，上海市人民政府的大门牌挂了出去。陈毅庄严宣告："上海市的解放，是一个伟大的历史变革。上海今天已成为人民的城市。"

同日，张澜、罗隆基、史良、陈铭枢等十二位在沪民主人士发表联合声明，热烈庆祝上海解放，指出：新民主主义革命的目标，对内是推翻封建独裁，对外反对帝国主义侵略，这次革命，将迅速建立中国人民的民主政权。

五月二十九日

中国民主同盟主席张澜在上海致电毛泽东、朱德、周恩来、董必武，庆祝人民解放军渡江以来所取得的伟大胜利。

中国民主同盟总部一九四七年被国民党强制解散后，张澜即被软禁。人民解放军进抵上海近郊时，蒋介石指示毛人凤派特务对民盟张澜、罗隆基予以监视。

中共中央得知这一消息后，周恩来指示上海地下党组织设法营救。后经地下党和上海警备司令部第三大队副队长阎锦文将其秘密保护、转移，使张澜、罗隆基安全脱险。张罗二人，拥护中国共产党的新民主主义革命，反对国民党的独裁统治，即使被软禁监视期间，也不屈不挠地同国民党当局坚持斗争。

半个月后，张澜与罗隆基抵达北平，受到周恩来、朱德的热烈迎接。九月二十一日，作为民盟主席的张澜参加了中国人民政治协商会议第一届全体会议，当选为中华人民共和国副主席。

当日，上海《大公报》发表了一篇盛赞苏北人民在解放军渡江战役中踊跃支前的报道。报道说，苏北人民在支援大军南渡作战中，贡献了伟大的力量——

自二月到渡江前，苏北各地人民共修筑公路五千二百九十里、桥梁一百九十七座，为大军铺平了南进的道路。大军渡江时，有大小船二万五千七百五十只为部队输送给养、弹药，有常备民工六万二千一百人随军南征。

先后供给部队米面一亿三千万斤、草一亿一千万斤，保证了支援大军渡江作战任务的胜利完成。

据新华社报道，至此，山东、苏北、皖北支援解放军南渡作战的二十万民工，即将全部复员。为此，各地已组成民工复员工作委员会，专门办理支前民工评功复员事宜。该委员会已印制了大批奖旗、奖状、功劳证、服务证，让人民解放战争的历史，永远铭记人民的功劳。

五月三十日

《大公报》发表社论盛赞人民解放军。社论说——

"上海解放了！这几天，全上海的人民兴奋狂欢之余，人人在赞叹解放军纪律之好，就连居住在上海的一向看不起中国人的洋人，也莫不由于人民解放军的纪律而对中国人民起敬！"

"一身绿布军服，一双青布鞋子的解放军战士，站在那一向为布尔乔亚的红男绿女出没的西区几条马路上，一点儿也不叫人感觉寒碜。他们一切为了人民的精神和行动，感动了全上海人的心！一身布衣，一身泥土气，代表着中国劳苦大众站起来了，也掩盖不住他们为争取中国自由独立的精神和毅力的光芒！"

"解放军赢得解放上海战争的胜利，而且在短短的时间内赢得全上海人的心。这保证上海复兴建设之必然成功。"

当日,人民解放军第一野战军歼灭国民党秦岭警备司令部、四十八师各一部,共计一千三百余人。

在北平,全国总工会常务委员会举行扩大会议,推选刘少奇为名誉主席,选出刘宁一等二十六人为出席世界工联第二次大会的中国代表,并欢迎亚洲职工代表会议在中国召开。

这些日子,留在北平的张治中感慨万千。第一野战军在西北的节节胜利,第三野战军解放上海,北平、华北、东北解放区日新月异,中共中央为筹组新的人民政治协商会议所做的周密、细致、无可挑剔的种种工作,都叫他深深感觉到:一个新的、人民的、民主的政权表现出巨大的生命活力。

当日,在周恩来向他征求筹组人民政协工作的意见时,他对华东、西北大片地区的解放表示欣慰,并对未来的人民民主政权充满信心。

五月三十一日

随着各地人民政权的建立,在接收和管理城市经济工作中,对待民族资产阶级问题上,出现了一些"左"倾错误。

有些干部在经济工作中,完全排斥资本家,认为和资本家打交道,就是丧失立场;有些部门在原料市场搞统制,不给资本家提供生产原料,税收机关对私人生产不执行公道的政策;在劳资关系上,工人有过高的要求和过左的行动。

针对上述问题,刘少奇根据他在天津视察期间掌握的情况,为中共中央起草了《中央关于对民族资产阶级的政策问题给东北局的指示》，转发区党委以上各级党委。

文件指出："强调限制资本主义、而不强调一切有益于国计民生的私人资本主义生产在目前及今后一个长时期内的进步性、建设性与必需性，不强调利用私人资本主义的积极性来发展生产……这是一种实际上立即消灭资产阶级的倾向，实际工作中的'左'倾冒险主义的错误路线，和党的方针政策是在根本上相违反的。"

中共中央对这一问题极为重视，认为这一问题是关系到党的路线的十分重要的问题，必须正确、迅速地予以解决。

中央要求，区以上各级党委根据中央的政策，认真检查自己的工作，认真克服对待民族资产阶级的"左"倾错误，正确处理劳资关系，切实坚持党的"公私兼顾、劳资两利"的方针。

此后，各地比较及时地克服和纠正了上述错误倾向，对团结民族资产阶级、恢复和发展生产、繁荣经济，巩固新生政权起到了重要的作用。

同日，邵力子、黄启汉在上海联络留在上海、南京的国民党立法委员范子遂、武和轩、李世军等五十五人发表声明，宣布脱离国民党蒋介石集团，接受中国共产党的领导，拥护新民主主义革命和人民政权。

六月
In June

陕北重镇榆林和平解放。榆林位于陕西北部，城濒无定河支流清河东岸，北倚长城，形势险要，是陕西、绥远两省门户。

为了争取驻守榆林的国民党第二十二军放下武器，和平解放榆林，中共中央西北局和西北军区采取政治上争取、军事上围困的方针。

六月一日

陕北重镇榆林和平解放。榆林位于陕西北部,城濒无定河支流清河东岸,北倚长城,形势险要,是陕西、绥远两省门户。

为了争取驻守榆林的国民党第二十二军放下武器,和平解放榆林,中共中央西北局和西北军区采取政治上争取、军事上围困的方针。

在人民解放军形成对榆林城包围的态势下,中共中央西北局、西北军区领导人习仲勋、赵寿山等曾两次写信给邓宝珊和敌二十二军军长左协中,劝其起义。

四月上旬,中共西北局派代表罗明前往榆林敦促左协中起义。五月初,国民党第二十二军派参谋长张之因等四人为代表随罗明到延安,向人民解放军西北军区表示愿意接受"八项和平条件",和平解决榆林问题。西北局当即向中共中央报告,毛泽东亲自复电,同意和平解决榆林问题。

当日上午,驻榆林国民党军第二十二军直属部队及八十六师三个团共计四千余人开出城外举行起义。同日,人民解放军开进榆林城,城内三万多市民沿途欢聚,夹道欢迎。

国民党第二十二军起义后,左协中军长等联名通电表示:"服从中共中央、毛主席、朱总司令及人民解放军西北军区之领导,脱离黑暗,走向光明,永远为人民服务。"随后,起义部队改编为人民解放军西北军区独立第二师。

同日,人民解放军解放崇明岛。至此,上海和江苏全境宣告解放。

抵达台湾的蒋介石偕蒋经国视察高雄要塞，部署台湾整军、防务和政务问题。蒋介石宣称："今后应以台湾防务为第一。"

台湾国民党省政府随之宣布经济独立，设立"台湾区生产事业管理委员会"和"中央在台湾物资处理委员会"，由陈诚兼任两委员会的主任。

六月二日

人民解放军解放青岛。青岛位于山东省东部濒海的胶州湾内，是重要的海运、军事港口城市。日本投降后，美国军事力量在国民党政府的许诺下，进入青岛，把青岛变成了美国西太平洋舰队的一个重要海军基地，其舰队司令部就常驻于此。

当日，美国西太平洋舰队在人民解放军入城前，被迫撤离；驻守青岛的国民党第二十一兵团也登兵舰向台湾基隆逃窜。从而，结束了美国海军盘踞胶东半岛的历史。青岛解放后，山东省全境获得解放。至此，人民解放军已解放和控制了北起辽宁、南至浙江的我国海岸线的大部地区。

随着人民解放军三个野战军在全国不断取得胜利，并向华南、西南逼进，国民党政府匆忙调整西南军政官员，以求作最后的抵抗和挣扎。代总统李宗仁是日发布命令：派邓锡侯、王陵基、刘文辉、谷正伦、杨杰、戢翼翘、张笃伦、杨永俊、杨森、何辑五为西南军政长官公署政务委员会委员，邓锡侯、戢翼翘、何辑五为常务委员；派张笃伦兼任西南军政长官公署政务委员会秘书长。

原国民党南京和谈代表团成员刘斐、黄绍竑在中共的安排下，赴香港接家眷。在港期间，刘斐、黄绍竑召集国民党散落在港的高级军政人员贺耀祖、龙云、罗翼群、刘建绪、李任仁、覃异之等四十四人，共同协商，开展了一个脱离蒋介石政权的运动，发表了《我们对于现阶段中国革命的认识与主张》的声明，号召忠于孙中山三民主义的国民党员重新团结起来，坚决向人民靠拢，与中共彻底合作，为建设新民主主义的新中国而共同努力。

其间，刘斐还曾秘密前往广州，规劝李宗仁、白崇禧走和平道路，争取与中共合作，未能奏效。从此，三个老朋友走了三条道路：刘斐参加了中国人民政治协商会议；李宗仁旅居美国而后回归祖国；白崇禧跑到台湾被蒋介石不屑一顾，度过凄惨悲凉的风烛残年。

六月三日

旅居香港的爱国民主人士陈嘉庚、庄明理、王雨亭、张殊明等由港北上，寻求光明，当日抵达天津。

同日，中国各民主党派领导人李济深、沈钧儒、章伯钧、黄炎培、马叙伦、谭平山、彭泽民、李章达、蔡廷锴、陈其尤发表联合声明，抗议港英当局通过了一项取缔社会活动的条例，剥夺中国政治党派、人民团体在香港的政治权利以及人的民主权利。

声明指出："根据这一法案，香港就要变成'警察国家'。香港居民将时刻遭受被警察搜查逮捕的威胁。香港当局这种强权夺理的举动，是自夸'保持民主自由传统'的英国政府所干的勾当！""英帝国主义这一连串反人民反民主的排华政策，是对于正在走向胜利道路的中国人民的一种挑衅行动。"

当日，广州国民党立法院通过李宗仁提名阎锡山出任行政院院长组阁。而阎锡山却于前日自广州飞往台湾，为其太夫人治丧。

消息传到台湾，阎锡山于台北发表谈话，宣称他所主持的新内阁，将是一个"作战内阁"，叫嚣"坚决与共产党斗争到底"。一个连山西都保不住的阎锡山，怎么可能保得住一个业已支离破碎分崩离析的政府内阁呢？

他在台北发表的就职谈话，杀气腾腾，倒不免叫天下人看到的是一副十足的军阀嘴脸。由阎锡山组阁，出任政府首脑，对国民党政权真正是个绝妙的嘲讽。

为太夫人祭拜灵堂之后，阎锡山又拜见了蒋介石，"商讨组阁事宜"。那一天，蒋介石对阎锡山带来的"一身晦气"毫无兴趣。不仅是因为，立法院选择阎锡山奔丧的日子通过他出任行政院长，这个日子太糟糕；同时，蒋介石对广州那个"临时政府"从来也不抱希望……

六月四日

著名南洋华侨领袖陈嘉庚等，当日自天津抵达北平。中共中央代表林伯渠、华北人民政府主席董必武、北平市市长叶剑英及在平民主人士李济深、沈钧儒等三百余人到车站热烈欢迎。

陈嘉庚偕庄明理、张殊明此次来北平，是应毛泽东的邀请，前来参加新政协的筹备工作。毛泽东在致电中说："中国人民解放斗争日益接近全国胜利，需召开新的政治协商会议，建立民主联合政府，团结全国人民及海外侨胞力量，完成中国人民独立解放事业。为此亟待各民主党派及各界领袖共同商讨。先生南侨硕望，人望所归，谨请命驾北来。"

陈嘉庚立即复电毛泽东表示："革命大功将告完成，曷胜兴奋，严寒后决回国庆贺。"

五月五日，陈嘉庚离开新加坡赴香港，前日自香港抵天津。

陈嘉庚一到北平，很快便受到毛泽东、刘少奇的接见。嗣后，六月十五日，他在出席新政协会议筹备会议时致辞说：

"由于中国共产党毛泽东主席的正确领导，人民解放军的英勇战斗，全中国大部分土地已得到解放，海外华侨无不同声欢庆。

"中国共产党虚怀若谷，广邀各民主党派、各人民团体及各界民主人士来共商建国大计，因此对中国共产党和毛主席实在无限钦佩。"

当日的《东北日报》报道了华北人民政府减轻人民负担，讨论机关整编，反对浪费，厉行节约的消息。

消息说，华北区全境虽已解放，但支援前线和恢复各种建设的艰巨任务仍放在面前。机关编制、生活制度均应调整，反对浪费，提倡节约，以减轻人民负担。编余人员，不分新老干部，均需调派到各地参加生产事业；已完成任务的部门和工作性质相同的部门，应坚决撤并。

此后，华北地区各级政府实行整编，受到人民群众的广泛称赞。

六月五日

人民解放军自发动陕中战役以来，解放了渭河以南、秦岭以北、潼关以西、虢镇以东的陕中广大地区，包括西安及二十三座县城，共歼国民党军二万七千余人，其中包括俘虏二万一千七百余人，毙伤二千二百五十余人，起义一千三百二十人，投诚三千零七十人。至此，陕中战役宣告结束。

上海基督教青年会礼堂，这一天云集了科学文化界名流一百六十二人。吴有训、陈望道、周谷城、冯雪峰、茅以升、巴金、梅兰芳、周信芳、陈白尘、熊佛西、袁雪芬、张乐平等以及科学、文化、教育、新闻、出版、文艺、戏剧、电影、美术、音乐各界代表，欢聚一堂，举行盛大的座谈会。

座谈会由夏衍主持。陈毅在会上讲话。他首先对上海科学文化界人士致以亲切慰问，然后就革命形势及党在科学文化教育方面的各种政策作了详尽的解释。谈到新中国的对外关系时说："中国不仅欢迎与英美的正常贸易关系，而且也欢迎贷款和技术援助。"他表示，欢迎科学文化教育界人士团结合作共同建设新中国。

一位戎马倥偬的将军，不仅能打仗，而且有思想、有气魄、有修养、有很漂亮的演说口才。人们从陈毅将军的讲话中，强烈感受到共产党人为之奋斗的"新民主主义深得人心"，各项开国政策体现了一个"新生政权的旺盛的生命力"。

一些科学文化教育界人士在谈话中，对人民解放军的辉煌战绩、人民政府的各项政策、上海工商业在新中国建立后的发展充满了信心。会上，陈毅同志还广泛征求各界人士对政权接收和人民政府建设以及市民生活等各方面意见。

陈毅市长在会上慷慨激昂地说："国民党说，共产党进了上海，要不了三个月，就会垮掉。那么好吧，就叫他们看看吧，看看共产党会不会垮掉，上海会不会垮掉吧！我们提着脑壳换来的新中国，是绝不会垮掉的！"

六月六日

这一天,美国驻华大使司徒雷登在南京第二次会晤南京军管会外事处处长黄华。

南京解放后,司徒雷登一直留在南京观望。当时以艾奇逊国务卿为代表的政府主流派,曾考虑与新中国建交,分化中共与苏联的关系。四月六日,艾奇逊授权司徒雷登与中共会谈。

五月,毛泽东、周恩来指派黄华以私人身份会见了司徒雷登。历史在这一天,发生了一次奇遇:当年,司徒雷登在北平燕京大学当校长的时候,黄华是在校的学生。

司徒雷登以为,以前燕京大学校长的身份,可以影响在中共处于重要位置的学生。会谈一开始,他便要求新中国承认国民党政权与外国签订的一系列条约,其中自然包括美国在中国领土上的军事基地、军事驻地。

司徒雷登没想到,立即遭到了他的学生义正词严的驳斥。

黄华严正指出:任何外国不得干涉中国内政。如果美国政府愿意考虑和中国政府建交,就必须断绝和国民党政府的联系,并将美国驻青岛等地的海军舰只和陆战队撤走。

时过二十余日,司徒雷登又第二次走进南京军管会大楼,心中再没了那份师长面对学生的自信。作为在中国长大的司徒雷登,他深知中国人的民族自尊心,也似乎知道这一次的交锋,会发生什么。

他的预感很快便被证实了。黄华又一次重申中国共产党人的立场:美国政府必须断绝与国民党政府的关系,停止援助蒋介石,撤出驻华一切武装部队，放弃干涉中国内政的政策，否则建立外交关系就无从谈起。

司徒雷登终于感觉到，他和他的学生属于两种不同的政治、制度和背景，他的一切努力都将是徒劳的。这一感觉，又被美国政府的决策证实了：由于美国当局不愿放弃对国民党政府的支持，又错误地把中国归结为苏联的卫星国，这就注定了美国在关键时刻，不可能采取正确的外交政策，就在司徒雷登积极准备赴北平与周恩来会晤时，美国总统杜鲁门决定不与中共政权建交。

历史，在这儿拐了一个弯。二十三年后，美国还不得不按照中国共产党人一九四九年提出的那些原则立场，承认中华人民共和国政府是中国唯一的合法政府，并断绝同台湾当局的一切关系。

六月七日

当日，身在上海的宋庆龄收到中华妇女联合会领导人何香凝、蔡畅、邓颖超、李德全、许广平发给她的慰问电。

电文中说："我们曾被迫分隔两地，共同为自由民主奋斗。我们对您的钦佩与怀念，无时或已。现在上海已为人民所有，我们共同的希望不久即可完全实现。谨电慰问，并致敬意。"

此时的宋庆龄，每天都通过报纸、广播关注着人民解放军不断取得胜利的消息，关注着各地新生政权带给她的民主气息。特别是上海的解放，产业、工商、科学、文化各界对人民政府的热烈反应，城市里四处响起的欢庆锣鼓，无不使她倍感高兴。

上海一解放，中共中央就派人来看望她，再次转达毛主席和中央邀她北上的消息。是日，又收到北平妇女界领袖们邀她北上的电报，心中无比欣慰。她随即向中共方面表示："一旦病体转安，即可北上。"

随着一缕缕悠远的汽笛声，长江航运和江南内河已恢复通航。

当日，是长江航运通航的第四天。披红挂绿复航的"江陵解放号"轮船已停靠在汉口航运码头上。

六月三日，"江陵"轮是在上海军管会财经接管委员会为它举行复航典礼后，由上海驶出的通航第一轮。

这艘轮船在上海国民党守军溃逃之时，曾被拖至吴淞口外，船上设备、物资悉被逃军抢光。上海解放后，船员们夜以继日抢修轮船、争做复航第一轮的愿望终于得以实现。

四天来，随着"江陵"轮的复航，上海航运局所有的内河航运均已开通。滚滚长江上，汽笛声声，往来穿梭，一派热闹景象。

战事过后的长江，又恢复了它往日的繁忙。然而，恰似那一江逝水，今天奔涌而去的，已经不是昨天的那条大河了。

六月八日

中国人民的解放战争中，和平的事例不胜枚举。

国民党政府背离了和平的道路，但是国民党军队中，走了这条路的部队，真是数也数不清了。这在古今中外的战史中，也不多见。

当日，著名的《绥远和平协议》在北平正式签字。中共中央曾于三月提出不用战斗解决绥远问题的"绥远方式",并为此作出了不懈的努力。由华北人民政府和傅作义各派出代表,在北平进行具体协商,拟订了《绥远和平协议》草案。经国民党西北军政长官公署副长官兼绥远省政府主席董其武同意,是日双方代表在北平举行签字仪式。

签字仪式后,毛泽东在中南海接见傅作义、邓宝珊、周北峰、阎又文。毛泽东对这个和平协议给予了很高的赞赏,并且幽默地说:"你们商定的绥远和平条款我看了,就按那执行吧。不过,不要登报,因为你们没有写明有了北平和平解放,才有绥远和平解放。不然别处都要求'绥远方式',我们就不好办了。"

在中国革命战争的历史上,毛泽东和他的战友们极善于在军事、政治两条战线上稳操胜券。中国共产党人在对敌政治工作中一向把优待俘虏、欢迎投诚起义的大门,向敌对阵营敞开。北平的和平解放、绥远的和平解放以及华东、华中、西北等许多城镇的和平解放,极大地减少了战争的损失,团结和争取了一切爱国力量,既赢得天下,又赢得人心。

因此,中国人民伟大的解放战争是军事、政治两条战线的胜利,也是战争与和平两种方式的胜利;同时,也是中国共产党人所表现出的崇高人格精神、高超的斗争艺术所取得的伟大胜利。

这也应了古人发现的一个真理:得天下,必先得人心;失天下,必先失人心。一九四九年的这些故事,是值得后人永远记住的。

六月九日

连日来,蒋介石乘坐军舰从基隆出发,绕台湾视察海防。美国西太平洋舰队撤离青岛后，也加紧出没于中国东南沿海海域。

当日，美国提出由联合国托管台湾的计划，主张美国立即争取尽可能多的联合国会员国，特别是英国的支持，然后在联合国提出由联合国在台湾举行公民投票，以达到由联合国托管台湾的计划。

随着解放战争的迅速进展，美国政府力图阻挠解放全中国的设想破灭。蒋介石残余势力溃逃台湾后，美国政府更加紧了对台湾问题的干预。

此时的美国政府，已经看清了蒋介石政权的腐败无能，认为国民党政权已不足以成为阻止中共解放台湾的工具。因此一九四八年来，杜鲁门政府就开始制定和实施扶植"台独"势力计划，以便使美国的军事力量介入这一地区。

美国认为，台湾的战略地位十分重要，一旦战争爆发，台湾是一个部队集结地区、空中战略行动基地、控制日本与中国南海交通线的海军基地，同时也是美军在太平洋各岛屿链中的重要一环。

美国企图支持"台独"，并使其军事力量介入台湾，一方面支撑濒危的蒋介石残余势力；另一方面实现美国太平洋战略，扼制中共将要新生的政权。

美国国务院已向国家安全委员会提出对台政策报告，用军事力量干预，实现美国的上述目标。至此，美国政府不得不把它在中国大陆上实行的那种没有希望的政策延展到台湾。

当日，重庆《大公报》报道了福建国民党军队受命编组兵团的消息。该兵团下辖四至六个军，以加强福建省的防务，为台湾构筑大陆的最后一道屏障。

六月十日

上海市人民政府建立后，国民党政府留下的混乱不堪的金融市场，物价飞涨，黑市交易猖獗。人民政府执政不到十天，就开始出现新的通货膨胀的威胁。

在国民党逃走时，掳走一百多万两黄金、美钞三千多万元的情况下，人民政权一建立就以十万元金圆券兑换一元人民币的比价收兑金圆券。

此时，大量的黑市金融投机商从中兴风作浪，哄抬物价，一块银圆本来兑换一百元人民币，一星期就涨到了一千四百元。物价继续飞涨，工厂难以经营，许多企业资本转化为投机资本，又加剧了通货膨胀。

这样的金融危机任其发展，不出一个月，人民币就会被赶出上海，人民政权也将无法在上海立足。

陈毅市长与华东局财经委员会反复磋商，决定向上海市场抛出十万银圆，使物价回落，同时坚决打击金融黑市的投机商。

当日，陈毅、饶漱石、粟裕、谭震林签发了《华东区金银管理暂行办法》的文件，并于数小时后组织部队和公安人员包围上海证券黑市，对二百五十名投机商人一网打尽，深受投机之害的上海市民，无不拍手称快。

第二天，银圆和物价就迅速回落，稳定了上海的金融，为上海的经济恢复和发展，打了一场漂亮的"银圆之战"。

此时，东北的黑土地上，夏日的阳光下，翠绿覆盖的原野上，庄稼长势喜人。

东北各地农民打破了传统的"紧赶慢赶芒种开铲"的旧习惯，普遍提早夏锄，开铲头遍高粱、谷子、玉米、大豆等农作物。党的农村政策，极大地调动了农民的生产积极性，农业生产形势喜人。

中共华北局制定了"星期六义务劳动"制度，区县市直至华北局的领导干部和机关干部，每周六都到农村、工厂参加生产劳动。这一制度，大开时代新风气，密切了党群关系，也鼓舞了人民群众的劳动热情。这样的新生政权，受到人民的拥护，是理所当然的。

六月十一日

中共中央向各中央局、分局发出《关于准备抽调三万八千名干部问题》的指示。

随着解放战争的迅速发展，在中南、西南地区，中国人民解放军接管的城市不断增多，大批城市回到人民手中，急需大批干部参加政府工作，管理城市。

针对这种形势，中共中央发出指示：各地应尽可能选调粤、桂、滇、川、黔各省籍干部。凡熟悉各省情况，又能抽出的，均应抽出；二野、四野应准备从本身抽出大批较强的干部，担负新区党务、财经、公安、宣传、民运等各方面的工作。

中央的指示要求：在占领大城市及交通要道区域后，立即采取有效办法，大量召集和训练、培养、团结本地干部，以便推广到占领区。

对工人、职员及大中学生的招收、训练，各中央局应立即着手加紧办理。所有干部，一般着重从城市和地委以上高级机关中征调，分别集中在各中央局或分局进行训练，听候调用。

为新生政权准备和培养地方工作干部，是党的一项重要的组织工作。同日，华北人民政府主席董必武，在华北人民政府与北平市人民政府处以上干部座谈会上讲话，针对一些同志不愿做政府工作，阐述了政府工作的重要性。

董必武同志指出：政府机关是掌握国家权力的。我们要争取的正是政权，如果没有政权，共产党的政策再好，也不过是一篇不能实行的好文章。

董必武还强调了团结、教育留用人员的必要性及有关政策问题。董必武主持下的华北人民政府为以后中央人民政府的工作，奠定了重要的组织基础。

遵照中共中央的指示，各中央局为地方政权抽调和培养干部的工作迅速展开。党和军队中大批同志到地方政权中工作，为实现党的工作重心向城市转移，做出了重要的历史贡献。

六月十二日

国民党新任行政院院长阎锡山在广州组成所谓"战斗内阁"，试图把四分五裂的国民党各派纠集起来，作最后的挣扎。

随着国民党在大陆的统治全面走向崩溃，国民党内各派系之间的矛盾和争斗更加尖锐，特别是蒋介石集团与桂系之间的裂痕更加表面化。

从太原逃出的阎锡山正是在这种派系斗争中出任行政院长的。在人民解放军强大攻势下广州国民党政府面临政治、军事、财政的严重危机，行政院长何应钦于五月二十日提出辞职。李宗仁先提出由桂系遗老居正继任，但立法院受蒋介石的控制不予支持。李宗仁被迫推出阎锡山组阁，得到立法院通过。

阎锡山自台湾带回蒋介石的支持，返回广州在对记者谈话中宣称：新内阁目标是争取军事胜利，稳定金融，提高士兵及公务员待遇，组训群众，加大地方职权等。

前一天，国民党中政会通过新内阁名单，其主要成员有：院长兼国防部长阎锡山，副院长朱家骅，参谋总长顾祝同，外交部长胡适，内政部长李汉魂等。

当日，李宗仁以代总统的名义宣布了阎锡山的新内阁，成员中只换了外交、经济两部的部长，其余都是由原内阁蝉联下来的。各部除李宗仁提名的三名部长外，也都是蒋介石夹袋中人物。显然，阎锡山的"战斗内阁"，实质上仍然是蒋介石手中的工具。

但国民党政府在大陆行将崩溃之时，这样一个内阁也不过是个摆设而已。四天后，阎锡山就宣称有了"束手无策，坐以待毙"的感觉。十二天后，他在日记中道出了心里话："到广州以后，才知道国事已不像从前。党内的派系之争，整个成了'乐其所以亡'的局面，虽有善者，亦无如之何矣，以致造成今日不可收拾之境地。"

六月十三日

当日，人民解放军第一野战军司令员彭德怀给十八兵团发出电报，称赞咸阳阻击战"打得好"。

六月初，胡宗南集团和马步芳、马鸿逵集团接蒋介石命令进行联合作战，准备对已获解放的咸阳、西安发动反攻。

六月十日，胡宗南、马继援两军向人民解放军第一野战军实施试探性反扑，遭到我军顽强抵抗。当马继援部侦察得知咸阳解放军兵力不多，解放军主力亦不可能很快到达，便突然调兵攻打咸阳。

马继援命令一九〇师师长马振武为咸阳步骑总指挥，集合一九〇、二四八师和骑兵八旅三万余人，猛烈进攻咸阳。马继援扬言："明天早上就把八十二军的军旗插在咸阳城楼上。"

彭德怀司令员立即命令刚到西安的六十一军增援咸阳，并亲自向一八一师师长王诚汉交代作战任务。十二日下午六时，敌骑兵八旅三个团向咸阳猛扑，被击退。当日，敌八十二军和骑兵八旅再次向咸阳发起连续性猛攻。

面对三面进攻之敌，人民解放军第十八兵团周士第、王新亭指挥部队坚守阵地，死守硬拼。我守城部队几度与敌军短兵相接，展开肉搏，有的阵地失而复得。

入夜，在增援部队的配合下，人民解放军全线反击，打垮了敌人的进攻，歼敌二千余人，马继援部败退礼泉以北，粉碎了敌军进攻西安的企图。

咸阳阻击战，是人民解放军第十八兵团入陕后打的第一仗，极大地挫了胡宗南集团和二马集团反扑咸阳、西安的锐气，也为人民解放军第十八、十九兵团集中歼敌赢得了时间。

彭德怀司令员通电赞赏这一仗打得好！同时，西安人民则向英雄的一八一师赠送了"百战百胜"的锦旗。

六月十四日

中共中央邀请各界民主人士五十九人，组织的"民主东北参观团"历时四十多天，走遍了东北所有重要城市和若干农村，于新政协筹备会开幕前返回北平。

当日，吴羹梅等参观团全体成员联名致函毛泽东主席，畅谈观感。信中说："看到广大的劳动人民现在都以国家主人翁的身份，发挥前所未有的创造力量，这是中国前途富强并迅速走上社会主义道路的保证。"

他们在信中表示："同仁等参观归来，感到今后为人民服务的决心与信念，将愈加坚实，这是可以告慰于主席的。"当时，许多民主人士都十分惊异于共产党人一面指挥那样大规模的解放战争；一面建立地方政权，迅速开展政府工作，组织工农业生产。这样一种改天换地的巨大力量是从哪里来的？

在东北各地的参观，使他们看到：广大人民群众的拥戴、新民主主义革命的得人心，历史变革的巨大推动，是创造和建立一个新中国的最基本的动力。难怪人民群众是那样拥护共产党，难怪那么多的军人脱下了军装掌握政权、管理城市、组织生产一呼百应，纵使有天大的困难，也能得到人民的支持。这一切的观感，使得民主人士们对新中国充满了信心。

当日《东北日报》报道了华北人民监察院决定聘请通讯检查员，推动群众监督政府，以广泛收集听取各界群众对政府工作的意见。

通讯检查员从下列人员中产生：工会会员、农会会员、青年妇女团体团员、报社采编人员，企业、交通、财经机关中技术人员及其他公正人士。

上述人员可以对国家各级公务人员违法失职、贪污浪费、违反政策、侵害群众利益的行为行使监督、检举的职能。

六月十五日

中国人民革命军事委员会本日发布命令，公布中国人民解放军军旗及军徽样式。

军旗为红地，上缀金黄色五角星及"八一"两字，表示中国人民解放军自一九二七年八月一日南昌起义诞生以来，经过长期奋斗，正以其灿烂的星光，普照全国。

中国人民解放军军徽为镶有金黄色边之五角红星，中嵌金黄色"八一"两字。

当天，新华社向全国发出通电，解放区各大报纸都在显著位置发表了这一消息，并配发了军旗、军徽的大幅照片。

同一天，中国人民政治协商会议筹委会第一次全体会议在北平中南海勤政殿召开。参加会议的有中国共产党、各民主党派、无党派民主人士及人民团体等二十三个单位，共一百三十四人。

周恩来担任临时主席并致开幕词。毛泽东代表中国共产党发表讲话指出："这个筹委会的任务，就是：完成各项必要的准备工作，迅速召开新的政治协商会议，成立民主联合政府，以便领导全国人民，以最快的速度肃清国民党反动派的残余力量，统一全中国，有系统地和有步骤地在全国范围内进行政治的、经济的、文化的和国防的建设工作。"

毛泽东满怀信心地说:"中国人民将会看见,中国的命运一经操在人民自己的手里,中国就将如太阳升起在东方那样,以自己的辉煌的光焰普照大地,迅速地荡涤反动政府留下来的污泥浊水,治好战争的创伤,建设起一个崭新的强盛的名副其实的人民共和国。"

朱德代表中国人民解放军讲话以后,各民主党派负责人和民主人士代表李济深、沈钧儒、郭沫若、陈叔通、陈嘉庚等先后发表讲话。他们认为,新政协"在中国历史上,是一个划时代的大事件,就在世界历史上,也是一个非常光辉而重要的里程碑"。

六月十六日

中国人民政治协商会议筹备会第一次全体会议在中南海勤政殿继续进行。李济深任执行主席,周恩来作《新政治协商会议筹备会组织条例(草案)》的解释报告。会议经过讨论,修正并通过了这个条例。

这天的会议通过了毛泽东、朱德、李济深、李立三、沈钧儒、沈雁冰、周恩来、林伯渠、马叙伦、马寅初、乌兰夫、章伯钧、张澜、张奚若、郭沫若、陈叔通、陈嘉庚、黄炎培、蔡廷锴、蔡畅、谭平山二十一人为新政协筹备会常务委员。

晚上,周恩来主持召开新政协筹备会常务会议,推选毛泽东为常务委员会主任,周恩来、李济深、沈钧儒、郭沫若、陈叔通为副主任,李维汉为秘书长。

会议就拟定参加新政协的单位及其代表名单;起草新政协组织条例;

起草新政协共同纲领；拟定政府组织大纲；起草大会宣言；拟定国旗、国歌、国徽方案等项重要工作，作出了具体部署。

当日，中国民主同盟机关报《光明日报》在北平创刊。毛泽东主席题词："团结起来，光明在望，庆祝光明日报出版。"周恩来题词："光明之路。"该报刊登《发刊辞》，以民盟的奋斗目标"民主和平，独立统一"为宗旨，提出四点新闻方针：（一）负责的态度；（二）服务的精神；（三）建设的批评；（四）忠实的报道。

同一天，中共中央决定：中共西北局委员会由彭德怀等二十三人组成，以彭德怀、贺龙、习仲勋、马明方、王维舟、李井泉、马文瑞、刘景范、贾拓夫九人为常委。彭德怀任第一书记，贺龙任第二书记，习仲勋任第三书记。

这天，毛泽东在中南海繁忙的会议、工作之余，十分高兴地对身边工作人员说："我们很快就有了国家的议事机构新政协；东北、华北、华东、华中、西北也有了人民自己的政权，中国人民的革命事业没有结束，而将是一个新的开始。"

六月十七日

在新政协筹备工作的进程中，中共中央军委对第二野战军西进计划，作出部署，于当日致电中共华东局并粟裕、刘伯承、邓小平等同志，发出《关于二野西进时间等问题的指示》。

渡江战役、上海战役、陕中战役以后，胡宗南集团退往西南，白崇禧集团收缩于湘桂地区，企图以云贵为后方，割据西南，保住两广，等待国际事变，伺机卷土重来。

中央军委决定：二野西进时机拟以九月为宜，一则准备时间充裕；二则沿途到那时粮食供给比较充裕；三则四野主力七个军九月可到郴州、赣州线，十一月可能占领广州，迫使国民党政府迁至重庆，然后二野夺取重庆较为有利。中央军委的这一部署，形成了进军西南大迂回、大包围作战方针的初步轮廓。

同日，中共中央还就江西农工民主党及其武装问题，对中共江西党组织作出指示。

农工民主党同其他各民主党曾于去年一月联合发表了《我们对时局的意见》，庄严宣告，接受中共领导，把革命进行到底。二月二十五日，农工民主党负责人章伯钧、彭泽民等到达北平。章伯钧被推举为新政协筹备会常务委员，彭泽民等其他农工民主党成员，也分别参加了筹备会设立的六个专门小组的工作。

当日，中共中央就江西农工民主党掌握一部分武装问题，指示江西党组织，本着"最广泛团结一切民主党派"的原则，要求他们严格按照党的政策，慎重处理农工民主党地方组织中的武装问题。

中共中央指示："要慎重处理与该党有关的问题。"对于该党部分地方武装问题，中央已同该党负责人以及各民主党派磋商，"均同意将其地方组织或个别党员所领导的武装交由人民解放军整编"。

根据中央确定的原则，该党地方武装在该省军管会的领导下，嗣后交人民解放军整编。

六月十八日

广州，此时正是骄阳似火的夏日。虽然不时会有阴雨走过，但太阳一出，闷热中挟裹着潮湿，使人烦躁。

从北方过来的阎锡山，常骂广州的天气。虽然做了元首级的高官，面对国民党溃败后的烂摊子，他五心烦热，总是发脾气。两天前，他与李宗仁联名致电蒋介石："坚请莅穗主持大局。"蒋介石当日复电："兹拟于短期内处理琐事完毕，决定行期，另电奉告。"

当日，阎锡山向李宗仁报告拟议中的施政方针。李宗仁询问几天来处理政务的情况。阎锡山以"束手无策，坐以待毙"回答他。

阎锡山进而又说："我们今日一切无数字，一切无专责，认识分歧，主张各异，军事影响财政，财政累倒金融，金融减低收入，财政又影响军事及庶政，中央地方一切脱节，指挥不灵……军队命令不行，作战无法部署。"

当了几天行政院长的阎锡山，深感中央派系纷繁、政务盘根错节、人事各怀鬼胎、政令军令无人理睬。

"束手无策，坐以待毙"才真正是他心腹之言。

此时，躲在台湾的蒋介石，一面构筑海防，一面呼吁美援，与陈诚营造国民党的最后栖息地。

前两天，美国政府援助的二十架军用飞机飞赴台湾，国民党海空军以及福建海防加紧编训。蒋介石虽宣称"决不再过问政治军事"，却连日乘坐军舰四处视察、布置防务。

至于广州，蒋介石老谋深算，只是把它当作大陆最后的摆设，能支撑多久算多久了。

六月十九日

新政治协商会议筹备会第一次全体会议，在北平胜利闭幕。

新政协筹备会第一次全体会议于当日举行了第三次会议，周恩来担任执行主席。出席者一百二十六人，听取了李维汉所作《关于参加新政治协商会议的单位及其代表名额的规定（草案）》的说明后，会议一致通过了该方案。

这一方案规定将有四十五个单位五百一十名代表参加新政协会议。其中党派代表一百四十二人、区域代表一百零二人、军队代表六十人、团体代表二百零六人。除四十五个单位以外，另设一特别邀请单位，其代表资格、名额与人选，均由新政协筹备会常务委员会商定。

历时五天的会议，经过三次全体会议和两天小组会议，胜利闭幕。这次全体会议充分显示出和谐团结的气氛和实事求是的精神。

民革代表何香凝说："我脱离国民党到现在二十二年了，我从来没有向国民党屈服过。二十二年来，我的愿望终于实现了。我今天已经亲眼看到中国人民的解放。"

全总代表朱学范说："这次新政协会议的筹备召开，一面是宣告了国民党反动统治的结束，一面宣示人民民主新政权的即将建立。中国从此可以走上独立、民主、和平、统一的道路。"

推动并促成全国社会科学、自然科学、教育、新闻等人民团体成立，是新政协筹备工作的一项重要成果。同一天，朱德、陈云、林伯渠出席了中华全国第一次科学会议筹备会成立大会。

朱德在这个大会上发表讲话指出："今天是一个科学界团结的盛会。……中国要从农业国变为工业国，科学的发展是很重要的。我希望依靠今天这个盛会，能使大家团结起来，完成建设新中国的大业。"

六月二十日

这一天，阎锡山在广州抛出了他的《行政院战时施政方针案》，果真是一个杀气腾腾充满了火药味的施政纲领，从政治上、军事上、经济上全面动员、整军再战。

蒋介石却通过日本东京代表团转告美国盟军统帅麦克阿瑟："台湾很可能在短期内成为中国反共力量之新的政治希望"；"美国政府决不考虑承认中共政权，并应本其领导国际之地位与力量，防阻他国承认；美国政府应采取积极态度，协助中国反共力量，并应协助我政府确保台湾。"

同日，国民党中常会在广州召开。顾祝同首先报告上海撤退后的军事形势，然后由参谋总部次长萧毅肃说明西安撤退后，胡宗南、宋希濂等部准备退守四川，而保卫广东仅能依靠白崇禧指挥的三个军。

对此，吴铁城提出责问：五月下旬汤恩伯从上海撤出，为什么调去福建而不调到广东？刘安琪兵团从青岛撤出，为什么远去海南岛而不调粤北？从这些部署来看，国防部只准备守住沿海一些岛屿，从来没有制订保卫华南的整个军事计划。他提出："本党为救亡图存，复兴再起，当以保卫广东为首要任务。国防部这样部署兵力，究竟是谁的主意？"

参谋总长顾祝同回答："所有部队调动和兵力部署以及有关构筑防御工事问题，都是由蒋总裁亲自决定。"

参加中常会的官员们全都缄口不语了。

其实，此时桂系和胡宗南部退守西南，乃是李宗仁、阎锡山自寻退路，广州并不是他们感觉踏实的退路；而蒋介石集团退守台湾，也分明是与桂系分庭抗礼。广州"政府"不过是个金蝉脱壳的外壳，蒋介石不会来亲政，李代总统也不会久留。

因此，在广州的政府官员们，惶惶不可终日，充当了一种"滑稽剧"的历史角色。

六月二十一日

自六月中旬，参加太原战役的人民解放军第十八兵团、十九兵团及第七军、第一军第三师、第三军第八师等全部到达西安、三原地区。西北战场上，人民解放军的力量超过国民党军，全面解放大西北的日子不远了。

当日，蒋介石偕蒋经国、俞济时等乘"美龄"号专机，由台北飞赴福州，上午九时在福州南郊机场大楼召开临时军事会议。参加会议人员有福建省党政军高级官员八十余人。

先由各方面主官报告军事情况后，蒋介石训话，声称他以党的总裁地位来领导大家"和共产党作殊死战"，希望大家"勤力同心，争取最后胜利"。

蒋介石说，"台湾将是党国的复兴地，它的地位的重要异于寻常，没有福建就无以确保台湾",他就福建的防务,调整机构和部队整编都作了部署。

会后,蒋介石又分别与朱绍良、汤恩伯、李延年、王修身等九人个别谈话,至当日下午四时,乘"美龄"号专机飞回台湾。

远在北平的毛泽东,早在上海战役打响之时,便早已识破了蒋介石企图凭借福建扼守台湾的战略意图。

就在上海战役打得热火朝天的时候,毛泽东于五月二十三日电示陈毅:提早入闽,争取于六七两月内占领福州、泉州、漳州及其他要点,并相机夺取厦门、金门。

五月二十七日,陈毅急电叶飞第十兵团三个军全部进行入闽准备。后来,鉴于华中、西北战场的局势,中央暂缓了解放福州的行动。但入闽作战的部署早已成熟。

此时,叶飞、韦国清率领第十兵团的十万人马正厉兵秣马,只待中央一声令下。

六月二十二日

香港太古公司代理的英国邮轮"安琪瑟施号"当日晨在吴淞口外,遭国民党飞机轰炸,该轮随即倾斜,搁浅于海滩。数小时后,国民党飞机又来轰炸,弹落英商亚细亚公司油舱,焚毁火油二万罐。

国民党"战斗内阁"组成后,出于军事防卫和扼制中共恢复经济之目的,行政院新闻处曾于两天前发表声明宣布:"沿海岸领海范围以内地区暂予关闭,包括永嘉、上海、天津、秦皇岛在内,严禁一切外籍船舶驶入。"

当日，国民党飞机对英国轮船和英商油仓实施轰炸事件，引起英国政府的强烈反应。英国大使馆驻广州代表科格希尔向国民党外交部提出抗议。而国民党外交部的答复是：要求英轮立即驶离各封锁港口。

李宗仁的代表甘介侯经长时间等待，终于当日会晤美国总统杜鲁门，面交李宗仁致杜鲁门的亲笔信函，详细解释国民党当局进一步抵抗共产党的计划，要求美国予以援助。

杜鲁门对国民党政府从东北到长江流域广大地区的失败以及大量美国军火弹药落入中共手中，表示极为失望。杜鲁门不置可否地以外交语言应对，没有作出任何承诺。只是"希望看到，中国军队仍然准备和愿意打仗"。

同一天，甘介侯在美拜访了胡适。

旅居美国的胡适，得知自己出任国民党广州政府外交部长一职，深感意外。但他深知国民党政府的用意是通过他而打美国牌。他对国民党前途没有信心，更不愿去送死，于当日致电阎锡山，辞去外交部长一职。

阎锡山复电，要求他不要发表不就职的消息。

周恩来致函宋庆龄："现全国胜利在即，新中国建设有待于先生指教者正多，敢藉颖超专程迎迓之便，谨陈渴望先生北上之情。"同时，中央决定，派邓颖超专程赴上海迎接宋庆龄。

六月二十三日

新政协筹备会起草讨论提纲委员会召开会议，听取董必武作《政府组织纲要中的基本问题》的报告。

董必武就政协的性质、地位和政权的组织问题说，在全国人民代表大会召开前，由新政协商议产生政府；人民政府委员会是最高政权机关，将来最高政权机关是人民代表大会；在人民政府委员会的领导下，政务院是最高行政机关。

这次会议对国家名称、国家属性、最高政权机关及其组织原则等均提出了初步意见，经讨论一致同意，决定以起草讨论提纲委员会名义，提交拟定中华人民共和国中央政府方案小组全体会议讨论。

新政协筹备会共有六项主要任务，分别组成六个小组，由中共领导人和各民主党派领导人、无党派人士分别担任六个小组的组长、副组长。

第一小组，负责拟定参加新政协会议的单位及其代表人数，由李维汉任组长，章伯钧任副组长；

第二小组，负责起草新政协会议组织条例，由谭平山任组长，周新民任副组长；

第三小组，负责起草《共同纲领》，由周恩来任组长，许德珩任副组长；

第四小组，负责拟定中华人民共和国政府方案，由董必武任组长，黄炎培任副组长；

第五小组，负责起草宣言，由郭沫若任组长，陈劭先任副组长；

第六小组，负责拟定国旗、国徽、国歌方案，由马叙伦任组长，叶剑英任副组长。

新政协筹备会第一次全体会议结束后，各专门小组便立即开始工作，新中国政权机构的组织形式、人民政协的共同纲领、政治宣言等一系列重大问题，正在庄严的酝酿和协商中产生。

六月二十四日

阎锡山的"战斗内阁"走马上任后，不仅坚持反共、强化军事，同时在国民党党内推行强权政治，彻底撕下了"民主"的面具。

当日，国民党监察院第五十二次院会作出决议：拥护立法院决议征借宋子文、孔祥熙、张嘉璈等财产十亿美元一案，要求行政院迅速予强制执行。

下午，行政院长阎锡山举行招待监察委员茶会，哀叹目前情况："最困难的就是财政，现在已到了山穷水尽的关头，如果我们再变不出'柳暗花明又一村'的新路来，整个国家都没办法了。"

同一天，总统府秘书长翁文灏和中央银行总裁刘政芸辞职。李宗仁发布总统令，由邱昌渭、徐勘分别担任总统府秘书长和中央银行总裁。

总统府秘书长和中央银行总裁，这两个官位，乃是国民党政治经济最为敏感的两根神经。当日的易人，使李宗仁大为感伤。这些日子他考虑最多的，已不是拯救危局了，而是下一步迁都重庆的问题。

广州的代总统朝不保夕，而远在台湾的蒋介石却依旧威风。当日，他在台北主持东南区高级军事会议，撤了福建省主席朱绍良的职，换上他的心腹汤恩伯坐镇东南防线，同时任命特务头子毛森为厦门警备区司令。

蒋介石的意图十分明显，他要用自己的嫡系镇守最后一道防线，确保厦门、金门两座岛屿，不给中共解放台湾的海上通道。

此后，汤恩伯携总裁手令，把朱绍良拉上飞机，载往台湾，形同绑票。毛森率领国民党特警部队赶到厦门，把守各要塞的指挥大权。

一切安排停当，蒋介石拜访吴稚晖，决定设立总裁办公室——有了福建和海峡的屏障，有了飞机、大炮加兵舰的保佑，他这总裁，又要"办公"了。

六月二十五日

人民解放军第一野战军在陕西郿县东南地区的阻击战胜利结束，粉碎了胡宗南及马家军由西向东分路对咸阳地区的联合反扑，共歼胡马部一万三千五百四十人。

次日，毛泽东致电一野十九兵团，指示杨得志率领该兵团立即向西开进，钳制二马，严防二马回击。

当日，国民党陆军总司令张发奎又提出辞职获准。陆军总司令一职暂缺，由参谋总长顾祝同兼任。

华中大片地区解放以后，因农村尚未进行土地改革，封建的土地所有制未经根本变革，严重地阻碍着农村经济的发展。

根据这一情况，中共华中局致电党中央提出新区城乡工作分步骤进行的意见，得到中央的批准。当日，毛泽东亲自起草了致华中局的复电。

电报同意根据华中各省具体情况，将工作重点先放在农村，城乡兼顾，再发展城市生产。

第一步，接管城市，特别要接收管好城市。这一步所需时间是比较短促的。

第二步，在党的全部工作中，是以最大的力量进行乡村改革，从反匪反霸直至完成土改。这一步的任务需用两三年的时间。

第三步，是直接以最大力量发展城市，同时也兼顾乡村。此后，华中广大地区的农村土地改革运动蓬勃展开。几千年封建的土地所有制发生了根本的变革——农民重新获得土地，在分田分地的喜悦中，从被压迫被剥削的旧制度下，彻底解放出来了。

当日，邓颖超受中共中央的派遣，持毛泽东、周恩来的亲笔信抵达上海，邀请宋庆龄北上参加政治协商会议。

六月二十六日

张治中在北平发表《对时局的声明》，阐述他留在北平八十天来的感受。他在谈到北平的所见所闻时说："处处显露出一种新的转变、新的趋向，象征着我们国家民族的前途已显出新的希望。"

张治中在自己的声明中，深有感触地说：多年来内心所累积的苦闷，为之一扫而空，真是获得了精神上解放。"我们中国人，毕竟还有能力把国家危机挽转过来，还可希望把国家搞好，断不是一个没有出息的民族，已可得到证明。"

留在北平的这些日子，张治中切身感受到一个翻天覆地的大变革。共产党人将获得全中国已是必然的了，然而他们却颇大胸襟地团结开明进步的国民党人，团结一切进步力量，不计前嫌。

毛泽东和周恩来多次与他谈话，邀请他参加人民政协的工作，甚至请他参加未来的政府工作。他只是表达自己内心作为一个国民党人的歉疚之感，表示只要国家和人民走上光明的道路，他宁愿不再为官，哪怕只当布衣百姓，做一点儿力所能及的工作。

至今，他还深深记得，四月八日在香山双清别墅，毛泽东回忆张治中三次到延安的经历，十分幽默地说："我还记得你以最高军事调停小组成员身份第三次到延安，你在欢迎晚会上说，你们将来写历史的时候，不要忘了张治中三到延安这一笔呀！我说，要记上，这可是张治中先生功不可没的一笔哟！"周恩来插话说："到时候，第一枚解放勋章应授予张治中先生！"

果真，张治中此时真的进入了共产党人的历史，人民的历史。一年后的一九五〇年国庆，毛泽东代表中央人民政府郑重地授予张治中一级解放勋章。

六月二十七日

李宗仁得知福建省换了主席，大为恼火。蒋介石把个省政府主席拿下，又换上汤恩伯，居然把代总统、行政院、立法院都抛在了一边。

在当日参政会上，李宗仁对曾立下"五年不干政"的诺言无情抨击："蒋先生有言在先，说自己在宪法面前只是一个平民。而一个平民随便撤换封疆大吏，成何体统？"李宗仁宣称：蒋先生对汤恩伯等人的委任，未经政府任何会议讨论核准，不予生效。

汤恩伯得知后，把代总统痛骂一顿。丢了上海，再守福建，将来也是凶多吉少。堂堂三星上将，当个省主席，不是升迁，倒是受命于危难。骂过娘后，他动了辞职的念头。

当日，参谋总长兼陆军总司令顾祝同一行七个高级将领由广州飞赴台北，拜见蒋介石。一来向蒋介石报告军事；二来也是受蒋之召，听命于蒋介石有关台湾防务的部署。李宗仁对此亦是敢怒而不敢言。

同一天，人民解放军第一野战军司令员彭德怀收到毛泽东发来的电报，就进军西北和川北的问题作出部署。

毛泽东指示一野准备分兵两支："第一支西进，担负解决甘宁青新四省。第二支南进，以占领成都解决川北为目的。"按照党中央毛主席的指示，彭德怀立即作出部署，作好西进和南进的准备。

近来，马匪主力已退至永寿、邠县、崔木镇地区。胡宗南部五个军仍按原态势集结待机。彭德怀抓住时机，按照中央的部署，调动十九兵团于当日和次日迅速向胡马两军侵占的陕中礼县、乾县、兴平、周至发起突然进攻，一举收复了这四座县城，毙伤胡马集团官兵一万三千人，又取得了一个大捷！

六月二十八日

莫斯科的六月，是一年中短暂夏天里最和暖的日子。当日，苏共中央总书记斯大林在克里姆林宫会见中共中央代表团刘少奇、高岗、王稼祥，热情祝贺中国革命的胜利。渡江战役、上海战役胜利结束后，解放全中国指日可待。五月间，中共中央决定派以刘少奇为首的中共代表团秘密访问苏联，这是两党间第一次进行的高级会谈。

当日晚，克里姆林宫灯火辉煌。

斯大林和苏共中央政治局委员伏罗希洛夫、莫洛托夫、马林科夫、布尔加宁、米高扬等，会见并宴请刘少奇及代表团其他同志。

刘少奇向斯大林介绍了中国革命的基本情况：解放战争的进程；新的政治协商会议的筹备情况；新民主主义国家机构的设想；中国的经济建设方针；对民族资产阶级应采取的态度和外交政策等。

刘少奇在谈到中苏关系时表示，我们长期处在乡村战争的环境中，对外面的事情知道很少。现在要管理一个如此大的国家，进行经济建设与外交活动，我们还需要学习很多东西。在这方面，苏共对我们的建设和帮助，是十分重要的。我们迫切需要苏共对新中国建设，给予帮助。

斯大林对中国共产党领导的新民主主义革命迅速地取得伟大的胜利，表示惊喜和热情的祝贺；对革命胜利后的经济恢复和经济建设给予了热切的关注。

会见后，苏联政府与中共代表团又举行了多次会谈，就中苏建立外交关系；毛泽东公开访苏的大体时间；苏联向中国提供贷款、经济援助，派遣专家以及两国贸易往来等问题，都进行了友好协商并达成协议。

六月二十九日

长江下游，在连日大雨过后，洪水泛滥。南京北门外江水一夜之间涌过堤岸，大片地区被淹，至少有二百间民房被冲毁，三千灾民流离失所。

南京城内也同时进水，车站周围积水没膝，许多街道被淹没，城近郊和南京对岸江堤多处决口，东郊工业区已成泽国。

南京军管会立即调动人民解放军驻军部队投入救灾抢险，同时调用军需粮食救济灾民。市政府紧急调集大批民工与解放军抢围堤坝，围堵决口。军管会、市政府的领导同志亲临抗洪一线，视察灾情，慰问灾民，指挥抗洪战斗。

自广州国民党政府宣布封锁华东、山东各港口，并派遣军用飞机轰炸入港外轮以来，上海吴淞口内外，大雨滂沱、黑云低重，外轮绝迹，航运萧条。被国民党飞机炸伤的英轮，已被拖至上海港船坞中修理。

当日，美国政府和英国政府向国民党政府发电照会，表示"不承认封锁港口为合法"。国民党政府于次日照会美、英两国政府，声称封锁港口"系在主权范围之内，盼能与中国政府合作"。

国民党政府封锁解放区港口的非法行动，引起了世界上许多国家政府和经济、贸易、海运界的普遍抗议。自英轮被炸后，一艘美国商轮和一艘埃及商船"苏伊士之星"号又在长江入口处被国民党军舰拦截。

合众国际通讯社当日自香港发出电讯说，此间获悉美国政府已就国民政府封锁中共港口事提出复文拒绝承认此项封锁。英国政府截至目前尚在对此项问题作详细考虑中。法国政府方面则因"苏伊士之星"号上法籍领港陪同挪威籍领港一同被国民党海军逮捕，而向国民党政府提出抗议。

六月三十日

中国革命即将在全国取得胜利、新中国即将诞生的前夕,毛泽东认真总结中国近百年革命的历史经验,于当日发表了《论人民民主专政》一文。

毛泽东科学总结鸦片战争、孙中山的辛亥革命、中国共产党领导的新民主主义革命近百年历史经验,阐明资产阶级的民主主义让位给工人阶级领导的人民民主主义、资产阶级共和国让位给人民共和国的历史必然性,提出人民民主专政这一科学概念。毛泽东指出:"总结我们的经验,集中到一点,就是工人阶级(经过共产党)领导的以工农联盟为基础的人民民主专政。"

这一科学理论总结,阐明了即将建立的中华人民共和国的性质:人民民主专政基础上的人民共和,为新中国奠定了理论基础和政策基础。

新中国的曙光,召唤着一切有爱国之心的人们,向往光明。长沙国民党绥靖公署主任兼湖南省政府主席程潜,在中共地下党和章士钊等爱国人士推动下,决心走和平道路,写了要求和平起义的《备忘录》,通过中共湖南省工委送交中共中央和毛泽东主席。

程潜在《备忘录》中说:"爱本反蒋、反桂系、反战、反假和平之一贯态度,决定根据贵方公布和平八条二十四款之原则,谋致湖南局部和平",表示"一俟时机成熟,潜当立即揭明主张,正式通电全国,号召省内外军民一致拥护和平，打击蒋介石白崇禧残余势力"。

当日，毛泽东和党中央接到程潜的《备忘录》，立即电示第四野战军陈兵湘鄂边境，以准备配合和保护程潜的湘军起义；同时调派湖南籍的吉林省副主席袁任远和华北军政大学总队长李明灏前往武汉，参加和平解放湖南的工作。

七月
In July

当日，是中国共产党诞生二十八周年的纪念日。

《人民日报》《东北日报》等解放区各大报纸，都在头版全文发表了毛泽东《论人民民主专政》一文，毛泽东戴八角帽的大幅照片也出现在各大报纸上。

七月一日

当日,是中国共产党诞生二十八周年的纪念日。

《人民日报》《东北日报》等解放区各大报纸,都在头版全文发表了毛泽东《论人民民主专政》一文,毛泽东戴八角帽的大幅照片也出现在各大报纸上。

中共中央华北局和中共北平市委在先农坛体育场,举行三万人参加的隆重集会,热烈庆祝中国共产党建党二十八周年。中共中央领导人毛泽东、朱德、周恩来等同志和各民主党派领导人、无党派人士出席大会,与人民群众一起,庆贺中国共产党的生日。

朱德在大会上发表了热情洋溢、鼓舞人心的讲话。他说:"二十八年来,我们的党经过了大革命、土地革命、抗日战争和人民解放战争,到今天终于取得了中国革命的基本胜利。……人民解放军正在继续前进,不久胜利的旗帜就可插遍全国了。中国人民五千年历史新的一页,不久就要正式开始了。这是中国人民的伟大胜利,中国共产党的伟大胜利,毛主席领导的伟大胜利。"

朱德指出:"正如毛主席所谈,推翻国民党的反动统治,这只是万里长征走完了第一步,更伟大、更艰苦、更复杂的任务还在前面。我们不应有任何自满,我们必须继续保持谦虚、谨慎、不骄、不躁的作风和艰苦奋斗的作风。我们应当在伟大的经济建设中,把我们国家由落后的农业国,变成先进的工业国。"

朱德豪迈地说,做经济工作,搞城市建设,一定要善于学习,"我们要向先进的苏联学习，同时也向我们的敌人学习，向一切的人们学习。帝国主义说我们不会做经济工作，我们一定要证明给世界看，中国共产党人不仅善于办革命，而且也是善于办建设的！"

朱德最后说，"我们党二十八年来奋斗的成果，只是在中国这块土地上铺平了新社会建设的地基。今后我们将在这个地基上建设成一个庄严的、富丽的、新民主主义的大厦来"。

七月二日

为了保障中国人民政治协商会议具有最广泛的社会基础，中共中央热情支持和扶植、建立各人民团体。在工、青、妇联合会业已建立的基础上，中华全国文学艺术工作者代表大会在北平召开。

这是中华文艺工作者自近现代以来最盛大的一次聚会。来自全国各地的著名作家、艺术家丁玲、巴金、田汉、田间、白杨、周立波、古元、成仿吾、艾青、光未然、李季、李伯钊、吕骥、阿英、阿甲、何其芳、邵力子、周扬、周信芳、胡风、俞平伯、柳亚子、徐悲鸿、陈白尘、阳翰笙、曹禺、梅兰芳、黄药眠、程砚秋、贺绿汀、华君武、叶圣陶、叶浅予、齐白石、赵树理、赵丹、欧阳山、欧阳予倩、萧三、戴爱莲等九十九人组成大会主席团。

文代会主席郭沫若致开幕词。他指出，大会的任务应总结以往的经验，策划未来的方略，运用文学艺术这个有力的武器，有效地提高革命的觉悟，鼓舞生产的热情。

朱德代表中共中央发表了热情的讲话，他说：中国的新文艺运动自一九一九年五四运动以来，始终是和中国人民民主革命运动相联系的，在大革命失败后的十年内战时期发展起来的左翼文学艺术运动，特别是中国人民解放区和中国人民解放军内的文学艺术运动，与人民革命斗争有着更为广泛的联系。

朱德指出：文学艺术工作者在将来的新时代中，要担负比过去更重大的责任，这就是用文学艺术这个武器来鼓舞全国人民，努力建设我们独立、自由、民主、统一、富强的新国家。……希望全国的文学艺术工作者团结起来，加强工作，迎接这个新时代。

"五四"以来三十年，中国革命吸引了大批文艺工作者走上革命道路；即将建立的新中国，更是吸引广大文艺工作者走到一起来。这次大会，是中国近代以来文艺工作者空前大团结的盛会，也为新中国文艺事业的繁荣，拉开了一道序幕。

七月三日

旧中国的体育事业是万马齐喑、一片凋零。国民党政府从来不重视发展人民的体育事业，体育项目少得可怜，体育运动水平更是低得可怜。

随着新中国的即将建立，开展群众性体育运动，增强体魄，提高人民的健康水平，让新中国以文明的形象走向世界，被提到了新中国的议事日程中来了！

当日，中国新民主主义青年团中央与中华全国学生联合会联合邀请平津马约翰、徐英超等二十余位体育界人士，座谈讨论开展平津群众性体育运动和选拔组织参加世界青年节的篮球队事宜。

共青团中央书记冯文彬在座谈会上发表谈话说："今后在新社会里，要使青年一代有健全的体魄，建立强大巩固的国防，人民政府将由学校到工厂，由都市到乡村，由学生到工人农民和社会各阶层，建立人民大众的体育运动，发展人民的体育事业。"

会议推举马约翰、徐英超、牟作云等九人组成全国学联参加世界青年节篮球队评选委员会，就报名、选拔、组队以及出国前的公开表演作出安排。

这是新中国体育事业的一个良好开端，也是新中国体育运动走向世界的一个前奏曲。

随着上海这座东方大都市回到人民手中，旧社会十里洋场上靠卖身求生的人们获得了新生。数百名夜总会、舞厅和妓院中的舞女、陪酒女、妓女在人民政府的组织下，开始学习新的商业知识，谋取新的生活职业。

上海派拉蒙舞厅的舞女们连日来组织学习和讨论，就如何对此间的社会做有价值的贡献，组织了自己的择业委员会，研讨寻求新职业的途径和办法。人民政府也积极帮助她们寻找新的就业途径，使她们走上新的人生之路。

七月四日

北平前门火车站当日张灯结彩，锣鼓喧天。由上海开出的第一列平沪直达列车，于当日早晨在上千名欢迎群众的欢呼声中，徐徐开进北平车站。这次列车是七月一日由上海北站开出的，共运行五十七小时十三分。

悬挂十一个车厢、运载旅客千余人的这次列车途经南京、徐州、济南、天津等地时，各地群众无不欢欣鼓舞。军委铁道部及平津路局领导和铁路员工一千多人到车站迎接。铁道部长滕代远、副部长吕正操也加入了欢迎的行列。

十二年没有开行的平沪线列车，是在南京、上海解放以后，广大铁路沿线职工为了支援新中国的建设，抢修恢复线路所取得的胜利成果。这次开来的火车头在上海解放前，一直被丢弃在车站上没有人管。"七一"前夕，上海铁路工人们为庆祝党的生日，几天之内就把这辆机车修复了，将它命名为"七一纪念号"，开进北平，作为礼物献给毛主席、党中央。

滕代远部长代表毛主席、党中央接受了这一献礼，在欢迎词中，勉励铁路员工们跟着毛主席、共产党走，办好人民铁路，支援新中国的建设。

同日，华北公路总局派出十位工程师分别率领几个调查小组，分赴冀中、冀东、冀南、太行、太岳、太原、冀鲁豫、察哈尔及绥远等地，配合各地区行署交通部门，调查了解公路桥梁路线，以制订全华北公路运输的建设计划。

在党中央规划新中国经济建设发展方针的鼓舞下，新生的人民政府迅速恢复和起动铁路、公路的交通运输，对未来的经济发展，具有非常重要的意义。广大铁路公交职工的生产积极性十分高涨，在国民党政府留下的烂摊子上，也打了一场又一场恢复建设的大胜仗。

人民的共和国，正是在经济恢复和军事胜利这两条战线上站立起来的。

七月五日

华北解放区在发展生产、恢复经济的进程中，某些地区出现了地方保护主义，不注重发挥市场的调节作用，擅自规定对粮棉实行登记管理，禁止自由贩运，禁止粮食流入城市或邻近地区，阻碍了城乡物资交流，影响了工农业生产的发展。

为了解决上述问题，华北人民政府于当日发布新措施，鼓励市场正当交易，疏通城乡物资交流。政府规定：华北区内的贸易，应根据自由贸易的原则，发展物资交流，各地行政机关不得实行限运。

此后，由于华北人民政府新措施的推行，各城市粮、棉百货交易所疏通商业成交渠道，打击囤积倒把、买空卖空等非法行为。在一些地区物价波动时，市场行政管理部门配合金融贸易机构，适当调节供求，防止争购争售，避免了发生暴涨暴跌的现象。

华北地区与友邻解放区在统一货币基础上，贸易往来日益频繁，市场交易和物资相互流通更加通畅，大批农副产品进入城市市场，农民的收入提高了，城市居民的生活得到保障，对工农业生产都起到了积极的推动作用。

在一种新的社会制度和社会形态建立的初期，解放区许多私营企业里，劳资纠纷的事件日益增多。而各地处理劳资纠纷问题中，又出现了无政府状态的"左"倾错误。

为此，中共中央发出关于纠正处理劳资纠纷中"左"倾错误的指示：要求纠正此类无政府状态，纠正解决劳资纠纷中的"左"倾错误。中央指出，如不迅速解决此类问题，"不仅使资本家害怕、消极，而且在工人群众中也发生不满，形成目前恢复发展生产中的重大障碍"。中央要求必须严格掌握政策，"解决劳资纠纷的方式，应以订立集体合同为主"。

七月

七月六日

安排好福建的防务，厦门和金门也派了重兵把守，蒋介石抽出身来，出访菲律宾。国民党官方宣称，蒋总裁的出访，为商谈中、菲联盟，以加强中、菲经济互助与文化合作。

实际上，这位下野的总统却是另有打算。菲律宾是英国在太平洋地区的战略伙伴。蒋介石想通过菲律宾总统季里诺向华盛顿说情，把台湾划入美国西太平洋的势力范围之内，台湾就等于上了美国老板的"保险"。

同时，蒋介石腋窝下还夹着一只小算盘。杜鲁门对蒋介石已有撒手不管的念头，一旦美国人靠不住了，凭借他与季里诺的老关系，台湾失守，他还可以赴菲律宾，寻求政治避难。

蒋介石的投石问路，菲律宾总统都了然在胸，除了外交上的热情款待，自然也有些心照不宣。在礼貌和分寸之间，蒋介石自觉下野的总统，终有些被人另眼相看的味道——投靠他人，总有些低三下四的窘迫。日程一结束，掉头便跑，终于释然，有了点轻松的感觉，但飞机引擎隆隆的轰响，又叫他有了枪炮声临近的幻觉……

前日，人民解放军第七兵团第二十一军、二十二军发起攻击浙江象山半岛的战斗，解放了宁海县城，歼灭国民党第八十七军一部。

人民解放军第十兵团解放了福建的龙溪。

当日，人民解放军四野十三兵团对湖北宜昌、沙市发起进攻，国民党第十四兵团在解放军三路包抄的强大攻势下，防守不过当日，便匆匆将外围守军后撤收缩，准备弃城南逃。

同一天，人民解放军西北第一野战军召开前委扩大会议，确定"钳马打胡，先胡后马"，即先歼灭胡宗南主力的作战方针，西北战役进入决战的好戏，就要开场了！

七月七日

毛泽东、朱德等党中央领导同志与北平二十万群众冒雨举行盛大集会，纪念"七七"抗日战争十二周年并庆祝新的政治协商会议筹备会成立。

大会于当日晚八时在天安门广场举行。

天安门城楼上高悬八个大红灯笼，三十面红旗。虽然大雨滂沱，会场仍然是人山人海。各民主党派、人民团体也都出席了大会。

在"七七"四十九声礼炮声中，乐队高奏义勇军进行曲。

彭真致开幕词。他说，刚才有炮声，十二年前的今天，北平也有炮声。但那时是日本帝国主义侵略的炮声，今天是人民庆祝解放战争的胜利、庆祝新政治协商会议筹备会成立、庆祝人民民主新中国即将建立的炮声。

彭真指出：我们十二年来渴望着的独立民主自由的新中国，现在开始实现了，这是中国人民的伟大胜利，我们热烈庆祝我们的胜利！

接着，中国人民解放军总司令朱德、华北人民政府主席董必武、中共中央华北局书记薄一波、华北军区司令员聂荣臻、北平市市长叶剑英、中国国民党革命委员会主席李济深、中国民主同盟中央常务委员沈钧儒、全国文学艺术工作者代表大会总主席郭沫若、九三学社代表许德珩、北平市民盟支部代表吴晗、北平市总工会筹委会主任萧明等先后发表讲话。

在群情振奋，万众欢呼结束帝国主义侵略、结束官僚买办独裁统治，迎接一个新时代到来的热烈气氛中，沸腾的天安门广场，永远送走了十二年前那个国耻之日。

大会直至夜里十时方告结束。

七月八日

第四野战军于两天前发起宜沙战役，调敌注意力于西线，又乘敌不备，突然于当日，在东线发起了湘赣战役。两只铁拳相继出手，给白崇禧集团以沉重打击。

当日，四野十五兵团四十三军直插南昌以西之奉新、高安，诱敌增援，但敌不敢抵抗，闻风而逃，我奔袭扑空。指挥部命令十二兵团和第四兵团分别由湖北通城、江西新干迅速迂回萍乡，以求白崇禧所部于浏阳、醴陵地区。敌人还是不敢与我决战，白崇禧命部队全线星夜撤退，撤至攸县、茶陵地区。

四野曾于两天前发起的宜沙战役，以第十三兵团对宜昌、沙市之敌发起进攻；以主力从东西两路包抄两翼。战役发起后，敌人惧怕被围歼，四天之内便全线撤退。此役，人民解放军共歼敌一万五千人，打开了南进湘西大门，切断了宋希濂部与白崇禧部的联系。

当日，国民党驻东京代表团团长朱世明致电蒋介石，报告他会晤美军统帅麦克阿瑟的情况。麦克阿瑟表示，国民党政府绝不可放弃大陆，并须确保台湾，对共产党奋斗到底。对国民党将海空军主力后撤集中于台湾，麦克阿瑟表示同意，对封锁共产党解放区港口，也表示赞同。

西藏摄政达扎与印度驻拉萨总领事理查逊密谋，突然切断与外界电讯联系，以西藏噶厦政府名义，通知国民党中央政府驻藏办事处代处长陈锡章，以西藏境内汉人中有共产党为由，限期令驻拉萨的蒙藏委员会办事处撤离拉萨，完全封闭汉族学校，驱逐汉民。中共地下工作人员平措旺阶受到监控，并被驱逐。

当日，国民党空军狂轰滥炸福建省已被解放的地区。建阳县城遭受严重损失，三分之二的民房在敌机轰炸中倒塌被毁，建阳城一片火海……

七月九日

宋庆龄在上海各界"纪念七七，庆祝解放"大会上发表的讲话，于当日被新华通讯社转发全国。

宋庆龄在讲话中说："在中国的历史上，帝国主义的侵略是一个数见不鲜的事件，'七七'便标记着中国人民所遭受的侵略之一。……在今年'七七'，我们中国人民很有自信地瞻望我们国家的一个光荣的未来，在那时，人民的民族主义、民权主义和民生主义，将要一并地辉煌地实现，我们也预见了我们伟大的人民和伟大的国家的幸福。"

同一天，新华社自大连发表电讯，报道了大连远东电业公司玻璃厂一千零七十七名职工给毛主席的一封信，报告该厂半年超过全年生产任务的消息。

消息说，截至当年六月底，全厂职工已胜利完成了一九四九年全年的生产任务。而当年的生产计划又比一九四八年提高了百分之三十六；比日伪时期提高了百分之六十二。同时，降低生产成本百分之十三点六，提高劳动生产率百分之七十点九。

在发展生产的同时，该厂实行多劳多得的"累进奖薪制""计件工资制"，使全体职工的生活大为提高。

工人们在致毛主席的信中表示："我们决心在工业生产上来支持我们的人民政府。"这封由一千零七十七名职工亲笔签字的书信，在七月十一日《东北日报》头版头条位置被全文发表。

同一天，国民党的《大公报》报道了美国国务卿艾奇逊拒绝了蒋介石要求美国援助的请求，表示美国将继续援助广州的国民党政府而不会援助台湾的蒋介石。这一消息对另立门户的蒋介石，则是一个公开而沉重的打击。

七月十日

在迎接新中国的建立，努力恢复和发展经济建设的进程中，人民铁路发挥了国民经济先行官的作用。在全国铁道职工临时代表会议召开前后，铁道部相继颁布了《全国铁路客货运运价》《货物分等》《货物技术规定装载量》《旅客运价杂费计算规则》《货物运价杂费计算规则》《旅客行李包裹运送规则及补则》等铁路营业性统一规则。

中国铁路事业的发展，到一九四九年，已有八十一年的历史。而八十一年中，又是各个帝国主义和中国封建买办官僚资本分割垄断铁路的历史。帝国主义和封建官僚各霸一方，致使中国铁路各自为政，从来没有统一运价、统一规则。

过去，由京沪或同蒲铁路到其他连接的铁路旅行或托运货物，需要重新启票；两个路局联运，运费要互相清算。京沪、浙赣、粤汉、正太、同蒲各线，各有不同的客货运价和规章。而从新的统一的铁路营业规则颁布之日起，过去那种铁路被分割被独霸的历史一去不返了。

当日，新华社发表社论题为《办好人民铁路客货运营业》，指出："发展生产，繁荣经济，把我们由落后的农业国变成先进的工业国，将要成为我们全部工作的重点。而要发展生产，繁荣经济，就需要大量原料制成品的运输。需要把大量原料安全地运到工厂矿山，把大量制成品安全地运到各个市场。"因此，社论进一步指出："办好人民铁路客货运营业是极其重要的。各地应认真学习铁道部制定的关于统一运营的各项新规则，根据各地区具体情况，制定贯彻执行的细则，努力办好人民铁路的客货运营业，为新中国大规模的经济建设做好充分的准备。"

七月十一日

自六月下旬以来，南方许多地区暴雨成灾。长江、沱江、岷江、涪江等江河暴涨，成都低洼之地，沦为泽国，对外交通停顿，宜宾、泸县、新津、乐山、简阳、内江、绵阳、遂宁等四川七十七个县被淹受灾。

湖南资、沅、澧流域及洞庭湖地区遭遇六十年不遇的洪灾，五十二个县被洪水吞没。据仅有二十三个县市的统计，冲毁农田五百万亩，房屋五千余栋，受灾人民达二百万人，已有二万人在洪水中死亡。

两广地区柳州、桂林洪水泛滥，西江水位超广东历史水患记录。鹤山、高要、三水，北江的清远，东江的河源、东莞，围堤崩决，淹死人口七万以上。

长江大水已使武汉、芜湖两城进水，市区街道已划起舟船，城市居民无处可逃，爬上房顶求生者不计其数。

北方水患也接踵而来。冀中山洪暴发，滹沱河经无极到安平，大河猛涨，漫出河槽，随后潴龙河、永定河水位飞涨，天津已达警戒水位；黄河也超过了去年的最高水位，徐州的旧黄河发生决口。

当日，解放军第一野战军以主力第一、第二、第十八，三个兵团向胡宗南部发起猛烈进攻。胡宗南的六十五军、三十八军及第十八兵团部连夜沿陇海路向宝鸡撤退。

一野第二兵团悄然越漆水河绕道西行，从胡宗南部和马步芳、马鸿逵部两军结合处直插而进，突然于拂晓从胡宗南的三十八军后方发起攻击，打了一场漂亮的突袭歼灭战。

与此同时，一野十一军在西安南子午镇歼敌第十七军一个团，一野十九军进占平利县城。

由此，人民解放军第一野战军又发起了扶郿战役，首战告捷。

七月十二日

人民解放军第一野战军第三兵团于拂晓占领青化、益店、罗局镇和郿县车站，切断国民党十八兵团退路，将敌军压缩包围于渭河河滩绝地。当日，敌军企图向西突围，遭到解放军坚强的阻击。

人民解放军第二野战军沿赣江东西两侧向吉安发起进攻。当年，蒋介石坐镇南昌，指挥国民党军队围剿苏区，这里就曾发生过数次战斗。然而，那时是敌攻我守，今日是我攻敌守。敌军在广昌、吉安以北部署抵抗。经一日激战，守敌已成瓮中之鳖。

同日，解放军闽粤赣边区纵队西纵队占领海丰。

人民解放军西北、华中、华东部队的步步南下，国民党广州政府的政治、经济、军事危机，使得李宗仁、阎锡山大有末日行将来临的感觉。他们一再请蒋介石速来广州，并非指望蒋某有回天之力，只是在失去天下的时刻，不至于让自己去做替罪羊。

蒋介石的政治算盘，自然比李阎二人老谋深算得多。他把最后的责任甩给李宗仁、阎锡山，不仅是对桂系的报复，也是他自己在危难之时巧妙脱身的最好选择。李阎二人请他去广州，他不去，自觉心里很开心。没想到美国主子把屁股坐到广州政府那一边去了。蒋介石就不得不改变主意了。

美国国务卿艾奇逊拒绝蒋介石请美国援助的要求，而表示只能援助大陆国民党政府，使蒋介石大为恼火。冷静下来，思虑再三，蒋介石是不能让美国援助都跑到桂系腰包里去的。

出访归来，蒋介石的第一个念头，就是去广州。他要把权力再次揽回来……

七月十三日

蒋介石的政治嗅觉被再次证实。美国国务卿艾奇逊当日对记者表示：对于蒋介石在菲律宾访问时，建议成立太平洋公约组织，美国认为条件不成熟，为时尚早。

当日，国民党《中央日报》尚未得到来自美国华盛顿的消息，仍在头版发表《太平洋联盟拟议中，中菲韩三国为核心》的报道，报道说——

蒋介石曾于十一日晚，在菲律宾政府大厦宴请菲总统季里诺。席间，菲律宾高级官员曾暗示：拟议中之太平洋联盟，当以中、菲、韩三国为核心。但这个联盟是否能够建立，取决于美国兴趣如何。

无奈，蒋介石昨日前脚刚刚离开菲律宾，今日美国国务卿后脚跟上，便泼了一盆冷水。于是，他飞赴广州的心情，便也越发迫切了。出访归来只一日，便乘坐"中美号"专机离开台北，先去厦门，而后再去广州。

当日，蒋介石一到厦门，便先行会见汤恩伯，对汤恩伯的辞呈，进行一番安抚，要他不必计较桂系说三道四，应以党国利益为重。

此时，人民解放军第二十八军已占领了闽南的平潭岛，虽对金门、厦门形成威胁，但解放军只凭木船试图进行海上作战，远不能比长江了。海上风大浪急，要打海上门户金门，没有兵舰是万万不能的。

汤恩伯向蒋介石报告了金门、厦门的布防情况，使蒋介石多少放下心来，决定次日便飞赴广州。

蒋介石去广州，他自己不通知李宗仁，也不让汤恩伯通知广州当局。他派蒋经国先到广州，秘密安排住处和机场安全保障。他想突然出现在桂系面前，不让党内的政敌们有任何准备。

七月十四日

蒋介石乘坐"中美号"专机，于当日上午十时二十分，突然出现于阔别十三年的广州。政府官员们因未得到通知，仅有余汉谋、陈立夫、蒋经国等几个人在天河机场迎接。

蒋介石的专机降落后，政府方面才接到空军的报告，阎锡山匆忙赶往机场，扑了一个空。蒋介石已乘汽车抵达东山梅花村三十二号原广东军阀陈济棠的公馆下榻。

蒋介石放下行装并未歇息又赶往国民党行政院，直奔阎锡山办公室，阎锡山去机场迎接尚未归来。蒋介石的神出鬼没，令当日上午的国民党政府乱了手脚。

直至下午二时，李宗仁、阎锡山等党政显赫要员们才纷纷晋谒，由蒋介石召集他们开秘密会议，商议立即召开国民党中央常委会，迅速建立以蒋介石为首的"中央非常委员会"事宜。

蒋介石此次不宣而至,是他精心策划的。

蒋介石本想凭借海上屏障,在美国支持下建立台湾反共复国基地。但美国政府此时并不想看到国民党放弃或丢掉大陆成为事实。共产党的炮弹,没有打在美国人的头顶,他们不晓得疼,也不晓得共产党的厉害,实指望广州政府死顶硬拼守住华南,所以艾奇逊已表示不会再援助蒋介石。这样一来,蒋介石就不得不回到大陆的战车上来驾辕了。

但是,蒋介石又说过,他不再干预政治军事,他如何插手呢?好在有过李宗仁和阎锡山的邀请,此刻,他硬着头皮拉下脸面,也必须出山了!

这一天,蒋介石又找到了当总统的感觉。他倡议建立"非常委员会"一案,竟没有一人反对,很叫他欣慰。但李宗仁、阎锡山匆匆赶来陪他共进午餐,倒叫他感到有点儿寒碜,餐桌上只有五菜一汤。

七月十五日

当日,广州东山梅花村陈公馆门前,停满了各色高级轿车,四周布满了警卫岗哨。蒋介石在他下榻的陈公馆举行茶会,招待国民党中央八十余位中央委员。

蒋介石对这样的场面,久违之后,不免显得十分兴奋。从八十多位中央委员期盼某种希望的眼神里,他想表现一种与绝望宣战的救世君主的气派。

于是,蒋介石在灯火辉煌的茶会上,提高调门说:"决心保卫大广州,并有足够的力量,与共匪作战到底。希望各负责人,勿为目前之环境灰心,应本着过去黄埔时代北伐精神,继续奋斗,扭转现时的局势,以转败为胜、转弱为强之决心，彻底改革内部，以配合军事行动。"

这一番话，是蒋介石由幕后走到台前，重揽军政大权的一个宣言。打气鼓动人心，是国民党中央委员们早已料到的。但"改革内部"一说，倒叫一些内政要员捏一把汗。

内政幕僚，大多都是李宗仁根系上的人。蒋介石一到广州，就命令毛人凤监视张发奎、薛岳、余汉谋、李汉魂等粤系将领。此前，粤系与桂系在共产党大兵压境之下，想搞一个两广联盟，一旦华南失守，军队可退进西南群山腹地。

蒋介石的东山再起，是绝对不允许粤系桂系抱起团来另立山头的。他在广州的日子里，一再大骂粤系将领想退进西南是"背叛党国"。指桑骂槐谁都听得懂，粤系桂系的身后是李宗仁。

于是，在蒋介石出山虎威的高压下，两广联盟胎死腹中。自北伐以来的二十二年中，两广联合反蒋，曾成功地逼蒋两次下野。这就不能不使蒋介石下决心拆散李宗仁与粤系再次联手，否则必成蒋介石东山再起的绊脚石。

此次茶会后，粤系将领张发奎等，纷纷向李宗仁递上辞呈。局势艰危之际，粤系将领们要求解甲，是国民党注定失天下的一大悲哀，也是蒋介石政治铁腕的一大"成功"。

七月十六日

蒋介石主持召开国民党中央非常委员会会议，将"非常委员会"作为最高决策机关。蒋介石任主席，李宗仁为副主席，孙科、居正、于右任、何应钦、阎锡山、吴忠信、张群、吴铁城、朱家骅、陈立夫为委员。

"非常委员会"设东南、西南两分会：东南是蒋介石的嫡系；西南虽属桂系，但只是非常委员会下面的一个分会，自然要听主席的指挥，而李宗仁又被架空则是一个谁都明白的事实了。

当日，国民党粤系将领张发奎辞职，去了香港。

就在蒋介石东山再起，自感得意之时，国民党成立"非常委员会"的消息传到了北平。毛泽东和他的战友决心给蒋介石一个下马威。鉴于国民党新一轮的党派纷争再度出现裂痕，中共中央军事委员会决定下达进军华南、西南的战略部署。

当日，中央军委致电第二野战军、第四野战军、西北军区，部署二野主力准备由湘西、贵州入川；同时命令贺龙、李井泉率第十八兵团等部由陕西入川；第四兵团调属第四野战军指挥，参加两广作战，尔后进入云南。同时，中央军委要求四野、二野与白崇禧部作战，应采取远距离包抄迂回的办法，力求掌握主动。

同一天，国民党第十四兵团兵败宜昌，向巴东转移，解放军占领长江重镇宜昌、沙市。

同时，国民党军江西赣州指挥所放弃吉安，向秦和一线撤退，解放军进占吉安、铜鼓。

敌人在陆地步步退守，接连失败，便派空军报复。当天，数架国民党飞机轰炸沪宁路戚墅堰机车厂。

而此时仍在苏联逗留访问的刘少奇，已与苏联政府达成了向中国出售军用战斗飞机和培养中国飞行技术人员的协议。

七月十七日

蒋介石重回黄埔，旧地重游，感慨良多。三十年前，国共合作，建立黄埔军校，培养大批军官，这里曾是革命的摇篮，又是北伐战争的大本营。那时与共产党人的合作，真正是"蜜月时期"，取得了巩固广东革命根据地和北伐的胜利。

然而，也是他在北伐胜利后向自己的合作伙伴兵戎相见，点燃了内战的烽火。十年后，他接受中共建议，再度合作，又取得了抗日战争的胜利。蒋介石是不能得意的，一得意就会翻脸不认人。抗战一胜利，他调转枪口就要消灭共产党。

在目前败局已定的情况下，他希望借助黄埔当年旺盛的大革命人气，鼓舞高级将领们与中共血战到底的士气。因此选在黄埔军校召开高级军事会议。

参加会议的有国际部及广东、广西的高级将领数十人。白崇禧应蒋介石的电召，也匆忙飞赴广州。蒋介石借黄埔之地，为两广将领们训话，可谓用心良苦。

当日黄埔高级军事会议，由蒋介石亲自主持，就保卫华南、统一军事指挥权，加强海空军及建立广东、台湾反共基地等项问题，作出重要决定。

同时蒋介石宣布，增设东南军政长官公署，其范围包括江苏、浙江、福建、台湾、海南岛等地，由陈诚担任军政长官之职。这样一来，两广（包括西南）、东南就都在蒋介石的控制之下了。

蒋介石宣称：促进党内精诚团结，决不再与中共求和，保卫西北、西南、华南，以台湾、广州为反共复兴基地，完成戡建大业。

当日，国民党空军出动大批飞机，对西北、西南、华中等地解放区和人民解放军实行大规模空袭轰炸。人民解放军在敌空袭中伤亡千余人。

七月十八日

当天《人民日报》在一版头条位置，发表了《华中我军发起强大攻势》的消息。

华中前线人民解放军在西起湖北宜昌、东至江西赣江的辽阔战线上，发起强大攻势，解放宜昌、沙市及南昌至萍乡铁路沿线上的清江、新喻等城市十一座，大部队已进入湖南省境内。

西路人民解放军在宜昌以东至岳阳之间，突破国民党军防线。西路强大兵团先后解放当阳、远安，猛追逃敌，于十五日一举攻占沙市、江陵，解放长江上游重要商埠，歼敌数千。而后，解放大军一举渡江，继续扩大战果。

东路人民解放军于樟树至吉安二百里战线上，强渡赣江，仅四天时间，就解放了清江、峡江、新喻、吉水、吉安、安福六座城镇。

中路人民解放军自鄂南挺进，胜利越过湘鄂赣交界的幕阜山，进入湖南省境内，于十二日攻占湘东北军事要地长寿街。与此同时，赣西北方面，解放军已攻克奉新、高安、宜丰、上高等四座城镇。

我人民解放军三路大军胜利南进，西越长江，东渡赣江，中路直插湖南，已对国民党华南、西南形成多路逼近、包抄之态势。

当日，人民解放军西北战场又传捷报，陇海西段我军获重大胜利，一举歼灭国民党四个军，俘敌三万，解放宝鸡等六座重要城市。

宝鸡城守敌胡宗南集团二一四师炸毁渭河桥梁，弃城出逃。人民解放军一路南追，穷追猛打。此时，胡宗南的第五兵团和第十五兵团已溃不成军，残兵败将丢盔卸甲，向西南溃逃。

人民解放军在华中、西北战场的伟大胜利，给了刚刚揽回军政大权的蒋介石以当头一棒。于是，蒋介石又用计谋，让李宗仁、阎锡山、顾祝同三人组成军事小组，而他则提出国民党改造方案，寻求所谓"国家前途"去了。

七月十九日

由于军事形势的突然吃紧，蒋介石于前日晚十一时三十分赶到黄埔，审议三人军事小组提出抵御人民解放军南下攻势的作战计划。

这一夜，蒋介石几乎彻夜未眠。他本来计划于当日赴重庆视察，不得不予撤销。他对共产党选择在他赴广州的几天里，突然发起强大攻势，感到非常恼火。

三人军事小组根据蒋介石意图，重新调整了华中防御部署，李宗仁又于前日晚举行盛大宴会，请蒋介石做座上宾。但蒋介石还是觉得心头郁闷不已。酒席上，李宗仁曾三次向他敬酒，显得十分亲热，但蒋介石心里明白，桂系最为仇恨的，还是他这个下野的前总统。

危难之际，蒋介石暂不计较桂系逼他下台之"前嫌"；李宗仁也似乎以前所未有的热情宴请蒋介石，似乎也不计较蒋介石出山，又独揽军政大权。两人心里也都明白，不过是逢场作戏，互相利用罢了。

酒过三巡，蒋介石微微有了些醉意。他借酒发泄，不敢骂桂系，却大骂毛泽东和共产党。他放开喉咙嚷道："中国之天空，不可有二日！"席间的官员和将军们便为他热烈鼓掌。

后来，蒋介石的这句话，传到毛泽东那里去，毛泽东则豪迈地说："我不信邪，偏要出两个太阳给他看看！"

一九四九年，这个改天换地的年代，在中国政治、军事大舞台上，毛泽东和蒋介石以及他们两人所代表的两个中国最大的政党，正演出一场最为惊天动地的历史正剧。

这一天，蒋介石再令空军出动，实行报复。多批次国民党的轰炸机飞临南京上空，对南京电厂、自来水厂、广播电台进行轰炸。

毛泽东接到消息后说："让他们去炸吧，炸完过后，我们再建设！"

七月二十日

人民解放军华中战场，继前日攻占湘北浏阳、平江而后，于当日解放岳阳和金井两地。

平江，是一野司令员彭德怀的故乡。正当家乡人民欢庆解放的日子里，彭大将军正在西北前线，指挥"钳胡打马"的陇东追击战，并制定出平凉决战的作战计划。

此时，西北野战军正以三个军留守西安至宝鸡一线，以钳制汉中和秦岭一线的胡宗南部，保障一野的后方安全；同时集中十个军的兵力，分左右两路，追击青海马步芳部和宁夏马鸿逵部，力争歼灭其主力于平凉地区。

在人民解放军第一野战军的穷追猛打之下，国民党西北军政副长官马鸿逵于当日抽身飞赴广州，希望晋谒蒋介石，以寻求解救危难之良策。而蒋介石早已对西北不抱希望，未予接见。马鸿逵又折返西北，悻悻而归。

国民党空军继续出动大批飞机，轰炸湘赣前线及南京、浦口和淮南煤矿。这个口口声声要"拯救人民于苦难"的国民党，输不起了就拿解放区的电厂、煤矿、自来水厂、大都市撒气，更激起人民群众的同仇敌忾。

国民党中央通讯社自台北发出的电讯描述说："空军轰炸大编队，十九日空袭南京匪占之电厂、自来水厂及广播电台，大部炸毁。"

这则电讯进一步描述说："向首都电厂电机车间投弹，有百分之九十五炸弹命中，设备厂屋顶引起爆炸及大火。估计该厂必已全毁。"

这则电讯还说，在南京西郊的广播电台，也在此次轰炸中，"大半炸毁"。

国民党空军的空中强盗行为，是直接得到美国支持的。此前，美国政府曾派遣空军指挥军官来华，直接指挥、训练国民党飞行员。国民党政府竟授予他们广东省"荣誉公民"称号。这真是国民党在一九四九年留下的极不光彩又祸国殃民的一页。

七月二十一日

蒋介石在广州逗留一周后，于当日上午九时，乘"太康号"军舰赴厦门后，再返台湾。

他此次离穗，又是不打"招呼"，于前日深夜十一时，便登了"太康号"军舰，悄然驶离黄埔，至虎门停泊一夜，到当日早八时，再驶回黄埔，与李宗仁、阎锡山等少数几位官员道别，而后扬长而去。

谁都闹不清，蒋介石这样的行踪为何意；但谁也都明白，当年的西安事变，把老蒋搞怕了。

七月二十二日，《中央日报》报道蒋介石离去的消息，颇有意味。大字标题是《蒋总统昨乘舰离穗，赴厦门视察再返台》，副标题却是"关于国军指挥权已全盘改善，由李代总统阎院长全权调动"。

所谓"国军指挥权全盘改善"，是因为蒋介石又把所有军权独揽过来了；那么"由李代总统阎院长全权调动"则是一个弥天大谎。蒋介石既要揽权，又不想担负失败的罪责，这样的说法，两全其美。

此次广州之行，他过足了久违的"总统瘾"，万人之上，众星捧月的感觉，使他的权力欲望深得满足。更使他得意的，恐怕还是做给美国那个艾奇逊先生看的。因为台湾不能没有"美援"。

中央通讯社的电讯，首次披露了在台湾设立蒋总裁办公处的消息。消息说，总裁办公处下属军事、政治、外交、经济四个部门，这正是蒋介石另立中央，驾驭全局，自立政府形象的一大计谋。

又一次漂上蔚蓝色的大海，蒋介石目送远去的广州，在那几分得意过后，还觉惴惴不安。毕竟台湾海峡是他真正关切的地方，厦门金门这两个岛屿，是他魂绕梦牵的命根子……

七月二十二日

出席世界民主青年第二次世界代表大会和国际青年节的中国民主青年代表团，一行一百二十三人，于当日从北平出发，途经莫斯科赴匈牙利首都布达佩斯。

此次出访的代表中有：从十二岁起参加红军二万五千里长征的"红小鬼"萧林达；淮海战役以一个营的兵力打退敌人两个团进攻的营长张英才；有空军代表刘善本、吕黎平；海军代表李铁羽；新华社副社长陈克寒；漫画家丁聪；音乐家赵沨；作家贺敬之；蒙古族代表克力更；各地区青年工作者朱语今、吴学谦、洛风及各民主党派、基督教青年会的代表等。

代表团包括一个从各地区选拔优秀演员组成的青年文工团，从平津选拔组成的一支篮球代表队。代表团由中华全国民主青年联合总会主席廖承志为团长，中国人民解放军第四野战军特种兵团司令、青年将领萧华及青年团东北筹委会主任韩天石为副团长。

这个青年代表团，在全国胜利的形势下出国，全部由青年人组成，来自中国新民主主义革命的各界青年，具有广泛的代表性。行前，毛泽东主席亲自接见了代表团全体成员。周恩来、陆定一向他们作了指示。

周恩来向他们详尽分析了国际国内形势，阐述毛泽东思想的时代意义，勉励代表们谦虚谨慎，向兄弟国家的青年们学习，以国际主义精神与七十二个国家的青年团结一致，共同争取世界的永久和平和人民民主。

中国新民主主义青年团中央还举行了欢送青年代表团的大会，中共中央、华北局、全国总工会、北平市政府、中央统战部的领导同志出席大会，并为代表团送行。

当日，身穿整齐服装、胸前佩戴绣花胸章的中国民主青年代表团，登上火车，首次走出国门，走向世界。北平各界青年千余人到车站热烈欢送。

七月二十三日

人民解放军攻占岳阳，逼近汨罗，直指长沙。湘赣白崇禧集团大为震惊，急忙调整部属，收拾残军，集结部队，保卫长沙。

白崇禧自广州晋谒蒋介石后，不敢停留，立即飞往长沙，坐镇扼守。此时的长沙城，早已乱了阵脚。大批军官和政府官员的家眷纷纷南逃，商行关门，小贩四散，人心惶惶，市井冷落。

当日《中央日报》在一版头条位置，以大字醒目标题，报道了《长沙局势颇见紧张》的消息。消息说，长沙城内情形颇为混乱。长沙至汨罗间铁路已奉军事命令停运，长沙与衡阳间邮电通讯也被中断。

根据白崇禧的指挥，桂系部队在长沙东北方向，展开一个长达百余公里的弧形防守战线，以防止人民解放军从洞庭湖以东和赣江以西两个方向南下，包抄长沙。

而此时人民解放军第四兵团、第十二兵团已分别进占江西萍乡、湖南澧县。由于江南地区洪水泛滥，大部地区流行瘟疫，南下的第四野战军向中央军委报告，部队中疫情流行，病员日益增多，虽许多指挥员带病参加战斗，但继续作战，势必影响战斗力。中央军委迅速作出决定：南下湘赣的部队可进行三伏休整。

国民党华中的防线一攻即破，岳阳失守，长沙告急，越发使得蒋介石对自己经营福建、台湾的防务倍感重要。

"中美号"军舰一靠厦门海岸，蒋介石便立即召见汤恩伯、朱绍良，并主持召开闽南各军长、师长参加的军事会议。

此次广州之行，虽动静闹得不小，不过是虚张声势；蒋介石心里最明白，大陆的最后防线，让桂系去死拼吧，而台湾才真正是他和他的嫡系最后的栖息地。对蒋介石来说，那实在是一块宝地，是保全性命的诺亚方舟。

七月二十四日

当日，北平的《人民日报》在一版头条位置，报道了《我军沿粤汉路向南挺进，解放湘北门户岳阳》的消息。

消息说，人民解放军第四野战军一部，二十日占领湘北门户岳阳城，全城人民目睹解放军的盛大军容，兴奋若狂，到处人山人海，热烈欢迎。城内秩序良好，商店照常营业。

岳阳，位于洞庭湖东北侧，湖水经此与长江相连，是洞庭湖地区茶米的集散地。该城面水背山，形势险要，居湘北枢纽，为历代战争必争之地。

第四野战军全面过江，顺利攻占国民党华中地区江南第一个桥头堡，使白崇禧集团大为恐慌。桂系不得不调动兵力，在长沙东北展开扇面形防御，而留出西南，准备退往四川。

同一时间的西北战场，人民解放军第一野战军仍在进行着钳胡打马的陇东追击战。在人民解放军的强大攻势下，马步芳、马鸿逵两部在甘肃静宁举行军事会议。

国民党二马集团制定了《关山会战指导复案计划》，准备在平凉地区与解放军决战。会议决定将原宁夏兵团改为陇东兵团，固守陇东和平凉；原青海兵团改为陇南兵团，同中央军共守兰州外围地区。

至此，西北二马两集团已收缩于甘肃，企图最后死保兰州。人民解放军则步步西进，西北战场已拉开了决战的架势。

当日，一野分别自乾县、礼泉、凤翔、宝鸡四地出击的部队，继续展开陇东追击战。

同日，华中战场四野一部又进占了湖南临澧。

这一天的华中、西北战场，炮火硝烟正浓；而战火退去，刚刚回到人民手中的江浙两省，又遭天灾。巨大的台风肆虐自宁波登陆，袭击江浙大片地区，五万灾民涌入上海。同时，南京长江告急，再次水漫江堤，南京城洪水为患。

江浙两省新生政权，迅速组织军民，投入抢险救灾。

七月二十五日

人民解放军第一野战军自本月中旬以来，在扶风郿县地区完成对胡宗南部四个军的大歼灭战，并攻占军事重镇和工业城市宝鸡城区，又分三路向南挺进。

东路沿汉水西进，于十日突破鄂陕交界的重要关隘关亚子，次日收复平利县城，十八日继续攻占老县镇、洛河街等安康外围据点。

中路解放军先后于子午镇以南，对敌十七军、三十六军以沉重打击，现正扫除踞守秦岭山隘残匪的抵抗。

西路解放军沿宝鸡汉中段川陕公路向南推进，沿途仅遇敌军残部微弱抵抗，于十六日攻占秦岭主峰代王庙，歼守敌于秦岭地区。

当日的《人民日报》援引新华社西北前线的消息，公布了扶风郿县地区战役歼敌四万三千人的辉煌战绩。缴获山炮十七门，八二迫击炮八十二门，六〇迫击炮一百六十五门，美式化学迫击炮两门，重型炮四门，美造火箭炮两门，重机枪一百八十二挺，轻机枪九百七十六挺，高射机枪四挺，各种冲锋枪一百九十六支，步马枪八千四百一十三支，短枪一百八十七支，各种炮弹三万余发，子弹六十余万发，汽车八辆，战马一千五百匹，骡子九百头，电台二十六部，报话机七部，电话一百三十六部。

同日，中共中央军委致电林彪等前线将领，指示自九月中旬起，陈赓、邓华两兵团入粤作战，配合在广东的游击部队会攻广州。同时指示中共中央华南分局书记方方于九月五日到赣州与叶剑英、张云逸、陈赓、邓华会合商筹全局。

这一天，人民解放军四野南进部队，又分别进占湖南醴陵、石门。国民党湘鄂边区保安第一旅第一团八百一十六人，在团长姜玉华率领下，向解放军投诚。

七月二十六日

　　回到了台北的蒋介石，住进阳明山的温泉别墅，泡泡甘淳素馨的温泉，将南渡菲律宾、西巡广州的劳累释放在青山碧水间。

　　近两日，他的总裁办公处，不时把华中、西北战场的坏消息传递过来。胡宗南节节败退和白崇禧保卫长沙，在他看来恐怕都不会太长久了。当日又有消息说，李宗仁已飞抵衡阳，即日还要飞抵福州；次日，这位代总统将飞越海峡，到台湾来见他。

　　对李宗仁飞来飞去，蒋介石心中不免有点儿烦。华中乃至华南的安危，对蒋介石来说，并不重要了。但代总统要来求见，他又不能不见。刚刚安静下来，想休息的心绪，一下子又被一种莫名的烦躁所占据。

　　蒋介石这一天，闭门谢客，也不看文案，只想安安静静地歇息一天。然而，一道军情急电又送了过来：共产党四野又沿赣两侧，发起了赣西南战役。

　　蒋介石似乎对这一消息并不意外，他似乎又很轻松地说："条条大路通长沙。湖南是毛泽东的老家，白崇禧这块骨头再硬，共产党是决计要啃下来的。"

　　说罢，蒋介石把电文丢到一边，向别墅外走去。他想爬爬山，但一上山，又想起了一九四七年八月，胡宗南占据延安后，他抵达空城延安巡视的往事。一座穷山，几孔土窑，共产党怎么就能够生存下来，并且壮大到如今这步田地的呢？蒋介石深深记得，他对延安的抗日军政大学很感兴趣。不论国民党还是共产党、黄埔和抗大，恐怕都是生长某种精神的地方。

当日，蒋介石忽发灵感，当即决定，在台湾建立"革命实践研究院"，以培训反共复国的党政军干部。

同日，美英政府通告两国在中国华南的侨民撤离中国。

七月二十七日

李宗仁自福州飞赴台北，蒋介石偕蒋经国到机场迎接。当晚，李宗仁便开始与蒋介石秘密会谈，在台湾逗留三日内，李宗仁与蒋介石长谈了五次。

鉴于华中战场形势危急，保卫华南迫在眉睫，李宗仁要求任命白崇禧为国防部长，并请求增调兵力保卫广州，均遭到蒋介石的拒绝。蒋介石绝不会同意桂系执掌三军兵权，更不会调东南的兵力，去保卫华南。

李宗仁落得个鸡蛋碰石头，于三十日飞回广州。

国民党《中央日报》当日发出专电称：华中大会战此刻正密锣紧鼓，即将爆发之际，各方人士对政府是否迁都问题，颇为重视。政府如迁都，则将会影响人心浮动。记者今特以此问题，叩询政府发言人鲍静安。鲍氏坚决表示：政府决不迁都。此乃保卫大广东之决心。

战争过后的河南，为民除恶、治理匪患的任务业已基本完成，大部分土匪已被歼灭或击溃，中原治安日趋巩固。

解放前，河南封建势力素来嚣张。中原，历来屡遭天灾人祸，战事不断，民生困苦、盗贼四起。为了反共，国民党实行联匪养匪助匪政策，致使盗匪众多，祸水不绝。

自人民解放军进军中原后，协助地方党政军民，开展清剿土匪的战斗，为民除患。共毙伤、俘虏匪帮七万八千七百七十四人，缴获大批轻重武器三万余件，取得了剿匪斗争的胜利，河南省治安日趋稳定。

人民解放军在剿匪斗争中，密切联系群众，一面剿匪，一面救济春荒，保卫夏收，帮助群众开展反霸斗争，进一步密切了党群关系、军民关系，使得中原人民生活安定，生产蒸蒸日上。

七月二十八日

如果说，一九四九年的解放战争大决战，是对中国共产党的严峻考验，那么战争过后的经济建设，则是一个更加严峻的考验。

解放区的人民政权建立后，如何稳定经济、保障人民生活，恢复和发展生产，支持前线，是摆在共产党人面前的一个崭新的问题。"进京赶考"的毛泽东和他的战友们，在指挥西北、华中、华南三大战场最后决战的同时，决定在上海召开中央首次财经会议。

这次会议，研究秋季征粮、税收、稳定金融和财政开支等重要财经问题。中央指派陈云主持会议，华东、华北、华中、西北、东北五大区的财政、金融、贸易部门的领导同志参加，会期开了十九天。

会前，周恩来在致各大区财经委员会的电报中，对本次会议应解决的问题，作出了原则性要求，指出："希望会议能找出一些支援战争与稳定沪、汉经济阵地的办法。"毛泽东特别关注上海的经济工作所面临的种种困难，亲自起草致华东局的电报，要求对上海的财经问题"与陈云商量后，提出一具体方案交中央讨论"。

当日，陈云根据中央的指示精神，主持确定本次会议应以全力支持人民解放战争彻底胜利和维持解放区首先是大城市人民生活为方针，并就统一财政经济、控制市场物价，提出具体措施和步骤。

此后，会议经讨论提出拟在城镇发行公债的建议，并就公债数额、用途、利率和本息等问题提出具体方案，由陈云专程赴北平，交中央审定。

经中共中央反复斟酌、讨论研究，直至当年年底，经中华人民共和国政务院批准，于一九五○年元旦起，发行人民建设折实公债一亿分，折合一万两千亿元旧人民币。

七月二十九日

当日《人民日报》报道了上海战胜十八年来最大一次台风造成的灾害，市内生产生活秩序迅速得到恢复的消息。

本月二十四日，由太平洋登陆的台风经宁波侵袭上海，暴风骤雨适逢黄浦江潮期，强烈的台风卷起江水，倒灌市区，外滩巨大的白浪冲天而起，二十多个小时里，风狂雨猛，城市街区顿成泽国，水深达一至六尺。闸北、虹口的棚户区，房屋倒塌近半，许多屋顶尽被狂风掀翻，一二十万灾民逃往市中心露宿街头。

在暴风雨中，市政府工作人员，解放军警备部队和大批工人冲上街头救灾排水，抢救国家和人民群众物资。大风刮断供电线路，引起火灾数十起，公安消防队员奋勇扑火，电力工人抢修线路。

台风过后，市政府动员各级政府干部、解放军指战员赴灾情严重的区县和工厂，抢救物资，救助灾民，安置流离失所的受灾群众。各人民团体都成立了救灾委员会，组织社会力量，协助政府完成救灾工作，使市内的生产生活迅速得到了恢复。

在抵御自然灾害的同时，上海市人民在市政府的领导下，努力医治战争创伤，立志粉碎国民党海上的经济封锁。

当天《人民日报》援引新华社的消息，全文转发了上海《解放日报》的社论《粉碎敌人封锁，为建设新上海而斗争》。

社论说："中国人民在目前医治帝国主义、国民党长期掠夺破坏所造成的经济创伤的时候……他们绝不能动摇伟大的中国人民对于光明前途的乐观。"

社论指出，敌人的轰炸和封锁，不仅不能动摇中国人民驱逐帝国主义侵略、推翻封建专制制度的信心，反而更加坚定了我们为建设人民的新上海而斗争的决心。

七月三十日

中苏两党友好合作取得重要成果。当日，在莫斯科克里姆林宫，刘少奇和马林科夫代表中苏两国签订贸易和贷款协定。

为建立中苏两国的新型关系，谋求苏联对新中国的全面援助，以刘少奇为首的中共中央代表团，在苏联进行了一个多月的访问。

刘少奇同斯大林及苏联其他领导人共进行了五次会谈，向苏方阐明：

关于中苏建立新型外交关系，尽快处理或中止苏联与国民党政府签订的《中苏友好同盟条约》，建立新的全面合作新型关系问题。

在这一原则立场下，中方希望新中国成立后，苏联和东欧各民主国家能尽快予以承认，并建立外交关系。

根据中苏签订新的贸易贷款协定，苏联将向中国提供三亿美元的贷款。同时，两国就通邮、通电、通车、通航、通商问题，合办一个航空公司问题，苏联向中国派遣专家问题，苏联帮助中国建立海防工程和军事工业、创办空军和海军两个学校等问题，均取得了重要成果。

斯大林表示：中国共产党的方针是正确的，中苏两党应建立密切的关系，互相帮助。苏联将向新中国提供援助。关于苏联与国民党政府签订的条约问题，待新中国建立后，毛泽东访苏时再解决。

斯大林认为，新的世界大战打不起来，美国没有准备好。新中国建立后，苏联将尽快予以承认，并协助新中国与世界其他民主国家建立外交关系。

这次访问，为中苏全面合作，为苏联最早承认新中国和而后毛泽东访苏奠定了基础。

七月三十一日

在华中人民解放军大兵压境之际，广州国民党政府再次被迫迁都。当日《中央日报》谨慎地以小字标题报道了这一消息，消息的标题也取得巧妙，把迁都叫作《中央机关分地办公》。

这则消息透露：中央机关被疏运人员，由水路疏运去重庆人员，于八月一日开始启运；空运人员八月三日至八日运完；陆路运送也将于八月一日开始。

总统府秘书长邱昌渭宣称："此举乃为分地办公，并非迁移，对广州之防守仍表示乐观。"广东省党部副主席谢正裁对记者说："目前一切措施，皆以保卫华南为前提，政府决不离开广州。"

然而，此时的诺言是瞒不住人的了。解放军已包围了长沙且不说，当日国民党中枢又撤销了长沙绥靖公署。显然当局已准备放弃长沙了，于是，广州城里，官员们的家眷纷纷逃离，中央机关也朝不保夕，开始逃跑了。

次日，最早跑掉的，就是国防部。当然，首脑们不必先跑，他们有飞机，个把人随时跑也来得及。于是，国民党又一次"搬家"的大行动，就秘密地在海陆空三条运输线上开始了。

同时，为了配合白崇禧部长衡作战，国民党政府调集大批战斗、运输、轰炸各类飞机，集结广州天河机场。

据国民党空军方面宣称，空军对衡阳、长沙间之共军，正加紧袭击，以阻碍其前进。过去数日，空军自天河基地起飞次数增加，所有战斗机往返频繁，以协助陆军戍守湘赣前线。

当日，《中央日报》报道说："有九架重型轰炸机在广州市上空编队飞行，声震屋瓦。市民不闻此种声音，已将四年，今复听见此种杀人利器，内心犹有余悸。"

八月
In August

这一天的《人民日报》发表了纪念中国人民解放军建军二十二周年的社论，发表了各民主党派为纪念"八一"给中共中央的贺电，报道了驻北平的人民解放军某警卫部队举行授旗仪式的消息。除此而外，没有举行庆祝集会的报道。

八月一日

这一天的《人民日报》发表了纪念中国人民解放军建军二十二周年的社论,发表了各民主党派为纪念"八一"给中共中央的贺电,报道了驻北平的人民解放军某警卫部队举行授旗仪式的消息。除此而外,没有举行庆祝集会的报道。

此前,中共中央和华北局曾一再发出厉行节约、反对铺张浪费的指示,以发展生产,支援人民解放军加快解放全中国的步伐。

当日,经毛泽东和党中央缜密部署,制定并发出了各大区中央局书记、副书记的任命、管辖范围以及对西南、中南、东南三大战略方向的兵力配备和作战部署。

中央要求华中局管辖豫、鄂、湘、赣、粤、桂六省及第四野战军(九十万人);西南局管辖云、贵、川、康四省及第二野战军全部和第一野战军一部(计六十万人),今冬占领四省要地。

中央部署二野四兵团,先协助邓华兵团攻占广东,而后步入广西,协助四野五个军打击白崇禧集团,然后出兵云南。

中央决定,调叶剑英出任华南分局书记,张云逸、方方分别为第二、第三书记;林彪、罗荣桓、邓子恢为华中局第一、第二、第三书记;邓小平、刘伯承、贺龙分别为西南局第一、第二、第三书记。

毛泽东亲自起草的这一电报,于八一建军节这天发出后,周恩来于当日致电莫斯科中共代表团刘少奇、王稼祥，电告为组建人民空军，就向苏联购买飞机和培训飞行人员一事，中央派遣刘亚楼、张学思于当日自北平动身，前往莫斯科。同日，中央军委决定，抽调第十四兵团一部至北京，组建空军司令部。

这一年的建军节，人民解放军的统帅们，是在运筹帷幄、决胜千里的谋略中度过的。这一天，距离新中国的成立，仅有六十天。

八月二日

国民党湖南省政府主席程潜于前日发出个人和平通电，历数蒋介石和国民党政府的腐败无能，呼吁"当道仁贤，共念凶危，立即化除成见，继续和谈，则全国安定，固可立时恢复。……如今之秉政者，苟犹有丝毫之天良未泯，当能幡然悔悟，立致祥和"。

准备起义的湖南绥靖公署主任、国民党军第一兵团司令陈明仁按照与人民解放军秘密达成的协议，命令第一兵团及保安部队开出长沙及各交通要道，仅留一部维持长沙治安。

当日，毛泽东为中央军委起草致林彪、邓子恢的电报，就迎接陈明仁率部起义一事指示："可以答应陈明仁保留兵团司令名义。"

为建立人民空军，上海市军管会航空部开始在上海招收航空技术学员。自七月十八日起举办专科以上学校航空工程、电机机械等专业毕业，登记有志于人民航空事业的学员。

十二天中，前往报名者已达一百七十九人。

军管会航空部于八月一日至五日，对报名学员进行考试。

后来，考试合格被录取的学员，经过航校的培养成为新中国人民空军首批航空工程技术人才，并成长为空军机务部队的技术骨干。

当日，《人民日报》在头版头条位置，报道了《东北人民政府商业代表团，赴苏谈判成立通商协定》的消息。

由高岗率领的东北人民政府商业代表团日前自东北赴莫斯科，举行了有关通商、交换商品的谈判，就东北的农产品以大豆、植物油、玉米、大米向苏出售，苏向东北出售工业设备、汽车、煤油、布匹、纸张、医药器材等，达成了协议。

八月三日

据当日《人民日报》消息，西北我一野部队，摧毁马匪防线，挺进甘肃，解放平凉城。一周来，解放镇原等十座县城，陕南一度攻占安康，歼敌两千人。

向甘肃省挺进，追歼宁、青两马匪军的人民解放军，七月二十八日解放西兰公路重要据点甘肃东部的平凉县城，并进占平凉西北的安国寺。另路向甘肃省挺进的解放军，在西固关附近，歼灭敌十四旅大部，生俘敌副旅长以下官兵五百余名，缴获战马两千余匹。

由陕西西部向西追歼马匪的人民解放军，已越过陕甘交界的陇山，于七月三十一日，解放甘肃境内天水东北的清水县城；另路沿西兰公路挺进甘肃的解放军,于七月二十九日解放平凉东北及东南的镇原和崇信两座县城,两县守军均弃城逃跑。

自七月二十五日解放军向马匪发动攻势以来,一周内先后收复、解放陕西西部四座县城及甘肃东部平凉、泾川、清水、宁县、崇信、镇原等十座县城及广大村镇。

青海马步芳匪军与宁夏马鸿逵匪军在北起平凉南迄陇县西固关镇的防线,已全部被解放军摧毁。当日,人民解放军又解放了甘南重镇天水。

人民解放军一野追歼马匪的部队在进入回民地区之前,曾颁发尊重回民生活习俗的十条守则,要求部队严守纪律,尊重伊斯兰的宗教信仰。守则要求:保护清真寺、拱司;不在回民家吃猪、骡、马肉;不同回民青年妇女交谈,不入回族妇女的房子;不干涉阿訇夜间礼拜念经;不去回民水房子里洗澡;在回民水井打水先洗手,剩水不要倒回去;不准叫回民为"回子";不对回民说"猪";不在回民家吸烟喝酒;人人宣传我党对少数民族的政策等。

八月四日

前一天的国民党《中央日报》在一版头条位置,突出"长沙仍在国军手中"的报道。同时发表了《程潜被掳事真相不明》的消息。

消息胡诌说:"据共产党广播,前长沙绥署主任程潜于湘西邵阳赴长沙途中,为共军截掳。"

其实，程潜此时早已秘密抵达解放区弃暗投明了。当日，继任程潜湖南绥署主任的陈明仁在长沙率其所属兵团起义，发布《告湖南民众书》《告湖南将士书》。

程潜和陈明仁日后宣布："现在我们已经根据中共提示的国内和平条款，在长沙成立和平协议，正式宣布脱离广州政府，使湖南获得和平的解放，借以减轻人民痛苦，避免地方糜烂。"

蒙在鼓里的国民党政府恍然大悟，于当日下令通缉程潜。但尚不知陈明仁已率部起义。当天的《中央日报》自衡阳发表消息，称赞陈明仁是"中外钦佩坚守四平街的名将"。

然而，这一天的长沙城，实际已成一座空城，陈明仁已率国民党第一兵团投向人民解放军。与陈明仁一起起义的还有长沙绥署副主任唐星、李默庵等。

当天的《人民日报》报道了关内解放区八条铁路干线已畅通的消息。津浦、胶济、平汉南段、浙赣、德石、石太、京沪、沪杭各线已完全恢复通车。

同时，还报道了人民解放军铁道兵团一年修路千余公里，修复桥梁四百余座。他们从东北到江南，转战数千里，风餐露宿，艰难奋战，为支援前线，保障后勤运输；恢复经济，发展工农业生产；促进城乡贸易，保障人民生活，做出了巨大的贡献。

人民铁道兵，是新中国经济建设中一支特别能战斗、功勋卓著的队伍。

八月五日

陈明仁率部起义，人民解放军四野先头部队即进驻长沙城。当日，人民解放军入城部队受到长沙五十万群众的热烈欢迎。许多欢迎大军的市民高呼："太阳出来了！"

此前，人民解放军第四野战军司令员林彪、政委罗荣桓为执行毛主席、朱总司令的指示，和平解决湖南问题，于七月二十二日派金明、唐天际等五名代表赴平江，与程潜将军的代表举行谈判。四野还专派李明灏赴长沙与程潜、陈明仁两将军协商起义事宜。

程潜、陈明仁表示愿意按照北平和谈和平条款举行起义，使长沙获得和平解放。

国民党《中央日报》当日自广州发出专电报道：《陈明仁投匪叛国，政院决定撤职通缉》。这则报道说——

"共军先头部队及政工人员，已于今晨八时后，由长沙东门进入市区，十一时接收各机关，陈明仁下落不明，似被劫持。"

当日，该报的另一则专电又说："湖南省政府主席陈明仁，附和程潜，投匪叛国。行政院于五日第八十一次临时会议中，根据白长官的报告，通过予以撤职，并通缉归案。"

同是一张报纸，昨天还把陈明仁将军称作国民党的大英雄，今天便要他做阶下囚。

程潜、陈明仁两位将军率部起义，对国民党政府是一个沉重的打击。华中人民解放军自岳阳、汨罗迅速南下，直逼衡阳。

当日，国民党非常委员会宣称：白崇禧决定坐镇衡阳，决不考虑撤退。目前湘局势虽有重大变化，惟国军也有部署。倘赣州局势稳定，则湖南可保证无虞。

同日，国民党来自江西战场的消息说，赣州外围将有大战，人民解放军已密集集结在渌水两侧。

人民解放军自东、北两个方向包抄衡阳白崇禧集团的态势，令国民党恐慌不已。

八月六日

蒋介石乘专机飞赴韩国，于当日到达韩国南部濒海城市镇海，与韩国总统李承晚就所谓"远东国家组织联盟"举行会谈。

蒋介石和李承晚在会见记者时，记者向他们二人提问："对美国《白皮书》作何看法？"蒋介石、李承晚都回避这个话题，不作评论。

在蒋介石到达韩国的前一天，美国政府发表了《中美关系白皮书》。书中将蒋介石集团的昏庸、腐败、专制、无能一一历数，以说明国民党的失败是必然的、难以挽回的。同时，书中还对中共进行诬蔑和诽谤。

毛泽东在北平连续写了几篇文章，如《丢掉幻想，准备斗争》《别了，司徒雷登》《为什么要讨论白皮书》等，以新华社社论的名义发表，驳斥白皮书"公开地表示美帝国主义对于中国的干涉"。以大量事实揭露当时的美国政府一贯奉行的侵略政策。

广州国民政府也认为《白皮书》"无疑是宣布我政府死亡证明书"，"致使中国在国际的威信蒙受损失，在国内则使政府及军队士气受到严重打击"，强烈要求发表声明，批判这个《白皮书》。

广州政府对《白皮书》的不满，传到正在韩国访问的蒋介石耳朵里。蒋介石说："不必了。耶稣被审判的时候，他是冤枉的，但是他一句话也不说。"

台湾省政府主席陈诚倒是对《白皮书》的见解有所不同。当日他说："过去我们有着一种殖民地人民的心理，凡事依赖外人。今天美国的《白皮书》，可以促使我们觉悟，从此走上自力更生的道路。这个《白皮书》对于我们并无坏处。"

然而，广州政府方面还是憋着一肚子的气。不能得罪美国人，就把气撒到苏联人身上。当日，国民党外交部召见苏联大使馆临时代办，就苏联同东北人民政府签订商务协定一事，向苏联提出严重抗议。

八月七日

国民党政府驻美大使顾维钧就美国国务院发表《中美关系白皮书》发表声明，要求美国支持国民党反对共产党，对美在此严重时刻发表这一文件，表示遗憾。

此前，美国国务卿艾奇逊在《白皮书》发表后三小时，对记者说："美国愿意援助及支持独立自由的中国。"

其实，美国的《白皮书》丝毫不可能改变蒋介石集团的命运。中国新民主主义革命的车轮，一刻不停地按照它自己的轨道，隆隆地向前推进着。

当天《人民日报》又报道了湖南境内我军一天连克四城、战略要地株洲解放的消息。长沙和平解放以后,人民解放军继续南下,解放株洲,逼近衡阳。

同日,人民解放军一鼓作气,又接连解放洞庭湖南北的益阳、沅江、华容等城。株洲,是湘赣、粤汉、湘黔三条铁路的交会点,在战略上具有重要地位。至此,人民解放军第四野战军南下三个月,已攻克七十六座城镇,歼敌九万余人。

当日,新华社自上海报道:为粉碎帝国主义和国民党政府对上海的经济封锁,上海市人民政府邀请各界人民代表,用三天时间齐聚一堂,请他们献计献策,共商上海经济建设大计。

会上,各界代表三十二人发了言,来不及发言者提供了书面意见。中共华东局书记饶漱石、上海市市长陈毅主持会议,并认真听取各方面意见。饶漱石和陈毅在会上作了重要报告。

这次会议,就劳资关系问题、组织生产委员会、组织部分难民回乡生产、筹建工商团体等问题,形成八个提案,帮助人民政府研究对策。陈毅在闭幕时说:"这次会议最大的成就是把中共的方针,变成了上海六百万人民的方针。……任何困难都可以克服,新上海的建设,一定可以实现!"

八月八日

协同粉碎敌封锁,东北支援大上海。为了发展解放区之间物资交流,支援大上海,东北输出公司最近和上海军事管制委员会经济接管委员会商洽两地物资交换问题。

东北输出公司将运往上海大米二万吨、大豆一万吨、木材三万立方米,以解决上海对粮食和木材的需求;上海经济接管委员会则将把一部分东北所需的工业品运往东北。

东北东兴公司接到东北输出公司的运粮通知以后,立即布置调拨装运工作。第一列车大豆三百九十吨,于当日从哈尔滨启运。安东的大米一千吨、哈尔滨的大米三千吨都已调拨完毕,很快将装车陆续运出。

一九四九年,共产党人创业的艰难,不仅仅来自战场——上海解放前,有大批无业难民自农村流入上海。这些人衣食均无来源,一些人靠乞讨度日,少部分人靠打小工维生。人民政府成立后,积极组织动员他们返乡生产。两月间,已有四十万人离沪返乡。

返乡的四十万人中,有二十万人自动返乡,另二十万人则由政府动员遣返。目前上海六百万人中,约有贫民六十五万人,无业游民十七万人,逃亡地主、恶霸、富农约十万人。上海政务接管委员会民政局积极按照政策,组织各级政府组织难民遣返说服工作,并为他们返乡提供各种方便条件。

中共中央华东局日前对疏散上海难民工作,专门作出指示。对遣送难民的必要性和具体方法指出:必须采取有效办法,疏散大批失业和无业难民返乡生产,以减轻城市负担。指示要求,必须在做好宣传教育工作的基础上,保证做好组织和运送工作;对主动还乡的难民,应给予适当救济鼓励;对还乡后的难民,各地应积极给予他们帮助和扶植。

八月

八月九日

北平市各界代表会议，当日在北平召开，参加会议的各阶层代表三百一十二人。叶剑英市长在去华南任职前夕，向北平的各界代表们，报告了半年来的军事接管工作和政府工作。

朱德总司令、董必武以及李济深、沈钧儒、郭沫若相继在开幕式上讲话，接着，吴晗和工人代表、农民代表、医学界代表、妇联及中小学教职员联合会代表、大专院校教职员联合会代表、蒙古族代表，以及北平市各民主党派代表、工商界代表十余人发表了自由演讲。

叶剑英市长在阐述此次会议的目的时说："今天，北平的人民已真正做了北平的主人，各界代表应该负起人民政府主人翁的责任，对人民政府的工作提出批评和建议。"

人民政府，广泛地听取人民的意见，争取人民群众和各民主党派的监督，是毛泽东近来经常深思的一个问题。

新的政治协商会议筹备、召开以前，毛泽东曾同许多民主人士谈论和探讨人民民主专政的政治含义。早在延安时期，他就同黄炎培先生就"民主"这个命题有过一番发人深省的谈话。黄炎培说："恕我直言，我生六十多年，耳闻目睹者，'其兴也勃焉，其亡也忽焉'，一人、一家、一团体、一地方，乃至一国，大多没有跳出这个周期律的支配力。一部历史，'政息宦成'的也有，'人亡政息'的也有，'求荣取辱'的也有，总之没有能跳出这个周期律。"

毛泽东以伟人的气魄回答说:"我们苦苦寻求了几十年,我们已经找到了新路,我们能跳出这个周期律。这条新路就是——民主。只有让人民起来监督政府,政府才不敢松懈。只有人人起来负责,才不会'人亡政息'。"

在迈向新中国的日子里,共产党人正是在探索这条新路。

八月十日

战后的中原和华中、华东地区,广大农村正在广泛而深刻地开展改革土地制度的工作。这项关系到土地所有制、农民权益、解放农业生产力的革命,自始至终都受到党中央毛主席的直接关怀和具体指导。

当日,毛泽东就河南省委关于土改工作的请示,为中共中央起草复华中局并告各中央局、各分局、各野战军的电报。

中共中央的电报说:"八月六日电及转来河南省委八月一日电均悉。我们同意以'中间不动两头平'的政策,作为解决河南土地问题的基点,对中农土地完全不动,而不要照土地法大纲上关于中农土地的规定。"

电报指出:"在中央政府成立后,土地法大纲须要有所修改。除上述一点外,在南方及其他新区实行改革土地制度时,必须在某些政策上(例如不要使地富扫地出门等)及工作方法上(例如要开区乡农民代表会议等),改正过去在北方土改中做得不好的地方。"

中央要求:"各级党的领导机关,必须完全掌握全部农村运动的领导,绝不许再有过去那样无政府无纪律的状况出现。……各中央局、中央分局及省委、区党委,必须完全掌握农村工作的领导职务,千万不能放松此种职务。一切重大决定，均须事先报告中央，获得批准然后实行。"

此后，土地改革运动在黄河、长江两条大河流域健康而有序地展开，古老的中华大地上，土地被封建制度剥夺了两千多年后，回到农民的手中。

这一天，也是藏传佛教将会永远纪念的日子。第十世班禅在青海塔尔寺大金瓦寺诵经堂举行坐床大典。这位身穿袈裟的藏传佛教传人，后来成为人民共和国人大常委会的副委员长。他毕其一生，为中华民族的团结统一鞠躬尽瘁。

八月十一日

正当华中人民解放军逼近衡阳、威胁广州，蒋介石四处游说，企图建立远东反共联盟之际，人民解放军三野第十兵团奉命发起福州战役。蒋介石苦心经营的东南防线，危在旦夕。

人民解放军第十兵团在司令员叶飞、政治委员韦国清的指挥下，采取钳形攻击战法，于八月六日分左中右三路，分别由古田、建瓯、南平三地向福州开进，在游击队和人民群众的协助下，经过五天急行军，隐蔽地逼近福州外围，于当日发起攻击。

外围战斗一打响，右路部队首先攻克永泰，截断了福州、厦门间的交通，同时攻克并占领了重要军港三都澳。

福州战役一打响，等于捅了蒋介石的心窝子。中共中央军事委员会不失时机地命令二野于江西战场西渡渌水，准备展开赣州外围战斗；同时调动四野强渡湘江，进军湘南，直逼衡阳。

人民解放军三路大军同时出击，使湖南、江西、福建三省敌军孤立无援、四处抵抗，摸不清人民解放军主要战略方向在哪里。

当日，国民党国防部也闹不清中共究竟是先取福州，还是先取衡阳了，自然是保住广州要紧，便源源调兵，增援衡阳的白崇禧。

《中央日报》自衡阳发出消息：《湖南会战迫在眉睫，国军源源增援衡阳》。

消息说，渌水沿岸共军，企图强渡湘江，刻与国军展开激烈之战斗。国军徐启明兵团，正源源增援衡阳一带，湘南会战已迫在眉睫。湖南战机转急，大会战在衡阳以北衡山爆发。白崇禧亲赴衡山指挥抵抗。

然而，台湾的蒋介石最为关注的自然还是福州战局。近来，李宗仁多次跟他谈过，汤恩伯不会打仗，劝他撤免汤恩伯而起用十二兵团司令胡琏。汤恩伯能不能守住福州呢？亲信和将才是两回事——汤恩伯忽然叫蒋介石心里没底了……

八月十二日

人民解放军二、三、四野战军同时出击，使华南、东南三省国民党全面告急。当日，中共中央军委一声令下，西北战场的一野继陇东追击战之后，开始向兰州进军。

第一兵团两个军附六十二军为左路，迂回敌后，进取西宁，断敌向青海的退路；第二兵团和第十九兵团共五个军分中、右二路攻击兰州；十八兵团两个军附第七军留守宝鸡，钳制胡宗南部，保障主力左侧及后方安全。

国民党西北军政长官马步芳自兰州飞抵广州，与阎锡山商讨抵御之策。

西北尚无良策，江西赣州战事又发。《中央日报》当日自广州、赣州两地发出电讯称：军事最高当局，顷已命令胡琏十二兵团，开往赣州增防。军方表示，湘赣保卫战，为华南保卫战之序幕，为确保华南，赣州在军事上，价值相当重要。这一消息于次日登上《中央日报》一版头条，大字标题赫然报道《赣州外围战斗激烈》。

国民党江西省省政府，当日已迁往会昌办公。人民解放军已攻至距离赣州城仅五里的地方。赣州的战斗一打响，白崇禧的指挥部才恍然明白，昨天渡过渌水的共军乃是佯攻。因此，他匆忙报告国防部，将胡琏兵团这一精锐部队调往赣州。

但胡琏兵团刚调出，又有情报说，林彪所部四野共军，又继续横渡渌水，衡山以北地区，战事又发。

真真假假，声西击东，又声东击西，当日又有消息说，湘中渌口共军，今日于昭陵展开强烈攻势，昭陵失陷。白崇禧这一天的作战指挥部，一定忙昏了头。

八月十三日

当日，解放军第十九军进占湖南湘乡，第十八军与湘南支队在遂川会师。

白崇禧将五个兵团十一个军约二十万人南撤至衡阳、宝庆公路两侧和粤汉铁路衡山至郴州段，建立湘粤联合防线。

当国民党的注意力被牢牢拴在湘粤防线上的时候，东南战场解放军十兵团再次发起进攻福州的战斗：左路三十一军占领丹阳后又猛攻连江，中路二十八军向雪峰地区突进。

解放军三路夹击，直逼福州，攻克福州指日可待。蒋介石严令固守外围，外围守军还是节节败退。当日，国民党第六兵团奉准放弃福州撤退，以确保厦门、金门；国民党第九十六军于桐口南渡闽江，向德化撤退。

指挥四路野战大军，在西北、华南、东南战场与国民党决战的毛泽东，当日亲临北平各界代表会议，并发表重要讲话。

这是会议的第五天。毛泽东的到来，使各界代表兴奋异常。代表们第一次这么近距离地见到毛泽东。他布衣布鞋，平易简朴，身材魁梧，眉宇间透出的伟人之气，着实令人敬慕。毛泽东笑容可掬地在代表们热烈的掌声中，发表简短讲话。

毛泽东说：希望全国各城市都能迅速召开同样的会议，加强政府与人民的联系，协助政府进行各项建设工作，克服困难，从而为召集普选的人民代表大会准备条件。

毛泽东指出：一俟条件成熟，现在方式的各界人民代表会议即可执行人民代表大会的职权，成为全市最高权力机关，选举市政府。

毛泽东主席号召全北平的人民，除了国民党反动派的残余及潜伏的特务分子外，一致团结起来，为克服困难，建设人民的首都而奋斗。

此后，全国各地各界代表会议纷纷召开，为一个新的民主制度的建立准备条件。

八月十四日

毛泽东个性中的大气磅礴、睿智与幽默、胆识与气度，在改天换地的一九四九年，表现得淋漓尽致，光彩夺目。

毛泽东对美国白皮书的发言，最为精彩别致。当日，他在为新华社撰写的社论《丢掉幻想，准备斗争》一文中说：

美国白皮书的发表，是值得庆贺的，因为它给了中国怀有旧民主主义思想亦即民主个人主义思想，而对人民民主主义不赞成，或不甚赞成、不满，或有某些不满的人们，浇了一瓢冷水，丢了他们的脸。特别是对那些相信美国什么都好，希望中国学美国的人们，浇了一瓢冷水。

毛泽东和那一代开国元勋们所要建立的人民民主，不是官僚买办的民主，不是富豪权贵的民主，不是资产阶级的民主。唯要建立起一个崭新的民主制度，中国共产党人在二十世纪中叶，付出了艰辛的努力，也走过一段弯路。

现在回过头去看，人民代表大会制度和人民政治协商会议制度的确立，在一九四九年做出的巨大努力，为新中国的建立以及后来国家法制的逐步形成、发育、完善和发展，奠定了十分重要的基础。

就在毛泽东出席北平各界代表会议的这一天，大会定在人民政府中设立一个经常性的民意机构，以实现人民对政府监督的职能。

这次大会收到各界提案二百四十八件，提案审查委员会将这些提案分送政府有关部门处理。其中，由市委代表彭真等同志提出的设立经常性民意机构的提案，经代表们热烈讨论，获得了一致通过。

此时，叶剑英已奉命启程赴华南，出任中共华南分局第一书记，北平市的工作由聂荣臻主持。

八月十五日

新华社记者当日自长沙报道：长沙和平解放一周来，欢庆活动仍在继续。

每到深夜十二时以后，街头巷尾还到处看到欢乐的人群。秧歌队扭过一队又一队，工人和学生常常联合在一起，在几条主要的大街上，扭一阵，唱一阵，然后站在桌凳上，向市民宣传解放军的约法八章、解放军的入城纪律和中共的城市工商政策。

市内的商店，现已大多开门，顾客非常踊跃，与一个月前市面冷落的情况，形成鲜明对比。书店里的生意特别兴隆，买书的人各行各业都有，他们争相购买毛主席的著作和从上海运来的解放区的书籍。

城市四周的公路也已通车，航务局也准备通航，电信局也正在检查线路，抢修在战事中损坏的网络，争取恢复电信联络。

另据新华社记者自西北前线报道：向西北大进军的数十万人民解放军，得到后方人民群众的充分军需供应。

满载着粮食和军火的车辆、牲口，沿着西去的各交通干线，源源开往前线。铁路员工和第一野战军后勤部汽车大队的员工，不辞疲劳，夜以继日地开动火车、汽车，向前线奔驰。

从两千里外赶来的陕北民工，也有解放不久的陕中农民，他们赶着大车，带着牲口，扛着担架，无数的人，无数的车辆，无数的牲口，在黄尘滚滚中行进。

解放区的许多青壮年都上了前线，妇女们就在家里给前方磨面粉。某地三位老人，扛着自己磨的二百多斤面粉，步行百里，送往前线。

江西老苏区兴国县的人民，在与红军分别十五年后，当解放军胜利进城时，男女老少拥上街头，激动地说："毛主席的队伍回来了！"

八月十六日

程潜、陈明仁于八月五日长沙起义时，曾发表起义通电。当日，毛泽东主席、朱德总司令电复程潜将军、陈明仁将军暨全体起义将士们。

毛主席、朱总司令在电文中说："参加人民革命，义声昭著，全国欢迎，南望湘云，谨致祝贺。尚望团结部属，与人民解放军亲密合作，并准备改编为人民解放军，以革命精神教育部队，改变作风，力求进步，为消灭残匪，解放全中国人民而奋斗。"

当日，《人民日报》报道：赣州战役经过两天激战，已于十四日解放赣南重镇赣州市。赣州是江西南部经济、文化、工业中心，又是人民解放军实现包抄白崇禧集团的重要战略要地。赣州的解放，拦腰斩断了国民党衡阳—赣州—福州防线，为国共在华中、华南、东南的决战，打赢了十分重要的一仗。

同一天，福建战场，人民解放军在横扫福州外围据点，切断残匪逃路，接连取得胜利后，三路大军合围福州，发起猛攻。

连日来，在人民解放军第十兵团的强大攻势下，福州西北的闽清县城、连江县城和闽江口上的重要据点闽安镇。福州守敌由闽江向东入海的逃路已被切断，福州守敌失去海上退路，纷纷向厦门方向逃窜，以求失去福州，扼守厦门。

西北战场，甘肃人民解放军长途挺进，自八月十二日至八月十五日又相继解放陇中、陇西的会宁、定西、陇西、漳县、渭源、西吉、会川等七座县城。马家军继续向西逃窜。

八月十七日

八月的福建酷热而多雨，从江苏一路南下，连续作战的人民解放军第十兵团，冒着酷暑扫清福州外围据点后，于当日解放了蒋介石苦心经营的东南防御政治军事中心——福州。中午十二时，烈日当空，汗水浸透了军装的解放大军，整齐列队，浩浩荡荡，进驻福州城。

福州，是汤恩伯集团据守东南的最大据点，东与台湾隔海相望，与台湾淡水港仅距一百二十八海里。蒋介石企望凭借福州建立大陆最后一道屏障的幻想，宣告破灭。

福州失陷后，汤恩伯率残军退守厦门。

人民解放军第十兵团在福州战役中，歼灭国民党军一个兵团部、五个军部、十四个师共五万余人，俘虏国民党第二十五军军长陈士章。

随着拔除国民党东南大陆上最大的据点，人民解放军第十兵团取得了辉煌战果，中共中央统帅部大为欣喜。毛泽东获悉后，致电嘉奖第十兵团，要求他们，加紧做好越海作战准备，攻占厦门、金门，为以后的台湾战役扫清外围屏障，占领出发阵地。

当日，湖南邵阳以东战场，人民解放军遭受较大损失。

人民解放军第四十九军第一四六师，于十四日攻占永丰后，十五日深入青树坪地区，在界岭一线，遭到白崇禧部阻击。是日，又遭围攻，伤亡惨重，入夜被迫突围后撤，永丰得而复失。

连日来，沉闷低调的国民党《中央日报》，忽然以醒目大字标题，报道了这一消息。消息说，双方激战六小时，国民党军还调来空军大批飞机配合，可见当时战斗之惨烈。

八月十八日

如同战场上的穷追猛打一样，毛泽东对美国政府的白皮书，连发战斗檄文，文采飞扬，气势如虹。当日，他为新华社撰写社论，题目是《别了，司徒雷登》。

在国民党惨败已成定局的情势下，美国政府于八月二日，召回了美国大使司徒雷登。随着司徒雷登的离去与白皮书的到来，毛泽东抒发大气磅礴的政治灵感，文章一气呵成，读来令人回肠荡气。

毛泽东在文章中说，人民解放军横渡长江，南京的美国殖民政府如鸟兽散。司徒雷登大使老爷却坐着不动，睁起眼睛看着……除了看见人民解放军一队一队地走过，工人、农民、学生一群一群地起来之外，他还看见了一种现象，就是中国的自由主义者或民主个人主义者们也大群地和工农兵学生一道喊口号，讲革命。总之，是没有人去理他，茕茕孑立，形影相吊，没有什么事做了，只好挟起皮包走路。

说到美国政府出大价钱装备的国民党数百万军队已近尾声，毛泽东又说，他们打了败仗了，不是他们杀过来而是我们杀过去了，他们快要完蛋了。留给我们多少一点儿困难，封锁、失业、灾荒、通货膨胀、物价上升之类，确实是困难，但是比起过去三年来已经松了一口气了。过去三年的一关也闯过了，难道不能克服现在这点困难吗？没有美国就不能活命么？

毛泽东历数闻一多击案而起，横眉怒对国民党的手枪；朱自清一身重病，宁可饿死，也不领美国的"救济粮"。毛泽东说，多少一点困难怕什么。封锁吧，封锁十年八年，中国的一切问题都解决了。中国人死都不怕，还怕困难么？老子说过："民不畏死，奈何以死惧之。"

当新中国行将在美国的封锁和国民党腐败统治留下的烂摊子上站立起来的时候，毛泽东以东方式的幽默，豪迈地说，司徒雷登走了，白皮书来了，很好，很好。这两件事都是值得庆贺的。

谁都不会怀疑，写出如此文章的人，势必赢得一个新中国。

八月十九日

新政治协商会议筹备会主任毛泽东于前日，致电新疆伊犁特别区人民政府阿哈买提江，邀请他们派代表参加全国人民政治协商会议。

电文说："你们多年来的奋斗，是我全中国人民民主革命运动的一部分，随着西北人民解放战争的胜利发展，新疆的全部解放已为期不远，你们的奋斗即将获得最后的成功。我们衷心地欢迎你们派出自己的代表五人，前来参加全国人民政治协商会议的全体会议。"

中共中央不失时机地在新中国建立前期，做好民族团结工作，为人民民主国家促进中华各民族的大团结，奠定基础。

在人民解放军胜利进军大西北的时候，国民党行政院于当日提出新疆撤兵案。主撤者认为，可增兵内地，确保华南，对军事有利；不主撤者则认为，撤兵等于抛弃领土，将来很难恢复，且实际上，西北走廊将被解放军控制，撤兵已十分困难。

此时的国民党，已对西北丧失信心。西北马家军头领马步芳、马鸿逵飞赴广州，商讨对策，于当日无望而归；此前，胡宗南和马步芳也曾于四天前飞赴台湾面谒蒋介石，汇报西北战局。蒋介石对西北、华中、东南三大战场失利，似乎并不显得意外。他早就看好台湾做最后的居身之地，对胡、马二人，不过说些鼓励的话而已，还哪里去讨回天之术呢？

一胡二马南飞广州、台湾一无所得，只好匆匆飞回西北。西北的敌人惶惶不可终日，东海舟山群岛的国民党守军当日正在解放军第七兵团的强大攻势下，度过战火纷飞的一天。

当日，解放军登上大榭岛，全歼守军。

八月二十日

人民解放军肃清胶东陆地、海上敌人，长山列岛全部解放。

长山列岛位于胶东半岛与辽东半岛之间，是渤海湾的重要门户。人民解放军于十二日占领南北长山岛、大小竹山岛等七个岛屿之后，十九日继续向北追击残敌，当日晚，又攻占了猴砚岛、砣矶岛、大小钦岛和南北隍岛。至此，长山列岛，这一片撒在渤海湾口上的明珠，全部回到了人民的手中。

人民解放军渡海解放长山列岛，夺回渤海湾海上门户，在军事上具有十分重要的战略意义。在这场岛屿作战中，国民党在长山诸岛上的一千四百九十余名守敌，被生俘了一千二百九十一名，毙伤二百余名。人民解放军打了一场漂亮的歼灭战。

当日，福建前线人民解放军在解放福州之后，继续向厦门推进，又解放了厦门东北部的"华侨之乡"莆田县城。

西北战场，解放军第一野战军攻击兰州部队，已进抵兰州城郊，从东、西、南三面包围兰州。马步芳任命儿子马继援为守城总指挥，以八十二军、一九二军五万余兵力守城，以九十一军、一二〇军、八十一军、新编军等四个军十余万兵力防守外围，构成所谓"兰州锁钥"的防御体系。

人民解放军第二野战军在取得赣州战役的胜利后，制定出向川、黔进军的作战计划，报请中共中央军委批准。该计划以二野主力西进贵阳及川东南，以大迂回的动作，先进击宜宾、泸县、江津地带之敌，并控制上述地带以北地区，以切断四川境内宋希濂、孙震等部与白崇禧部的联系，孤立川东之敌，尔后聚歼。当日毛泽东为中央军委起草致刘伯承、邓小平的电报，同意二野这一作战计划。

八月

八月二十一日

人民解放军第一野战军发起进攻兰州的战斗,与守敌发生激战。当日凌晨,人民解放军从东南两个方向冲击;拂晓,又对三台阁地区发起猛攻;同时,进攻营盘水的部队,与敌军激战六小时,我两个师伤亡较为惨重。自此,人民解放军以决战的姿态,与国民党军拉开了血战兰州的帷幕。

同一天,华中前线人民解放军已连续攻克粤赣边境的龙南、崇义、安远、定南、上犹等五座城池,步步进逼国民党广东防线。至此,除赣东南边区的广昌、宁都、石城、瑞金、寻邬等少数城池外,江西其余地区已获解放。

当日,国民党《中央日报》自广州发表消息说,国军源源增援粤北,保卫大广东的计划决定:①将部分保卫广州的部队,调往湘赣前线,支援外围作战;②一定阻击解放军于广州之外,加强粤北东江、粤西西江之防务;③修筑广州城内的防御工事。

当日,东北沈阳传出喜讯:中国人民当家做主人的历史进程,已从东北大地开始。东北人民代表大会,在沈阳隆重开幕,各界人大代表三百零三人出席了大会。内蒙古人民自治政府派出九名代表列席了会议。

东北职工代表四百多人向大会献旗三十多面,沈阳皇姑屯车辆厂劳动英雄岳奎元等人先后献辞,表示拥护人民政府,加倍努力参加东北的各项伟大建设事业。会议主席高岗同志向工人们致谢，表示这次会议所要讨论的施政纲领，一定要采纳各位代表的宝贵指示。东北政委会主席林枫向大会作了三年来政府工作报告。

这次大会审查讨论人民政府组织法大纲、选举人民政府委员和施政方针的报告。这次人民代表大会选出东北人民政府后，东北行政委员会即行结束，一切政务移交东北人民政府。

八月二十二日

中国人民解放军总部发表七月份战绩公报。本月，人民解放军在西北、华中两个战场追歼残敌；同时在业已解放的河南、湖北、安徽、浙江、江苏南部、福建北部清剿残匪。共消灭敌军九个师，九万九千一百八十余人；缴获各种炮八百四十七门；各种机枪三千八百一十五挺，各种枪支四万五千四百五十九支，骡马四千九百七十四匹，解放县城七十座。

当日，白崇禧由衡阳飞往广州，参加国民党中枢机关高级军事会议。李宗仁、阎锡山、顾祝同等出席。

据《中央日报》报道：此次军事会议首由白崇禧报告湘赣军事状况，检讨此一战役之得失。闻对以攻为守之反击战略，已获相当决定。咸料此举，不仅可阻止共军前进，且可保障行都安全。

另据《中央日报》发自兰州的消息说，兰州攻防战，趋势激烈，马继援将军顷电来穗称：守军弹药缺乏，请中枢火速空运弹药赴兰。

消息说，兰州市区昨夜东西阵地均再闻炮声，连续十八小时，兰州外围都有激战。

当日，广州国民党卫戍总部宣布，因战事紧张，自本日晚间起，严格实行军事戒严，将出动坦克，巡视市区。

多年商贾云集、市井繁荣的广州，如今又多了一道风景：全副武装的宪兵，加上庞然恐怖的坦克车，着实叫喜爱平静不爱争斗的广州人吓了一跳。从心底里讨厌国民党把破败的行都设到广州的市民们，听到坦克履带碾过街区，发出隆隆轰响的时候，家家户户紧闭房门，生怕那些输红了眼的残兵败将，抢走了他们的钱匣子……

八月二十三日

对于毛泽东和他的战友们来说，这一天是值得庆贺的。赣东南山乡小城瑞金宣告解放。

土地革命时期，这里是中国工农红军和苏区人民的首都。二十年前，在这里建立的工农兵中央苏维埃政权，点燃了中国革命的星星之火。蒋介石曾亲率大军，对这里疯狂进行了五次围剿，也没有能够扑灭这颗火种。

毛泽东在那红米饭南瓜汤养育革命的艰难岁月里，曾写下壮丽的诗句："今日长缨在手，何时缚住苍龙？"这一天，距离人民共和国的建立，已不足四十天了。

当年，那个在赣东南山沟里，领导土地革命的毛泽东，当日，却以一个东方大国即将走向世界的气魄，为庆祝美国共产党成立三十周年，发电报给美国共产党中央主席福斯特说："美国共产党和美国进步分子，在美国反动势力高压之下，为着国际和平，为着美国工人和美国人民的民主权利，为着中美人民的真诚友谊，坚持不屈不挠的奋斗，对于中国人民和世界各国人民都是一个重要的鼓励和援助。美国的未来，不属于外强中干的美国反动势力，而属于你们和美国人民。"

人民大众的开心之日，就一定是他们的敌人难受之时。当日，蒋介石由台湾飞往广州，主持非常委员会，商讨拯救危局。

危难之时，昔日的党派宿敌，似乎也有了肺腑之言。李宗仁力劝蒋介石接受上海失陷、福州失守的教训，在于汤恩伯只知效忠蒋介石，而根本不是一个将才。而蒋介石明确表示，他宁用庸才而不用英才，汤恩伯懂得上行下效，就叫他死守厦门，这就足够了。

因为，蒋介石深为张治中将军的一去不返而伤心。有思想有才华的张治中、邵力子、章士钊都走了，也只有些庸才之辈，才会跟他漂泊孤岛，竭尽忠心。

这就是历史对一种专制的注脚。

八月二十四日

其实，鼓动人们赴汤蹈火、效忠党国的蒋介石，是最不敢于面对战火的。计划在广州逗留三天的蒋介石，在广州找不到一丝安全感。他只停留一天，便于当日匆忙飞往重庆。

重庆，几年前国民党政府的陪都，日本人攻陷上海后，他跑到了这里。古人说，蜀道难，难于上青天，日本人就果然未能打到这里，便投降了。抗日战争中，也是在这里，他同毛泽东举行和平谈判，实现国共合作联合抗日。

今日再回重庆，他自然感慨万千。抗战胜利后，他原想腾出手来收拾共产党人。一九四七年他叫胡宗南围剿延安，想不到几十万国军竟奈何不得一个小小的"第八路军"。他后悔自己当初太小看了共产党，转眼之间的两三年内，国民党竟沦落到了再上"峨眉山"的田地。笃信宗教的他，自然会想到"轮回"这字眼儿。

第一次自台湾飞广州，他就打算来重庆看看，说不清为了什么，他还是打消了来重庆的念头。或许是重庆会令他伤心？这一回飞广州，政府方面已迁都重庆，作为国民党的党魁，不来看看难兄难弟们，总说不过去。他还是飞了过来。

中午十一时二十五分，蒋介石乘坐的"中美号"专机降落于重庆白市驿机场。西南军政长官张群、陆军大学校长徐永昌等在机场迎接。蒋介石走下铁梯，竭力使自己保持微笑，并且神采奕奕，与欢迎他的长官们一一握手说，"到重庆等于回到溪口"。

此时的国民党，已被人民解放军强大攻势分割于台湾、厦门、广州、衡阳、兰州五地，犹如五马分尸，末日近在眼前。但蒋介石下了飞机，就发表书面讲话，为国民党打气称："匪区成万成千同胞，到处群起反抗，只要大后方民众，坚持反共战争，最后胜利来临，必较对日抗战为速。"

八月二十五日

兰州战役，经五天极为惨烈的激战，人民解放军于当日发起对兰州外围的总攻，至下午占领敌人南山主阵地。

入夜，守城总指挥马继援见马鸿逵、胡宗南各部未能出兵支援，信心动摇，率部通过黄河铁桥，弃城撤逃。

国民党中央通讯社发自兰州前线的报道称：兰州保卫战已进入最惨烈的第五天，战事之惨烈，可谓达于极点。"尸横遍野，血流成渠"，"竟日交锋，全属短兵相接"，"沈家岭一地匪遗尸两千余具"。

新华社杭州二十五日发出电讯：浙江万余国民党被解放官兵参加人民解放军。

消息说，人民解放军浙江军区解放官兵调练处，自渡江战役以来，已争取了一万零六百六十一名国民党军官兵，先后参加解放军，其中二百六十余名为技术人员。

参加解放军的国民党解放官兵，入伍前经过短期学习，提高了政治觉悟，入伍后纷纷表示愿在向东南和华南的伟大进军中，为人民立功，除争取一万余人入伍外，该处又分别遣送国民党军官兵五万九千五百一十名回原籍参加生产。其中包括校级以上军官二千二百零四名，尉级军官二万三千三百一十八名。遣送前，均发给了证明书和路费，并在杭州、金华等地，设遣送站，给予膳宿照顾和乘车方便。

当日的《人民日报》还报道了人民解放军某部到达湖南湘潭——毛泽东故乡的消息。消息说，当解放大军一到湘江东岸，便受到毛主席故乡人民的热烈欢迎。乡亲们拿出自己贮存的几十万斤大米、柴草慰劳解放军，并无私提供舟船，帮助解放大军渡过湘江。

八月二十六日

在中国大陆上，最大规模的一场战争的进程中，毛主席和党中央深思熟虑于一个新的国家制度和人民政权的建立，如何体现人民的意志和人民参与政权和国家管理的政治权利。

当日，毛泽东为中共中央起草复华东局并告各中央局、各分局、各野战军的电报，针对华东地区普遍召开各界人士代表会议问题，指示说——

现在，你们已在上海开了一次各界代表会议，收到了良好效果，并已于八月二十四日给所属发了指示，中央看了极为高兴。除将你们电报转知各局各野外，现请你们严催所属三万人口以上城市，务于九月份一律开一次各界人民代表会议，并一律将开会情形在报纸上公开发表，在广播电台公开广播。

借此，以使所属三万人口以上城市的党组织和各界人民亲密结合，经过他们团结各界人民克服困难，恢复和发展生产，并克服党的领导机关中的许多人只相信少数人的党内干部会议，不相信人民代表会议的官僚主义作风。

以后一切三万人以上的城市至少每月开各界人民代表会议一次，每次讨论和决定的问题有一个或两个就很好。

各县要开全县各界人民代表会议，其办法照中央最近致华中局并告各局的电报办理。要各省委、区党委、地委负责领导办理，一改过去长期不开各界人民代表会议的不良作风。

电报指示东北局、华北局、山东分局、西北局、华中局、华南分局一律遵照此要求办理，各野战军前委也注意研究这个问题，并给予地方局以协助。

此后，全国各地普遍召开的各级各界人民代表会议，为此后召开的全国人民代表大会，即国家最高权力机构的建立，做了十分重要的组织准备。

当日，人民解放军第一野战军解放兰州并控制了兰州以北的黄河大桥。西北重镇兰州终于回到了人民手中。兰州军管会、兰州市人民政府和人民解放军兰州警备司令部也于同日宣告成立。

八月二十七日

周恩来主持召开新政协筹备会第四次会议。在讨论政协组织法时，周恩来指出：在人民民主国家中需要统一战线，即使在社会主义时期，仍然要有与党外人士的统一战线。要合作就要有各党派统一合作的组织。如果形成固定的统一组织，名称也要固定，建议称中国人民政治协商会议。

这次会议讨论了参加新政协会议的代表名单草案，修改并基本通过了政协会议组织法草案和中央人民政府组织法草案。毛泽东于当日出席新政协筹备会第四次常务委员会会议。

毛泽东就中央集权与地方分权问题作了发言。

毛泽东说，历来的中央集权地方分权问题，只有我们能解释。我们要有些集中有些不集中才能搞好，所以要给地方以监督之权。鉴于蒋介石集权，我们是又集中又不集中，需要集中的则集中。

当日，东北人民代表大会选举出的东北人民政府宣告成立。高岗等四十一人当选为政府委员。

福建人民政府和福建军区同时宣告成立，张鼎丞任省政府主席，叶飞任福建军区司令员。

自二十五日开始，福建省人民政府便开始了全面的接管工作。福州市民热烈欢庆福建解放和省人民政府的建立，许多聚集街头的群众，唱起了"你是灯塔，照耀着黎明……"的歌声。

据当日《人民日报》报道：被洪水冲断的北宁路关外段铁路及大凌河铁桥，经东北铁路员工日以继夜冒雨抢修，业已全部修复通车。北平沈阳间每日对开二次三次直达快车和沈阳山海关间对开三十一次三十二次普通客车，已恢复通车。

八月二十八日

孙中山先生的夫人宋庆龄女士，由全国妇联副主席邓颖超、廖仲恺先生的女儿廖梦醒、上海军管会交际处处长管易文陪同伴送，自上海抵达北平。

毛泽东主席、朱德总司令、周恩来副主席和中共中央领导人，各民主党派、人民团体领导人共五十多人前往车站欢迎宋庆龄女士的到来。

宋庆龄高兴地走下列车，同前来欢迎她的人们一一握手，并愉快地接受了洛杉矶儿童保育院儿童的献花。

当日新华社自北平发表了华北人民政府高等教育委员会招待由美国归国留学生的消息。

留美归国的十七名留学生受到人民政府的热烈欢迎。在高教委为他们举行的欢迎座谈会上，钱俊瑞副主任向他们介绍了恢复和发展人民教育事业的有关情况和政策。他说，新中国建设伊始，需要有用之才十分急迫，欢迎留学海外的中国学生回来为伟大的祖国服务。

这批归国学生是自香港搭乘挪威轮船，冲破国民党海上封锁，到达华北解放区的。他们对人民政府爱护人才的态度，十分感动，愿意为新中国的建设事业贡献力量。

对这批归国留学生的工作安排高教委已开始登记办理，并积极安排他们的生活和待遇。

苏联社会主义建设图片展览，当日在北平中山公园正式揭幕。各界参观者络绎不绝。沈钧儒先生在留言簿上写道："本来有半年出国的计划，想在明年提出，向政府请求到苏联及新民主主义各国走一趟。现在看了展览，向往的心绪，愈加紧张急迫起来了。"

当日，毛泽东主席为中国人民解放军华东海军机关报《人民海军》题词："我们一定要建设一支海军，这支海军要能保卫我们的海防，有效地防御帝国主义的可能的侵略。"

八月二十九日

蒋介石在重庆主持西南军政人员会议，国民党川、黔、康省政府主席及湘、鄂、甘、陕、川边区将领均到会。这是蒋介石在大陆主持的最后一次重要军事会议。

当然，这一天的蒋介石还想不到，从此以后，他只能从地图上看到祖国大陆了。他像往常一样，站在巨大的军事地图前，部署死守四川，并在川境之外抵抗解放军进攻的军事计划，即以陇南与陕南为决战地区。

与会的国民党军西南高级将领要求蒋介石常驻重庆指挥，但被蒋介石婉言拒绝。

当日，人民解放军在西北和东南战场，又传捷报：一野十八兵团进击胡宗南部秦岭防线，右翼部队进占秦岭五林子、隘口等重要据点；二野四十八军进占江西宁都，赣东南最后一个国民党据点被拔除，江西全境宣告解放。同时，二野一部向湘黔边境推进，占领麻阳。

人民解放军第四野战军从北方南下江南后，因水土不服，加之长江流域洪灾过后瘟疫流行，部队中疫情较为严重，奉中央批准，部队在休整中加强医疗及防疫工作。这一情况，引起党中央和毛主席的极大关怀。

当日，毛泽东为中共中央起草致华中局的电报，询问第四野战军战功卓著的广大指战员中的病员情况，并提出解决问题的办法。毛泽东在电文中说：野司转来四十三军病员情况的电报阅悉，甚为怀念。未知其他各军是否也有相似情形。是否需要推迟进军时间，以便使部队多得休息；及是否需要增加伙食费，使战士恢复体力，请将你们的意见电告。

除此之外，我们再没找到有关四野疫情的历史记载。但第四野战军继辽沈、平津战役和渡江战役的胜利之后，这支战功显赫的大军从未倒下过，他们后来一路南下，打到了海南岛。

八月三十日

当日，《人民日报》以一个版的篇幅，刊登了国民党革命委员会驳斥美国白皮书座谈会的发言纪要。

何香凝女士对白皮书污蔑和歪曲孙中山时代的国共关系和中苏关系，驳斥说，国民党第一次全国代表大会很显明地反对帝国主义，主张节制资本，平均地权。当民国十三年国民党改组的时候，有人问孙中山：你主张联苏联共，不怕列强干涉、资本家反对吗？他率直地答道：如果我怕列强、怕资本家就不革命了。孙中山先生临终时致苏联的遗书，曾有"我已命国民党长此继续与你们提携"的话，这就充分证明孙先生思想的发展，证明他的思想是一贯的反帝亲苏。

谭平山说，以前共产党以个别党员参加国民党，共同合作，当时是绝对公开的，而且是中山先生主动提出的。有什么阴谋可言？十三年国民党的改组，是国民革命左翼统一的具体化，如果以后不是英日等帝国主义的破坏，不是汪精卫、蒋介石等叛变，大革命是不会失败的。

谭平山回顾当年广州商团反对共产党，说如果共产党退出国民党，商团就可以捐钱捐枪，帮助北伐。当时的广州商团，是在英帝国主义的操纵下，经过汇丰银行买办主使，以武装力量破坏国民革命左翼统一战线的。中山先生听到反对派的这些话，很严正地说："你们反对共产党，我个人加入共产党奋斗好了！"这说明中山先生对于国共合作的坚决。

陈劭先指出：孙先生对于社会主义，即称赞其为"利国福民之神圣"，并希望"我们中华民国之国家，一变而为社会主义国家"。

何香凝留下的这些话，至今读来，仍旧发人深省。孙中山先生的遗愿，未能由国民党人实现，而由共产党人实现，也只是完成了他遗愿之一半，另一半即国共合作，实现统一，也终究是一种历史的必然。如今"利国福民"的社会主义已经实现，那么统一还会久远吗？这不仅是孙先生的愿望，也是整个中华民族的夙愿。

而这一夙愿，也应该是我们中华民族的白皮书。

八月三十一日

国民党打不赢了，就将祸水往苏联泼。

当日，广州国民党行政院，在阎锡山主持下通过决议，准备向联合国大会提出控诉苏联违反《中苏友好同盟条约》及其所谓"侵略罪行案"，派出蒋廷黻、刘师舜、程天放等五人为代表，赴联合国大会。

然而，真正的抗议，来自民间。当天，《人民日报》报道了昆明市大批教职员愤怒抗议国民党企图招募日军参加中国内战的消息。

最近，有传闻说，国民党政府计划向日本征募飞行员，来中国驾驶战斗飞机打共产党。这一消息又被国民党要员吴铁城访日求援的消息所证实。

此事，激起了具有民主斗争传统的昆明广大公私立学校教职员的强烈义愤。在昆明胜利会堂庆祝教师节的大会上，决议通电全国，反对日军来华助战。

电文说，"吴铁城赴日，是奉命乞援"。

与此同时，广州国民党政府正制订整肃昆明亲共分子、镇压那里民主力量的计划。这一阴谋，也遭到了当日教师节大会的愤怒抗议。

九月一日，是爱国将领冯玉祥先生在黑海遇难一周年的祭日。当日，冯玉祥将军的夫人李德全撰文《冯玉祥先生遇难经过》，在次日《人民日报》上发表。

一年前冯玉祥先生一家冲破国民党特务的阻挠，自纽约搭乘苏联"胜利号"轮船归国，行至黑海，因船上电影拷贝胶片失火，冯先生不幸窒息身亡。李德全在悼文中说，冯先生的志愿是回到解放区，参加人民民主革命，现在虽不幸因偶然原因，不得实现，我也要把他的遗灰带回解放区来，以遂他的心愿。

次日北平隆重举行冯玉祥先生追悼会，周恩来、宋庆龄、何香凝、沈钧儒、章伯钧、郭沫若、黄炎培等六百余人参加了追悼会，毛泽东、朱德敬送了挽联花圈。

八月

九月
In September

　　身居重庆林园的蒋介石,连日来继续与川、黔、陕、湘、鄂军政首脑密谈,唯独云南省政府主席卢汉没来重庆,只派来了他的一个代表朱丽东面谒蒋介石。

九月一日

身居重庆林园的蒋介石，连日来继续与川、黔、陕、湘、鄂军政首脑密谈，唯独云南省政府主席卢汉没来重庆，只派来了他的一个代表朱丽东面谒蒋介石。

云南省政府前主席龙云因反蒋主和，跑到香港去了，还发表了亲共宣言。如今龙云继任者卢汉，政治态度暧昧，几次催他来见蒋介石，他迟迟不来。蒋介石生怕再闹出一个程潜、陈明仁那样的事件。于是，当日接见了卢汉的代表朱丽东，询问云南情形，严令整肃昆明的民主运动，并要朱丽东转告卢汉，立即来重庆，面见蒋介石。

云南省的民主运动，一向是蒋介石的一块心病。一九四五年底，昆明爆发学生运动，反对内战。蒋介石明令镇压，省政府主席龙云同情学生，抵抗暴力，宁愿摘去乌纱帽，也不杀自己的同胞。

蒋介石对近来昆明教职员闹事，深感不安，遂命令广州政府安定滇局，并指示军统密切监视卢汉行踪。

然而，就在这一天，昆明银行从业人员联谊会发表告社会人士书，反对征兵征粮，反对苛捐杂税，反对蒋桂系军队入滇。

民心，是不能靠武力征服的。

一天前，兰州城南门清真寺前，聚集了千余名回族、维吾尔族的伊斯兰教信徒同胞，举行欢乐的盛会，庆祝兰州解放，欢迎人民解放军进城。兰州市军管会副主任韩练成、任谦，副市长孙剑峰等出席了盛会。会上，伊斯兰教信徒同胞一致通过了向毛主席、朱总司令的致敬电。

同日，解放军第十八兵团左翼部队攻占观音堂、大王山，沿川陕公路推进，与右翼部队在秦岭南东皎桥以北胜利会师。

九月二日

兰州解放后，人民解放军华北军区十九兵团分三路进攻宁夏。北路由兰州出发，沿黄河西岸，经景泰、营盘水一线向中宁进军；中路沿黄河东岸经靖远，向中宁进军；南路由固原地区出发，向中宁进军。

进军前，在部队中深入开展了党的少数民族政策教育。华北军区十九兵团根据中央的要求，教育部队严守纪律，严格尊重回族伊斯兰教民的宗教信仰和生活习俗。

此前，十九兵团追歼二马匪军的部队，在回民聚居区认真地执行人民解放军的各项政策纪律，受到各地回民群众的热烈欢迎。每到驻地，回民都热情地给部队腾房子，有时村子小房舍少，部队就露营在院子里，决不进入和打扰清真寺。战斗间隙，部队还帮助回民收麦子打柴草。部队所到之处，都受到回民的热烈称赞。

《人民日报》当日在一版头条位置，报道了黄绍竑等四十四位民主人士于八月十三日，在香港发表题为《我们对于现阶段中国革命的认识和主张》的声明。

声明揭露蒋介石集团背离孙中山先生的三民主义,投靠帝国主义,实行法西斯独裁,表示拥护中国共产党所领导的反帝反封建反官僚资本主义的新民主主义革命,号召有爱国心的国民党人坚决地鲜明地向人民靠拢,为建设新民主主义的新中国而共同努力。

九月三日

新华社发表社论,题目是《决不容许外国侵略者吞并中国的领土——西藏》。社论针对七月八日西藏地方当权者,驱逐汉族人和国民党驻藏人员的事件,揭露其幕后指使者、英美帝国主义势力制造阴谋,妄图吞并我国领土西藏的丑恶行径。同时表明,中国共产党及其领导下的人民解放军,坚决捍卫国家领土和主权完整的立场和决心。

自古以来,西藏就是中国领土的一部分,并接受中央政府管辖的,藏民族,是中华民族的一部分,西藏是中国领土神圣不可侵犯的一部分。

社论指出:近一百多年来,外国列强特别是英美帝国主义一直策动把西藏分割出去,把这块美丽富饶的土地划入他们的殖民版图。七月八日,在美英帝国主义的追随者印度政府的策动下,西藏当局突然截断拉萨与内地的电讯联络,谎称"有共产党分子的捣乱行动",限国民党驻西藏办事处人员撤离,驱赶汉人,连寺院内汉族喇嘛也难以幸免。

事件发生后不久,印度新闻社发表电讯称:"西藏从未承认过中国的宗主权。"暴露了英国、印度等外国势力妄图分割西藏,并把西藏变成他们的殖民地的野心。

为此,新华社的社论郑重声明:"西藏是中国的领土,决不容许任何外国侵略；西藏人民是中国人民的一个不可分割的组成部分，决不容许任何外国分割。这是中国人民、中国共产党和中国人民解放军的坚定不移的方针。任何侵略者如果不认识这一点，如果敢于在中国领土上挑衅，如果敢于妄想分割和侵略西藏和台湾，他就一定要在伟大的中国人民解放军的铁拳之前碰得头破血流。"

九月四日

《人民日报》发表台湾民主自治同盟主席谢雪红的声明，严厉谴责美国妄图分割侵略台湾的阴谋。

美国政府的白皮书，公开暗示台湾是"远东的夏威夷"。谢雪红在声明中揭露美国近百年来侵略台湾的历史：一八四七年美国出兵协助日本进攻台湾；一八五七年美国驻香港海军舰队司令亚门司龙曾企图在台湾建立一个殖民地式的"独立国"，日本侵占台湾后，美国一直想取而代之……麦克阿瑟总部也公开宣称"在对日条约签订前，台湾仍属于盟军总部，目前仅仅是由中国占领而已"。

美国妄图借国民党残余势力逃往台湾之际，分裂中国、吞并台湾的阴谋，引起了国际国内社会的普遍关注，更激起了包括台湾和部分国民党人在内的中国人民的强烈愤慨。

台湾民主自治同盟主席谢雪红在声明中说："我代表全台六百七十万人民声明，坚决反对美帝国主义企图吞并台湾的阴谋。已经饱受了日本侵略者五十一年奴役和国民党匪帮四年多蹂躏的台湾人民，决不再让美帝国主义来奴役他们。……任何侵略台湾的阴谋，必将遭受台湾人民和全国人民的坚决打击。今天中国人民已有力量粉碎美帝国主义的任何侵略阴谋。"

同日台盟高山族盟员田富达也发表谈话。作为台湾原住民，在日本统治时代曾遭受多次大屠杀的高山族人民，对于帝国主义野蛮侵略有着切肤之痛。他说：高山族人民一定要反对帝国主义的侵略图谋而进行坚决的斗争。

九月五日

人民解放军第一野战军和华北解放军第十八、十九兵团十万大军长驱西进，势如破竹。继兰州解放后仅十天时间，再次凯歌高奏，于当日中午又解放了青海省会西宁，取得了西北战场上的又一次重大胜利。

西宁，是当时国民党及地方军阀马步芳长期统治的青海省军事、政治中心。军阀统治披上宗教外衣，无恶不作，当地的汉族、回族群众把马步芳集团称作"教匪"。兰州一役，马步芳军队精锐主力受到沉重打击，残部向西北方向逃窜。人民解放军穷追不舍，乘胜渡过黄河，向西扫荡。沿河西走廊追歼的部队于九月三日占领永登县；进入青海的部队于九月二日至五日连克民和、化隆、循化三城，又于当日解放西宁。敌八十二军副军长赵遂率部向解放军投降，青海全境获得解放。次日，解放军开进西宁城。

西宁解放，使城内各族群众欣喜若狂，大有重见天日之感。城内居民成群结队，远道出城，向人民解放军致以最热烈的欢迎。国民党曾想凭借西北回民信仰伊斯兰教，煽动民族和宗教情绪，阻挠人民解放军西进的梦想，随之破灭。兰州战役连同这一时期在青海境内作战，人民解放军共歼敌四万二千余人，我军伤亡九千五百余人。此时，西北敌军主力已丧失大半，解放大军已打开了进军宁夏、新疆的门户，加速了西北全境的解放步伐。

在人民解放军进攻西宁前，马步芳、马继援虽有蒋介石和广州国民党政府要他们扼守大西北门户的指令，还是在尚未听到西宁城外枪炮声的时候，便乘上飞机，先行逃亡了。

西宁的解放，不仅打开了进军新疆、挺进河西走廊的门户，也为未来进军西藏，打开了通向喀喇昆仑的雪域大门。

九月六日

许多城市自解放以后，劳资纠纷问题频繁发生。一方面是由于在旧的社会制度下，资本家对工人进行过重的剥削，工人正当的权益得不到基本的保障。解放后，工人起来反抗，资本家心存不安和顾虑，对生产和建立新的劳资关系采取消极态度，少数资本家甚至拖延复工，生产停滞，更激化了劳资矛盾。

另一方面是一部分工人群众对目前战争尚未结束、生产不发达的中国社会经济情况缺乏全面的了解，因而政治上、经济上渴望解放的心情过于迫切，对资本家方面提出的一些要求过高，超越了目前的社会条件。劳资纠纷问题发生后，许多地方处于无政府状态，引起了党中央的高度重视。

当日，《人民日报》发表了题为《解决劳资争议的正确途径》的社论。就上海军管会颁布的两个解决劳资争议的法令，介绍给各地，希望参照执行。

上海的做法是：高度重视这一问题，把劳资纠纷集中到市一级的组织来解决，以求贯彻人民政府正确的政策与方针，求得在全市范围内有统一的政策与步骤，并采取在劳动局的统一监管下，由劳资双方以契约的形式调解劳资矛盾，保障劳资双方利益；以"劳资两利，发展生产"的原则，由劳动局发挥政府职能，统一处理劳资争议，调整劳资关系，推动生产的恢复和发展。

社论指出：在现阶段，解决此类问题，必须坚持党的政策，发挥政府职能作用，既要经过劳资双方的民主协商，又要有契约形式的限定，如有违约，交由法院判定。必须坚决反对和制止无政府状态，使劳资双方积极投入到新中国的生产建设中来。

当日，国民党爱国将领杨虎城将军及其一子一女、杨虎城的秘书宋绮云夫妇及其儿子在重庆中美合作所被秘密杀害。

重庆也于当日实行戒严和宵禁。重庆又一次笼罩在白色恐怖之中。

九月七日

应毛泽东主席的邀请，湖南省军政委员会主任、前国民党湖南省政府主席程潜将军，于当日上午十时抵达北平。

毛泽东、朱德、周恩来、林伯渠、董必武、李济深、郭沫若、王维舟、张治中、邵力子、张轸、曾泽生、左协中等百余人前往车站欢迎。

程潜将军是应邀前来参加全国人民政治协商会议的。

当日，新华社自西北前线发出电讯报道：藏族代表携带红军长征时的布告，从二百里外前来请求解放军进藏的感人消息。

人民解放军进入甘肃南部以后，甘肃、青海两省边境藏族、回族人民特遣七名代表，携带藏族同胞珍藏的当年中华人民苏维埃共和国的布告，步行二百余里，请求和欢迎人民解放军早日进藏，解救苦难中的藏族人民。

本月一日，拉卜楞大寺嘉木样活佛襄佐代表黄正奎、张子益和该地藏民代表、回民代表联袂到达解放区，受到了人民解放军王震将军的亲切接见，对十四年前，红军北上东进抗日后，各族人民重又沦于反动统治下的苦难深表关切。

藏民代表留住期间，曾以一昼夜时间，将人民解放军总部公布的解放城市约法八章译成藏文，并即翻印五百份带回藏区，散发张贴。他们临行时恳切表示，今后愿在毛主席、朱总司令的领导下，为全藏族人民和全中国人民的解放而努力。

王震将军特以毛主席、朱总司令的相片赠送给藏族代表以为珍贵的纪念。

当日，叶剑英同志经十数天行程，到达江西赣州，主持召开了中共华南分局的扩大会议，确定解放广东的作战方案和准备接管广东等重大问题。

九月八日

中共中央特别致电祝贺人民解放军各条战线、各个战场连续奏捷。这份致野战军、南方人民武装及各界人民的贺电说——

我各路英勇的人民解放军奉命出师，向南方及西北各省大举进军以来，业已四个多月，除完成第一步计划，解放江苏、安徽、浙江各全省、江西的东北部及北部、湖北及陕西大部、山西及豫北的残余敌占区、山东的青岛地区，共消灭数十万敌军，解放数千万人民以外，又继续解放了甘肃及青海大部，湖北的一部，湖南中部及北部，江西全省，福建大部，渤海长山列岛，以及长沙、福州、兰州、西宁四个省城，连同赣州、常德、宜昌、天水诸重镇，消灭了大批敌人，解放了广大人民。

在此期间，程潜将军及陈明仁将军率部起义，站在人民方面，给了国民党反动派以沉重打击，有力地配合了人民解放军的进军。

我广东、福建、广西、云南诸省的人民解放军在各省的胜利发展，极大地威胁着国民党反动派的后方。我各路人民解放军军行所至，全体人民同胞及各界民主人士表示热烈欢迎，给予人民解放军以极大的帮助。其中，有甘肃和青海的回民同胞，和汉人同胞一样，表示热烈欢迎和帮助人民解放军。

我军全体指挥员战斗员长途远征，冒着酷热的气候，以无比的英勇和自我牺牲的精神，为解放全国人民、统一全国领土的伟大的神圣的志愿所鼓舞，以短促的时间，完成了巨大的任务。

中国共产党中央委员会特表示热烈的祝贺和深切的慰问。尚望你们继续努力，为完成新的军事政治任务，为消灭残余敌军、解放全国人民而奋斗。

九月九日

西北战场的节节胜利，极大地鼓舞了中国共产党人的必胜信心。

当日《人民日报》发表了一则记者对一野副司令员赵寿山将军的专访，请他对两年来西北战局的发展，作了详尽的回顾。

赵寿山将军说，一九四七年蒋介石挑起内战，胡宗南匪帮向我陕甘宁边区发动全面攻势。当时我军全部兵力仅为二万一千余人，敌军则有三十二万多人，大约是一比十五，在力量对比相当悬殊的情况下，毛主席镇定自若，指挥部队艰难苦战，一方面与敌人巧妙周旋，另一方面抓住战机，在青化砭、羊马河打了两个大胜仗，活捉两名旅长，消灭敌人近万人。

一九四七年八月，胡宗南再次发动大规模围剿。可是沙家店一战，消灭了敌三十六师一二三旅，活捉了旅长刘子奇；紧接着十月的清涧战斗，又消灭了敌七十六师，师长廖昂又被活捉。此后，我军的韩城、宜川大捷，使蒋介石、胡宗南的白日梦彻底破灭。

一九四八年春季开始，我军转入反攻。先是消灭了胡宗南王牌二十九军三万余人，收复甘泉，使占领延安的敌军受到孤立，我军再进逼洛川，插入敌后，解放宝鸡，延安和洛川的敌人夹着尾巴逃跑了，陕北经两年多的艰难奋战，终于回到了我们手中。

从此，第一野战军和华北人民解放军的两个兵团，转入对敌全面战略进攻阶段，到目前为止，已消灭胡、马匪军近三十万人，收复、解放了连同西安、兰州在内的西北大片地区。

陕北失而复得的两年多时间，人民解放军不但没被消灭，反而奇迹般地迅速壮大。蒋介石点起的内战之火，使得人民解放的燎原之火燃遍了整个中国。

玩火者自焚，这就是一九四九年那个最具传奇性故事的历史辩证法。

九月十日

当日，《人民日报》在"不要战争！"的大字醒目标题下，报道了世界拥护和平大会呼吁实现世界和平的宣言。

在布拉格召开的世界拥护和平大会常设委员会为设立"国际和平斗争日"发出宣言，号召各国人民在十月二日组织全世界规模的大示威，表示爱好和平的力量不可抗拒。

宣言说，战争的制造者们，希望急剧地把人类推到空前最残酷的战争里去。然而，现在已不再是一九一四年（第一次世界大战）或一九三九年（第二次世界大战）了。人民对法西斯的胜利，已大大地增加了和平力量。今天，他们有力量去扼住战争罪恶之手。

数以万计的男女，不分主张、信仰、文明和肤色，都团结一致，并且决意保卫全人类的生活和自由。他们已经团聚在一起，拥护世界和平。在散布于五大洲的七十二个以上的国家中，他们正组织和平的力量，使之成为一个牢固的群体。

让我们拒绝担负沉重不堪的战争预算日益加重的担子吧！年龄与处境不同、信仰与主张不同的一切男人女人们，我们的生命都同样危险！因为炸弹是不认人的！

在拥护和平、维护生命的斗争中，我们将赢得胜利！

中国近代以来，中国人民就饱受了战争带来的苦难。帝国主义列强瓜分和侵略中国的战争、国内军阀之间的战争、二次世界大战太平洋战争背景下的日本侵华战争以及国民党反动派发动的两次国内战争绵延不绝，在人民解放战争的伟大胜利即将来临的时刻，和平将终于来到全中国人民面前。和平将不再是一个神话，一个强大的中国站立起来的那一天，人民享受和平生活的渴望才终于能够实现。

因此，一九四九年也是中国人民迈入和平年代的一个历史新纪元的开始。

九月十一日

北平解放以后,天安门广场回到了人民手中。随着中华人民共和国行将建立的日子一天天临近,北平市政府决定重新修筑天安门广场,为开国大典做好准备。

当天《人民日报》报道了四千三百多名北平学生志愿参加修筑天安门广场劳动的消息。九月十日这一天是星期六,北平市的学生从四面八方汇集到天安门广场,参加铲除杂草乱石、平整地面的劳动。

骄阳似火的广场上,劳动场面热火朝天。"北平青年建筑队""星期六义务劳动队""劳动服务队""建设人民首都"的各种旗帜迎风飘扬。在不到三个小时的时间里,面积为一万九千九百八十平方公尺(米的旧称,下同)的广场上,杂草乱石被清除干净,七高八低的一片荒场已平整如镜。

三十年前,北平学生正是在这里,举行三千人的反帝反封建的大示威,爆发了震惊中外的五四运动,揭开了中国新民主主义革命的序幕。从五四运动到新中国的建立,历史刚好走过整整三十年。革命从天安门广场开始,又回到这里,举行革命胜利的庆典。

三十年的道路不是一帆风顺的。为了在这个占世界四分之一人口的贫穷落后的大国里,夺取革命的胜利,完成反帝反封建的伟大历史任务,中国共产党人创造过许多举世震惊的奇迹,也面对过难以想象的艰难困苦,遭受过严重的挫折。

当人民革命的胜利终于又回到了这座广场上的时候,一九四九年的凯旋,即将迎来中国人民最盛大的历史节日!

九月十二日

华北军区司令部、政治部当天向全军发出号召，开展每人每天节约一两米运动，以救济华北区遭受各种灾害的同胞。

这一年夏季，冀东地区自七月下旬以来，连续降水二十多天，滦河、潮白河水位高涨，流量剧增，超过一九三〇年大水的最高水位，各河决口七十六处，淹地约三百三十七万多亩，冲毁房屋二千三百余间。受灾人民达三百多万人。

华北军区在厉行节约、节衣缩食、救济灾区的通知中说，我们是人民的子弟，人民的灾难，就是我们自己的灾难，人民的痛苦就是我们自己的痛苦。我们为了人民的解放和幸福的生活，曾经不惜牺牲自己的生命，现在人民有了灾难，我们一定要给予热情的援助。

此后，华北人民解放军的机关、学校和各部队，广泛开展了节约开支、援助灾区的活动，大批节约下来的军用物资源源不断地运往灾区。

华北各级人民政府针对灾情，也纷纷开展救灾工作。河北省和察哈尔省也发动了节约备荒生产自救活动；天津开展救灾募捐活动。中共华北局和华北人民政府殷切关怀灾区农民，减免灾区农业税收，同时在党政机关所属各单位亦发起了"节约一两米运动"，全区进入救灾高潮。

蒋介石于当日自重庆飞抵成都。《中央日报》在报道蒋介石莅蓉消息的同时，也证实了国民党将大批黄金运往台湾的事实。

消息说，南京陷落后，国民党政府将国库中大批黄金秘密运往台湾

"全为政府使用"。在国内特别是大片地区遭受严重水灾的时候,国民党搜刮民财、叛国大盗的行为,竟也受到了美国参议院外交委员会主席康纳利的批评。当日《中央日报》竟厚颜无耻地说:"这是不可避免的措施,这些黄金仍属国民政府所有。"

解放区为人民开展"节约一两米运动",国统区不断将国库黄金运往台湾。一些民主人士站出来说,国家艰危时刻,民不聊生,共产党和他们的军队,为救济百姓,节约粮食;国民党却搜刮民脂民膏,偷吞黄金中饱私囊。这证明一条古训:得民心者得天下,失民心者失天下。

九月十三日

人民解放军第四野战军奉毛主席和中央军委的命令,与第二野战军携手发起衡重战役。四野采取大迂回大包围的战略方针,部署三路进军,歼灭以衡阳为中心的白崇禧部。

当日,四野西路军率先由常德、桃源出发,向沅陵、泸溪、溆浦、辰溪、怀化、芷江、黔阳进军,至十月五日,截断白崇禧主力西逃贵州的退路。

此时,白崇禧所部五个兵团二十余万人,重点部署在衡阳至重庆公路两侧和衡山至乐昌铁路一线,企图阻止人民解放军向西南进军。

四野随即改变主力进攻方向,于十月初指挥两路大军逼近韶关、靖县,威胁广州、桂林。白崇禧即令所属部队向广西撤退。四野遂命令第十二兵团发起追击,至十月九日,将敌第七军军部及所属一七一师、一七二师和第四十八军一三八师、一七六师等四个精锐师合围于祁阳地区，一举全歼。我军乘胜解放了衡阳、祁阳、耒阳等湖南广大地区。白崇禧所属大部逃入广西。

是役共歼敌四万七千余人，解放了湘南、湘西大部地区，为尔后进军广西，全歼桂系主力以及第二野战军经湘西进军西南，创造了有利形势。

桂滇黔边区的人民武装斗争，迅速展开。已解放县城二十多座，开阔了广大游击区，解放了三百五十万人民群众。

广西人民武装游击战争已遍及左江、右江流域的二十多个县区。云南人民武装斗争更是遍及全省。一年来，在云南南部至缅甸越南边境的广大地区均已获得解放。在业已解放的县城中，还建立了专员公署或人民县政府，现在，西南人民武装正在准备迎接和配合人民解放军，向大西南进军。

九月十四日

当日，向河西走廊追歼逃敌的人民解放军第一兵团进入条件极其艰苦、环境极其险恶的祁连山区。

第一兵团部率第二军于九月十日由西宁地区北进迂回河西走廊，于当日进入风雪交加、荒无人烟的祁连山区。全体指战员为早日夺取解放大西北的彻底胜利，以极其惊人的毅力，克服高山缺氧、狂风大雪、奇特寒冷的恶劣自然条件带来的困难，虽冻死冻伤二百余人，依然以饱满的士气、顽强的斗志，谱写了解放大西北又一曲壮丽动人的篇章。

三天后，第一兵团越过海拔五千米的祁连山，攻占民乐，歼敌骑兵第十五旅等部。十九日、二十日，在张掖地区又一举歼敌五个团。

与此同时，一野第二兵团于九月四日开始沿兰新公路西进，所到之处，敌军望风披靡，纷纷投诚起义。我军相继占领武威、永昌和山丹等地，十七天推进七百公里，于二十一日，与第一兵团会师张掖。

另据新华社福建前线报道，我人民解放军向逃往福州东南沿海各海岛的国民党残部展开攻势。自九月十日至本日的五天里，先后攻占了湄洲岛及平潭岛周围六岛，歼灭国民党第七十三军残部二百余人。

同一天，蒋介石在成都邀国民党四川省党政官员举行茶会，发表了一篇充满忧伤情调而又充满反共情绪的长篇谈话。

他回顾自己在四川度过八年抗日战争的深重记忆，宣称人民解放战争的胜利，是国防背景下的"共匪叛乱"。他还鼓吹建立四川新的反共基地，"和衷共济精诚团结，剿灭共匪才有生路"。

九月十五日

中共中央派驻新疆联络员邓力群于当日从伊犁乘飞机秘密到达迪化（今乌鲁木齐）。鲍尔汉等到机场迎接。翌日，邓力群向陶峙岳转交了张治中九月十日致陶峙岳、鲍尔汉的电报，与陶峙岳、鲍尔汉等接洽商讨新疆和平解放的问题。

同日，自七月初由定西、兰州北进的人民解放军第十九兵团六十三军、六十五军攻占了靖远、打拉池和景泰地区。国民党新编第一旅向人民解放军投诚。

兰州解放后，退守宁夏的马鸿逵部共四个军及若干地方残匪约七万人，以银川为中心，依据黄河天险，在靖远、景泰，中宁、中卫，金积、灵武，构成三道防线，企图阻止我军。

人民解放军第十九兵团针对敌军的防御部署，首先突破第一道防线。继本日攻取靖远、景泰，又于常乐堡歼敌两个团。四天后，敌八十一军在中卫宣布起义，第二道防线即不攻自破。与此同时，人民解放军第六十四军于九月十日由固原、海原北进，至二十一日，先后攻占同心、中宁、惠安堡、金积、青铜峡、灵武，敌二五六师向解放军投降，其余纷纷溃散。

至此，三道防线均被突破，人民解放军立即西渡黄河，直捣银川。敌军在人民解放军的强大攻势下，指挥失灵，四散溃逃，总指挥马敦静乘飞机逃走，敌一二八军军长卢忠良率残部向解放军投诚。九月二十三日，解放军进驻银川，宁夏全境获得解放。此役共歼灭与和平改编国民党军四万余人，马鸿逵部全部覆灭。

九月十六日

于本月上旬向人民解放军投诚的青海马步芳部一九〇师师长马振武、八十二军副军长赵遂、一〇〇师师长谭成祥等率所部官兵于当日联名致电新疆迪化（乌鲁木齐）市市长马云章及驻新疆的马步芳部骑兵第五军全体官兵，劝告他们摆脱国民党统治，弃暗投明，归顺于人民。

电文中说，他们率领的起义部队，已安全返回西宁，人格被尊重，亲属得团圆，走上了新生活之路。现人民解放军即将解放新中国，望新疆官兵，瞻顾大势，毅然举义，归顺人民，免作无谓牺牲。

人民解放军第四野战军公布八月战绩，解放城市三十八座（江西十九座，湖北两座，湖南十七座），歼敌二万零三百八十三人。国民党起义部队兵力七万七千一百八十三人。国民党军被歼、投降、起义三项合计，敌军共损失兵力九万七千五百六十六人，俘虏国民党将级以上军官四名。

新华社当日自河南开封发出电讯报道：黄河水位继续上涨。沿河各地防汛队正日夜冒雨防护中。

上游陕州水流量十四日已达一万四千五百六十立方米/秒。花园口十三日流量为一万二千七百五十立方米/秒，水位涨达九十二点七八米。平原省郓城以下水位均已超过今年夏汛最高水位。沿河各地，险情危急。

黄河下游各地人民政府正领导人民群众积极抢险：开封柳园口决堤处，经组织民工冒雨抢修，工程大部告竣。兰封县东坝头决口，县人民政府、县委领导亲临险处指挥抢险，围堵决口。大批地方干部和数千抢险民工都战斗在抗洪第一线。

九月十七日

中国人民政治协商会议即将召开，新政协筹备会于当日举行第二次全体会议。出席会议一百二十六人，周恩来代表常委会作关于筹备会议的报告。

会议批准并通过了常委会的筹备工作报告；通过了常委会提交的《中国人民政治协商会议组织法（草案）》《中国人民政治协商会议共同纲领

（草案）》《中华人民共和国中央人民政府组织法（草案）》，并授权常委会提交中国人民政治协商会议第一届全体会议；通过关于起草大会宣言和拟定国旗、国歌、国徽两项工作。

会议正式决定将新政治协商会议定名为"中国人民政治协商会议"。

在新中国诞生前夕，中国共产党首先团结各民主党派和无党派人士，在诸多建国大事中，又首先采取民主的方式，与他们一起筹组中国人民政治协商会议，商讨建国大计。

在当日的全体会议上，各民主党派领袖和无党派人士的首席代表，先后一一发言，表示完全同意常委会提交政协会议讨论的《中国人民政治协商会议组织法（草案）》《中国人民政治协商会议共同纲领（草案）》和《中华人民共和国中央人民政府组织法（草案）》。

接着，中国人民解放军代表团首席代表朱德和中国共产党代表团首席代表毛泽东先后起立，表示中国人民解放军和中国共产党完全同意这三个文件草案。全场热烈鼓掌。

在二十三个代表团首席代表声明同意之后，即进行大会表决，一百二十六位代表同时起立，一致通过了将这三个草案提交中国人民政治协商会议讨论。这次会议所表现出的二十三个单位之间的大团结，预示着即将召开的中国人民政治协商会议将取得圆满成功！

九月十八日

北平党政军及各群众团体于当晚六时，设宴欢迎到达北平的中国人民政治协商会议的代表们。

席间，首先由华北人民政府主席董必武和华北军区司令员兼北平市人民政府市长聂荣臻致欢迎词。接着，由郭沫若代表到会的全体政协代表致答词，并带领全场起立：举杯祝毛主席健康，祝政协会议圆满成功。

前来北平参加中国人民政治协商会议的各地各界代表，均已莅临北平。代表们对人民政协充满希望，对行将建立的中华人民共和国，翘首以待，宴会上自始至终都洋溢着欢乐、团结的气氛。

中国人民政治协商会议，已定于九月二十一日在北平召开。

将在会上讨论通过的《共同纲领》，曾被当时称为中国人民的大宪章。《共同纲领》对于行将建立的团体、政体均做出了明确的规定：中华人民共和国为新民主主义即人民民主主义的国家，实行工人阶级领导的、以工农联盟为基础的、团结各民主阶级和国内各民族的人民民主专政；人民行使国家政权的机关为各级人民代表大会和各级人民政府；各级政权机关一律实行民主集中制。

建立新民主主义国家，实行人民民主专政，是以毛泽东为代表的中国共产党人实行新民主主义革命的政治目标。它源自毛泽东在延安时期，为中央警卫团一个普通战士所写的一篇纪念文章。毛泽东说："我们共产党和共产党所领导的八路军、新四军，是革命的队伍。我们这个队伍完全是为着解放人民的，是彻底地为人民的利益工作的。"从此，"为人民服务"的思想，成为毛泽东思想的本质和灵魂，也是我们共产党的建党宗旨、建国纲领。

关于经济建设的基本方针，《共同纲领》规定："以公私兼顾、劳资两利、城乡互助、内外交流的政策，达到发展生产、繁荣经济之目的。"国家应调剂国营经济、个体经济、私人经济等，"使各种社会经济成分在国营经济领导之下，分工合作，各得其所，以促进整个社会经济的发展"。

行将提交政协会议讨论通过的《共同纲领》将在一个时期内，起着临时宪法的作用。

九月

九月十九日

建立新民主主义国家的《共同纲领》，有无形的、巨大的政治感召力。前国民党西北军政副长官兼绥远省政府主席董其武等三十九位军政官员，于本日致电毛泽东主席、朱德总司令、人民解放军华北军区聂荣臻司令员、薄一波政委，宣布脱离国民党反动派残余集团，加入人民民主阵营。

电文说，我们全体官兵和各级行政人员，今天在绥远发动了光荣的起义，并庄严地向人民宣布，我们正式脱离依靠美帝国主义的蒋介石、李宗仁、阎锡山等反动派残余集团，坚决走到人民方面来。绥远和平解放，我们得获新生，投向全体军民，谨以无限忠诚，向人民领袖毛主席、朱总司令致以崇高的敬礼！

电文说，事实一天天证明，反动派没有丝毫的觉悟和悔改，而是变本加厉地投靠帝国主义，乞怜于帝国主义。反动派和人民的愿望是完全相反的。人民要和平，反动派却是处心积虑地破坏和平。阎锡山断送了山西数十万人民的生命，从太原飞到广州，当了反动派的行政院长，狂吠所谓"日本复兴中国论"，积极从事与日本军国主义反动派勾结的阴谋，引导日本强盗，再来进犯中国国土，再来屠杀中国人民。

电文说，这些封建残余、官僚买办资本家、帝国主义奴仆三位一体的中国反动派，是孙中山三民主义的叛徒，是卑劣无耻出卖民族的败类。我们既然从蒙蔽中明白过来，从苦闷矛盾中解脱出来，我们就再也没有理由替这些自私自利、无耻无耻的反动派作战。我们就再也没有理由违背革命的初衷，自毁抗战的光荣，而为反动派效力。

我们就再也没有理由跟着反动派去殉葬，而必须坚决地脱离反动派残余集团来向人民靠拢！来为人民服务！

"为人民服务"这句话，在那个年代、那个时刻，从国民党西北军政副长官兼绥远省政府主席董其武等三十九位起义的军政官员的口中说出来，可见它是多么深入人心！

当日，全国各地的女中豪杰会聚北平，在北平饭店举行晚宴，由全国妇联和北平市妇联筹委会招待中国人民政协的女代表。宋庆龄、何香凝等五十四人出席了宴会。宴会由蔡畅致欢迎词，邓颖超向大家报告了政协妇女代表的产生过程，提出女代表的几项任务是：（1）集中力量研讨建国大计，要从实际出发；（2）严肃负责，为民服务；（3）加强学习，为贯彻中国人民政治协商会议各项决议而奋斗。何香凝讲话指出，妇女代表今后的责任，是要引导二万万妇女群众参加新中国的建设工作，同时必须向苏联学习，加强中苏友好，并建议发起劳军运动。

这天，香港传出一个不幸的消息：中国人民政治协商会议代表、中国国民党革命委员会中央执行委员杨杰先生，在香港被国民党军统局一个特务小组暗杀。

九月二十日

国民党爱国将领董其武在中国共产党政策的感召下，排除国民党设置的重重障碍，毅然于前日率绥远军政各界领导人与各民族代表三十九人联署通电，宣告起义。至此，华北全境宣告解放。

绥远兵不血刃和平解放，是解放战争取得决定性胜利后，和平解决国民党地方军队的一种新的和平方式。这种方式，使我军可以集中力量解决主要方面的敌人，因而能令华北军区第十八兵团、第十九兵团及时转战西北战场。

绥远的和平解放，不仅使这一民族地区免受战争破坏，同时是对走上末路的国民党政府又一次沉重打击。同日，国民党西北军政长官公署副主任马鸿宾、八十一军军长马惇靖率两个师一万余人在宁夏中卫县起义；国民党海军第一舰队旗舰"长治"号在上海吴淞口外起义。

当日，毛泽东主席、朱德总司令电勉董其武将军"力求进步，建设新绥远"。

毛主席、朱总司令在电文中说，董其武将军及在贵将军领导下的绥远军队全体官兵、政府工作人员和各界同胞们，看了你们九月十九日的声明，你们的立场是正确的。自从傅作义将军领导北平和平解放后，人民表示欢迎，反动派表示反对。反动派还企图破坏绥远军民和平解放的努力，但是终归失败。你们已经率部起义，脱离反动派，站在人民方面了。希望你们团结一致，力求进步，改革旧制度，实行新政策，为建设人民的新绥远而奋斗。

当年十二月，奉中央人民政府命令，董其武任绥远省临时人民政府主席。董其武将军原所属部队整编为人民解放军第二十三兵团，董其武任该兵团司令员。

九月二十一日

中国人民新民主主义革命的盛典，中国人民政治协商会议于当日下午七时，在北平隆重开幕。

来自中国共产党和各民主党派、各群众团体的代表和产业界民主人士的代表、各少数民族的代表、华侨民主人士代表、宗教界民主人士代表、特别邀请的无党派民主人士代表六百六十二人，欢聚一堂，共商建国大计。

人民政协筹备会主任、中国共产党中央委员会主席毛泽东向大会致开幕词。他站在二十世纪上半叶最后一年，中国人民解放战争和人民民主革命胜利前夕的伟大时刻，豪迈地说：我们有一个共同的感觉，这就是我们的工作将写在人类的历史上。它将表明：占人类总数四分之一的中国人民，从此站立起来了。中国人从来就是一个伟大的、勇敢的、勤劳的民族，只是在近代落伍了。

他说："一百多年以来，我们的先人以不屈不挠的斗争反对内外压迫者，从来没有停止过，其中包括伟大的中国革命先行者孙中山先生所领导的辛亥革命在内。我们的先人指示我们，叫我们完成他们的遗志。我们现在是这样做了。我们团结起来，以人民解放战争和人民大革命打倒了内外压迫者，宣布中华人民共和国的成立了。我们的民族将从此列入爱好和平自由的世界各民族的大家庭，以勇敢而勤劳的姿态工作着，创造自己的文明和幸福。……我们的民族将再也不是一个被人侮辱的民族了，我们已经站起来了。我们的革命已经获得全世界广大人民的同情和欢呼，我们的朋友遍于全世界。"

毛泽东大气磅礴的开幕词，实际上也是中华人民共和国的开国宣言。它无数次地被代表们雷鸣般的掌声所打断。

嗣后，刘少奇、宋庆龄、何香凝、张澜、高岗、陈毅、黄炎培、李立三、赛福鼎·艾则孜、张治中、程潜、司徒美堂等十二人相继发表了热情洋溢的讲演，表达了各自对于新中国光明前途的信念。

九月

357

九月二十二日

中国人民政治协商会议，进入第二天，听取筹备会四项重要报告。

当日政协全体会议听取的第一个报告，是人民政协筹备会代理秘书长林伯渠代表筹备会所作的关于人民政协的筹备的工作报告，这个报告，经大会一致批准。

另外三个重要报告是：谭平山报告《中国人民政治协商会议组织法（草案）》起草经过和草案的特点；董必武报告《中华人民共和国中央人民政府组织法（草案）》的起草经过和草案的特点；周恩来报告《中国人民政治协商会议共同纲领（草案）》的起草经过和草案的特点。

以上三个草案，在全体会议开幕前都已分发至全体代表。大会将认真听取代表们的意见。对于三个草案的修正意见，都将由三个草案的整理委员会分别整理，提交大会讨论审定。

《人民日报》在第一版，以整版的篇幅，发表了会上四个重要报告的全文。中外三十五名记者与会进行了采访报道。

当日，国民党《中央日报》发表了《恭读蒋总裁告同志书》的社论。社论说——

"本党总裁蒋公，在战时首都重庆，发表告全党同志书，号召全体党员，讨论改造本党的方案，并昭示本党五十八年来革命奋斗的目的，指出本党过去十九次遭遇失败的经验，确定本党这一次改造的路线……"

总裁于检讨这些失败的教训之后，沉痛地告诫说："本党每次失败之后，党的组织即起分化，党员意志更为分歧，而党中投机分子，改图变节，叛党求荣之事，也就接踵而来。"

这一天的大江南北，一边是开国盛事、欢欣鼓舞；一边是沮丧的哀怨、沉痛的检讨。正应了古人的诗句："东边日出西边雨，道是无晴却有晴。"

九月二十三日

在中国人民政治协商会议胜利召开的日子里，人民解放军第一野战军再传捷报——宁夏省银川市获得解放，人民解放军的先头部队于本日黄昏进入市区，广大回族市民热烈欢迎入城子弟兵。

人民解放军一野九月中旬进入宁夏境内，以排山倒海之势，接连攻克同心、中宁、灵武、金积及中卫以南等重要城镇，宁夏境内黄河右岸大部分地区获得解放，俘敌四千九百七十七人。

马匪军队在人民解放军的强大攻势下，已分别向解放军要求投诚。人民解放军为减少战争损失，保全人民群众生命财产，本着宽大的政策，接受了他们的要求，希望所有投诚部队听从命令，在指定地点集中，按照我军制度和民主原则，加以整编。

继敌八十一军军长马惇靖率部投诚之后，一二八军和伪宁夏保安司令部所属五名正副军长、九名师长及两名骑兵师长，也率部投诚。宁夏守敌头领马鸿宾随之致电，表示将遵照和平条件向解放军投诚。人民解放军第十九兵团杨得志司令员，奉命于二十二日以八项条件提交投诚各军代表，希望他们在二十四日到达指定地点签字，接受人民解放军整编。

同日晚，中共中央毛泽东主席和人民解放军朱德总司令在北平宴请原国民党起义将领。应邀参加宴会的有程潜、张治中、傅作义、邓宝珊、黄绍竑、李明灏、李书城、刘斐、陈明仁、孙兰峰、李任仁、吴奇伟、高树勋、张轸、曾泽生、何基沣、刘善本、林遵、邓兆祥、左协中、廖运周、李明扬、张醁村、黄琪翔、周北峰、程星龄等二十六人。中共中央领导人和各民主党派领导人出席作陪。毛泽东在宴会上致辞说，由于国民党军中一部分爱国军人举行起义，不但加速了国民党残余军事力量的瓦解，而且使我们有了迅速增强的空军和海军。

九月二十四日

中国人民政治协商会议进入第四天。

在当天的全体会议上，中国人民解放军总司令朱德、中国人民民主同盟代表沈钧儒、华侨民主人士首席代表陈嘉庚、西北解放区首席代表马明方、特别邀请代表邵力子、东北解放区代表高崇民、中国农工民主党首席代表彭泽民、特别邀请劳动英雄代表刘英源、华南解放军首席代表张云逸、内蒙古自治区首席代表乌兰夫、特别邀请代表张难先、中国人民救国会代表沙千里、特别邀请代表梅兰芳、中国致公党首席代表陈其尤、特别邀请代表陈瑾昆、中华全国民主妇女联合会代表邓颖超、自由职业界首席代表潘震亚、中国新民主主义青年团首席代表冯文彬、华东解放区代表沙文汉、九三学社首席代表许德珩、华南解放区首席代表连贯、中华全国学生联合会首席代表谢邦定等二十二人，先后在大会上发言，就提交大会讨论的三项草案发表意见。

朱德总司令以人民解放军首席代表身份，在会上代表全军，保证实现《共同纲领》。他说，中国人民解放军愿意坚决服从中国人民政治协商会议的共同纲领，并在中央人民政府领导之下，为完全实现这个纲领而奋斗。

他指出，中国人民解放军从产生的第一天起，就把为人民服务当作自己的唯一宗旨。二十二年来全国人民已经认识我们的军队是人民的军队，全国人民和我们合作，因此就战胜了日本帝国主义的侵略，战胜了美帝国主义援助的国民党反动派的进攻，并且正在消灭最后的残敌，完成解放和统一全中国的伟大事业。

最后他说，我坚决地相信，在毛主席的领导之下，在全国人民的援助之下，我们人民解放军和一切武装力量，一定能够实现人民政协的一切愿望，执行中央人民政府的一切命令。

九月二十五日

九月二十三日，美国总统杜鲁门宣称：据美国政府所获材料，最近某一星期曾有原子弹爆炸在苏联发生。与此同时，英国与加拿大政府也发表了类似的言论。这一消息，迅速在英、美等西方国家引起惊恐。

当日，新华社援引苏联塔斯社的声明说，早在一九四七年十一月六日，苏联外交部长莫洛托夫就曾经发表关于原子弹秘密的声明，他说："这一秘密早已不存在了。"这一声明意味着，苏联在那时已寻找出了原子武器的秘密，而且那时就有了这一武器可供其使用。但是，苏联政府将信守无条件禁止使用原子武器的立场。

中华人民共和国的即将成立，对于当时的西方世界，也不亚于一颗原子弹所引起的震惊。

当日，毛泽东、周恩来召集国旗、国徽、国歌、纪年、国都协商座谈会。会上，毛泽东手举五星红旗的图案解释说，中国革命胜利，就是在共产党领导下，以工农为基础，团结小资产阶级和民族资产阶级，共同斗争取得的。这个图案表现我们革命人民大团结。

与会人员一致同意，采用五星红旗为国旗。

关于国歌，周恩来和一部分应征者建议，采用《义勇军进行曲》，因为它曾经鼓舞过中国人民争取民族解放的斗争，为广大群众所熟悉和喜爱。

关于国都，一致赞成建都北平，改名北平为北京，因为它是世界知名的历史古都，又是"五四"新文化运动的摇篮。

关于纪年，大家一致认为宜采用现代大多数国家公用的纪年法，以公元为新中国的纪年。从此，一改沿袭了数千年的封建朝代式的纪年法，从时间和空间的概念上与世界和人类同步。

九月二十六日

继前日，新疆前国民党当局陶峙岳将军通电脱离国民党政府之后，当日新疆省政府主席鲍尔汉亦致电毛主席、朱总司令、彭副总司令，率新疆军政人员脱离国民党广州政府，归向人民民主阵营。

鲍尔汉在电报中说：新疆人民的唯一愿望，是在统一、独立、自由、民主祖国的扶助之下，才能完成富强康乐的新疆的建设，更进而为全国和平建设贡献其力量。现在，中国人民政治协商会议第一届大会已经召开，一个统一、独立、自由、民主的新民主主义的中华人民共和国的诞生，就在目前。全国人民都为这有史以来伟大工程的奠基欢欣鼓舞。新疆人民对于新中国的建立，尤其感觉兴奋。

鲍尔汉在电报中声明：我们现在代表新疆省政府和全省各族同胞郑重宣布：自即日起，和广州政府断绝关系，竭诚接受八项和平条件，暂时维持全省政务，听候中央人民政府的命令。

当日，毛泽东主席、朱德总司令电复陶峙岳、鲍尔汉，热情欢迎他们归向人民民主阵营。电报说：你们在九月二十五日及二十六日的通电收到了。我们认为，你们的立场是正确的。你们声明说，脱离广州残余政府，归向人民民主阵营，接受人民政治协商会议的领导，听候中央人民政府及人民革命军事委员会的命令处置，此种态度符合全国人民的愿望，我们极为欣慰，希望你们团结军政人员，维持民族团结和地方秩序，并和现在准备出关的人民解放军合作，废除旧制度，实行新制度，为建立新新疆而奋斗。

当日的《人民日报》报道了郭沫若等政协代表在政协大会上发言，一致拥护提交大会讨论的三大文件。

九月二十七日

当日，中国人民政治协商会议全体会议做出重大决议。

一致通过《中国人民政协组织法》和《中央人民政府组织法》；国都定于北平，改名为北京，国旗为五星红旗，代国歌为《义勇军进行曲》，纪年按照国际通行的公元纪年法。

《人民日报》记者是这样描述这一庄严时刻的：每一个参加会议的人，终生都不会忘记那六次举手通过的庄严盛事。人们热情沸腾，水银灯和日光灯明如白昼，会场上充满了信心与希望、力量和光明。每一个议案通过时，代表和来宾一致热烈鼓掌，庆贺胜利。记者把各种重要场面都摄入了镜头，让我们的后代儿孙，看看他们的先人们是如何开基立业的吧。他们会珍惜所得的遗产，使之发扬光大。

　　报道说：在今天的会议上，升起了新中国的国旗，红底黄星，庄严美丽。它是我们中国人民革命大团结的象征。在世界上，它会代表着伟大与光荣。每一个"身在异邦，心在祖国"的侨胞，从此可以扬眉吐气了。《义勇军进行曲》即为我们的代国歌，十几年前，她鼓舞了全中国人民的战斗热情，今后，它将鼓舞我们继续胜利前进，建设一个幸福的新国家。

　　在本日的政协会议上，又有二十五位代表发言。其中有七位来自维吾尔族、彝族、黎族、朝鲜族、苗族、高山族、藏族等少数民族的代表。朝鲜族代表朱德海说，东北有一百二十多万朝鲜族人民，他们参加了土地改革，分得了胜利成果，党帮助他们培养了六千多名民族干部，开设了一千多所学校，还创办了民族的报纸。朝鲜族人民获得了彻底的大翻身，他们饮水思源，高呼"毛主席万岁"。藏族代表天宝在发言中保证，藏族同胞会配合人民解放军，驱逐帝国主义和它的走狗们，把解放的旗帜插到喜马拉雅山巅！

九月二十八日

　　后来，人们通常所说的"开国大典"，即中华人民共和国中央人民政府成立庆祝大会的筹备委员会，当日在北京市府西花厅举行第三次会议，由聂荣臻市长主持，对各项筹备工作做最后一次的周密检查。会上决定指定专门制作各种旗帜的公私铺号和部分成衣铺，赶制大批国旗，并指定了多处代销点，供应各机关、团体、工厂、学校、商店和市民的需要。

《人民日报》发表了国旗的图案及制作标准规格和制作法说明，同时刊登了代国歌《义勇军进行曲》的歌词和曲谱。

北京市人民政府遵照中国人民政治协商会议的决定，通知各单位把印信、钤记、戳记、机关名称、牌匾、印章及一切文书用纸上的"北平"字样改为"北京"。

北京，是一座有着三千多年历史的古城，初称蓟，后有燕京、北平等。战国时为燕都，辽时为陪都，后作金、元、明、清都城。

公元一千九百四十九年，三千多年的历史文化古城，跟随新中国的脚步，瞬间跨入了一个新时代。从此，北京不仅成为中国政治、经济的中心，科学、教育、文化的中心，而且成为一座现代化的国际性大都市。

这一天，距中华人民共和国开国大典，仅剩三天时间了。北京和全国人民一道，翘首企盼着那个庄严的历史时刻，早一点到来。

九月二十九日

中国人民政治协商会议本日继续举行全体会议，一致通过被称作"人民宪章"的《中国人民政治协商会议共同纲领》(以下简称《共同纲领》)，并通过中央人民政府副主席及委员名额、关于选举人民政协全国委员会和中央人民政府委员会的规定、主席团关于代表提案的报告。

《共同纲领》既是开国宣言，又是立国之本，体现了中国共产党和各民主党派、人民团体及中国各族人民的共同意志，因此成为建国之初的"人民宪章"。

《人民日报》发表了在政协全体会议上，毛泽东主席和与会全体代表在通过《共同纲领》时，长时间热烈鼓掌的照片。

在当天的全体会议上，还通过了政协代表提出的重要提案。

第一项提案是：郭沫若、李济深、沈钧儒、黄炎培、马叙伦等十六人提请以大会名义急电联合国，否认国民党反动政府代表案。

第二项提案是：黄琪翔、张难先、何燏时等十六人提请以中国人民政治协商会议第一届全体会议名义，电告联合国大会，郑重声明否认国民党反动政府案。

上述议案，经代表提案审查委员会合并审查，主席团常务委员会认为中国人民政治协商会议所选举的中央人民政府为唯一能代表中国人民之政府，应由政府发出声明，否认伪国民党政府所派出席联合国会议所有代表的代表资格。

第三项提案，是全体妇女代表提请以大会名义劳军案，即慰劳全国人民解放军及军烈属。中央人民政府成立后，即通令各地政府于庆祝中央人民政府成立时，分发军鞋、袜子、毛巾、肥皂和肉食慰劳解放军。

九月三十日

中国人民政治协商会议第一届全体会议，于当日在北京隆重闭幕。

在最后一天的全体会议上，毛泽东当选中央人民政府主席，朱德、刘少奇、宋庆龄、李济深、张澜、高岗当选副主席，同时当选的中央人民政府委员会委员五十六人。

大会还一致通过了人民政协第一届全体会议宣言；通过了竖立"为国牺牲的人民英雄纪念碑"的决定和纪念碑的碑文。当天的大会还选出了政协全国委员会委员一百八十人。下午六时，大会利用统计选票的时间，全体代表在毛泽东等中央人民政府领导人的率领下，来到天安门广场，为人民英雄纪念碑举行庄严的奠基典礼。

周恩来副主席主持奠基礼并致辞。他说，中国人民政治协商会议第一届全体会议为号召人民纪念死者，鼓舞生者，特决定在中华人民共和国首都北京建立一个为国牺牲的人民英雄纪念碑。现在，一九四九年九月三十日，我们全体代表，在天安门外举行这个纪念碑的奠基典礼。

致辞之后，全体代表脱帽静默致哀。默哀之后，毛泽东走出行列，以他那诗人般的浪漫和政治家、军事家的气魄宣读由大会通过并由他亲自起草的纪念碑碑文：

"三年以来，在人民解放战争和人民革命中牺牲的人民英雄们永垂不朽！"

"三十年以来，在人民解放战争和人民革命中牺牲的人民英雄们永垂不朽！"

"由此上溯到一千八百四十年，从那时起，为了反对内外敌人，争取民族独立和人民自由幸福，在历次斗争中牺牲的人民英雄们永垂不朽！"

读毕，毛泽东和各参加会议的首席代表一一执铁锹，为纪念碑的基石培土奠基，表达对中国革命先烈们的缅怀、崇敬、告慰之意。

十月
In October

这是一个永远被后人铭记的日子。

下午二时，中央人民政府委员会举行第一次全体会议，一致决议：宣布中华人民共和国中央人民政府成立，接受《共同纲领》为中央人民政府的施政方针。

十月一日

这是一个永远被后人铭记的日子。

下午二时，中央人民政府委员会举行第一次全体会议，一致决议：宣布中华人民共和国中央人民政府成立，接受《共同纲领》为中央人民政府的施政方针。

此时，首都三十万军民已聚集天安门广场，满怀喜悦和万分激动的心情，参加为庆祝中华人民共和国中央人民政府的成立而举行的开国大典。

中央人民政府全委会结束后，委员们迅速登车，前往天安门广场。广场上彩旗招展，欢声雷动。委员们跨过金水桥、登上天安门的那一刻，历史从辛亥革命跨越到社会主义革命，三十八年的狂飙突进，推开了新中国人民当家做主的国之命运的大门。自二十世纪以来，在世界东方俄国爆发了十月革命，建立了世界上第一个社会主义国家；中国赶走了最后一个封建皇帝，爆发了辛亥革命和实现人民民主专政的新民主主义革命。而苏联的布尔什维克党、中国国民党、中国共产党都曾经主张走社会主义道路。孙中山早年曾想加入第二国际，蒋介石也应声唱和道："为国际共产主义而死！"但是，孙中山去世后，蒋介石发动"四一二"反革命政变，推倒了国共合作的政治基础，背叛了孙中山，走上了一条反共反人民的歧路。孙中山先生的政治梦想，被共产党人接了过来，更被尊重历史的毛泽东，日后将孙中山的画像，耸立于天安门广场。社会主义的道路，不仅是共产党人的理想，也曾经是国民党人的梦想，更是全中国人民的梦想。而这一梦想，最终由共产党人实现了！如果说，社会主义曾经是国共两党的历史选择，不如说，也是人民在历史洪流激荡中，抛弃了国民党，而最终选择了共产党！

这是多么激动人心的时刻。

下午三时整，中央人民政府主席、副主席、各委员及政协会议全体委员在天安门城楼上就位。中央人民政府秘书长林伯渠宣布庆祝典礼开始，乐队高奏国歌。

中央人民政府主席毛泽东庄严宣告："中华人民共和国中央人民政府已于本日成立了！"

三十万群众爆发出响彻云霄的欢呼，天安门广场顿时沸腾成为欢乐的海洋。

毛主席亲自按电钮，第一面五星红旗升起在雄壮的军乐声中，五十四门礼炮齐鸣二十八响。广场上密林似的旗帜，像烧毁旧世界的火焰，无数五星灯笼迎接中国历史新纪元的曙光。

接着，毛主席宣读中央人民政府公告；朱德总司令乘敞篷车检阅人民解放军陆、海、空三军部队，举行了盛大的阅兵式。

阅兵式后，天色已晚，无数盏红星灯笼瞬间点燃，无数绚丽的焰火从广场四周飞向夜空。

"火树银花不夜天"，北京市人民庆祝人民民主革命胜利，盛大的群众游行开始了，人们高呼："人民共和国万岁！""毛主席万岁！"毛主席在扩音器里也大声高呼："同志们万岁！""人民万岁！"

北京欢乐的气氛，一直持续到那一天的深夜。

与其说，这一日是开国大典，不如说，那是在中国共产党领导下，人民民主的狂欢。

十月

参考文献

中共中央党史研究。《中国共产党历史》。北京：中共党史出版社，1991。

《中国人民解放军军史》编写组。《中国人民解放军军史》。北京：军事科学出版社，2000。

金一南。《苦难辉煌》。北京：华艺出版社，2009。

《新华日报》1949年4月至年底的全年报纸。国家图书馆馆藏。

华北《人民日报》、《人民日报》（北平版）1949年全年报纸。国家图书馆馆藏。

《东北日报》1949年全年报纸。国家图书馆馆藏。

《大公报》1949年全年报纸。国家图书馆馆藏。

《申报》1949年全年报纸。国家图书馆馆藏。

《中央日报》1949年报纸。国家图书馆馆藏。